Relato de A. Gordon Pym

NOVELAS DE SUSPENSE Y TERROR

Edgar A. Poe

Relato de A. Gordon Pym

EDICIONES RUEDA

«Novelas de suspense y terror»

Coordinación editorial:
G.D.A. Ediciones, S. L.

Cubierta:
Arnaiz Consultores

Los Mesejo, 11
28007 Madrid

Tercera edición: 2003
ISBN: 84-8447-110-1
Depósito Legal: M-32.395-2002
Printed in Spain - Impreso en España por: M.G.P.

Nota explicativa

Tras mi retorno a los Estados Unidos, hace apenas unos pocos meses, después de la incesante serie de aventuras en los mares del Sur y en otros lugares, cuya narración insertaré en las siguientes páginas, el destino me hizo topar con ciertos ciudadanos de Richmond (Virginia), los cuales, estando enormemente interesados en relación a todos esos lugares que había conocido en mi viaje, me animaron constantemente, considerándolo incluso un deber, para que diese a conocer públicamente este relato. En principio, tenía serias razones sin embargo, para evitar esta iniciativa; unas, por motivos personales y exclusivamente de mi incumbencia, y otras, por varias cuestiones.

Entre otras cosas, una de las consideraciones que más me impidía abordar esta tarea, era que carecía completamente de un diario de notas que describiera los hechos significativos durante el tiempo que estuve fuera. Evidentemente, podía intentar escribir el relato haciendo un esfuerzo memorístico, pero temía que no fuera lo suficientemente detallado, minucioso y coherente, como para legitimar mi testimonio con absoluta precisión de la realidad y con total apariencia verídica. Bien es cierto, que cuando se narran historias, se suele tender a la exageración, utilizando mucho más la imaginación en vez de contar los hechos de forma más objetiva. Y precisamente por esta razón, quería evitar escribir sobre mis aventuras en mi viaje, porque sin diario por un lado, y tan sumamente impresionado por los sucesos por el otro, es obvio que tomaría la tendencia natural a la exageración en mi forma de escribir las cosas. Otra razón, era que los hechos que me acaecieron eran tan genuinos e increíbles, que intentar plasmarlos por escrito como sucesos reales, porque así lo eran, sería una labor dificilísima, y harto imposible pensar que alguien creyera mi relato. El único testimonio para corroborar la veracidad de los hechos, era el mío y el de otra persona, y esta persona era de raza medio india. Así pues, las únicas personas que se decidieron a creerme, serían mi propia familia y los amigos más próximos, que habiendo tenido razones por doquier para no dudar de mi persona a lo largo de la vida, sin duda obtendría todo el apoyo por su parte. Sin embargo, no creo que fuera posible la concesión de la duda por parte del público en general, porque para empezar nadie creería lo relatado, y pensarían sin más que toda mi historia no era más que ficción.

Pero por encima de todo, la razón fundamental por la que me oponía yo mismo a escribir el relato, era mi inseguridad como escritor, y dudaba tanto de mis capacidades, que era la razón en definitiva, que más obstaculizaba el proyecto que me sugerían aquellos colegas.

Entre aquellos ciudadanos de Virginia que estaban tan interesados por mi relato, especialmente por la parte relacionada con el Océano Antártico, estaba el señor Poe, en otro tiempo director del *Southern Literary Messenger*, una revista mensual publicada en la ciudad de Richmond por Thomas W. White. Me animó con mucho entusiasmo, él junto con otros más, para que iniciara cuanto antes la redacción del relato, de todo lo que había visto de principio a fin durante el viaje, asegurándome que el público reaccionaría satisfactoriamente y con sentido común, pues aunque el libro pudiera dejar mucho que desear en cuanto a calidad literaria, la misma descripción de los hechos de una forma parca y sencilla, daría un toque de veracidad al mismo relato.

A pesar de esta manifestación, no me decidí a hacer lo que él me sugería. Me propuso después (observando que mi actitud era inamovible respecto a esta cuestión), que le permitiera redactar a su manera un relato de la primera parte de mis aventuras, con mi propio testimonio como aportación, y publicarlo en el *Southern Messenger* como si fuera una ficción. No encontré objeción alguna sobre este cometido, y accedí, aunque poniendo como única condición que se suprimiese mi verdadero nombre. A partir de entonces, dos artículos de la presunta ficción aparecieron en el *Messenger* de enero y febrero (1837), y para que pudiera aquello ser considerado, sin duda alguna, como una ficción, apareció el nombre del señor Poe en el índice de la revista.

El modo como fue acogida esta astucia, me indujo finalmente a emprender una compilación regular y una publicación de las mencionadas aventuras, pues me percaté de que, a pesar de la apariencia de fábula con que había sido ingeniosamente revestida la primera parte de mi relato aparecida en el *Messenger*, sin alterar o desfigurar un solo hecho, el público, por el contrario, no estaba en absoluto dispuesto a aceptarlo como fábula, y fueron enviadas al señor Poe varias cartas expresando claramente su convencimiento en la veracidad de las historias narradas. Por tanto, saqué en conclusión que los hechos de mi relato eran de tal naturaleza, que contenían pruebas fehacientes y lo bastante evidentes respecto a su autenticidad, como para no temer absolutamente nada, por parte de un público convencido de todos los sucesos descritos.

Una vez presentada esta nota explicativa, ustedes advertirán enseguida, el propósito que he intentado explicar: la verdad de los hechos narrados. Y por otro lado, también se darán cuenta, de las dos partes, bien clasificadas en el libro: la parte escrita por el señor Poe, y la mía. Será fácil observarlo por la diferencia de estilos de narración. Como digo, incluso los lectores que no hayan visto los números del *Messenger*, advertirán claramente la autoría de lo descrito. Finalmente, insisto en que lo que el señor Poe escribió, es absolutamente verídico, basándose en mi propio testimonio. Y añadida esta nota, nada más debo de decir, tan sólo dejo el libro a su disposición.

A. G. Pym.

1

Mi nombre es Arturo Gordon Pym. Mi padre era un respetable comerciante del sector naviero en Nantucket, donde nací. Mi abuelo materno es un célebre abogado con una excelente clientela. Era un hombre afortunado para todo, y realizó brillantes especulaciones económicas sobre los fondos de Edgarton New Bank, como lo llamaban al principio. Por medio de estas actividades y mediante otras habilidades logró manejar un capital bastante aceptable. Realmente pienso que yo era la persona en el mundo por la que sentía mayor aprecio, y de hecho me constaba que yo era el elegido para heredar la mayor parte de su fortuna y patrimonio a su muerte. Cuando tenía seis años de edad, me envió a la escuela del anciano señor Ricketss, un hombre que tenía un solo brazo y una compostura muy excéntrica en toda situación; así lo atestiguan casi todas las personas que visitan New Bedford.

Permanecí en su escuela hasta los dieciséis años, momento que la dejé para desplazarme a la academia del señor E. Ronald, situada en la montaña. Fue allí donde entablé una sólida amistad con el hijo del señor Barnard, un capitán de barco, que navegaba generalmente bajo la regulación de fletes por cuenta de la casa Lloyd y Vredenburgh; el señor Barnard era también muy conocido en New Bedford, y me consta que tenía muchos parientes también en Edgarton. Su hijo se llamaba Augusto, y era algo mayor que yo, aproximadamente me llevaba dos años. Se había embarcado en el ballenero *John Donaldson* en un largo viaje con su padre, y me hablaba siempre de sus aventuras en el Océano Pacífico del Sur. Solía ir a menudo con él a su casa, permaneciendo allí todo el día y a veces también toda la noche. Dormíamos en la misma cama y a menudo, me tenía despierto toda la noche hasta el amanecer, contándome historias fantásticas y descripciones exactas acerca de la naturaleza de las islas de Tinian y de otros lugares que había visitado en sus viajes. Finalmente, estas circunstancias acrecentaron mi curiosidad, y no oculté mi especial interés por el mar y los lugares circundados por sus aguas. Deseaba conocer los Océanos. De hecho, yo poseía una barca de vela, denominada *Ariel*, que valdría muy pocos dólares, y que estaba deseando de utilizar. Tenía un cajón de medio punto que cubría la escotadura de la embarcación y estaba equipada como una chalupa; no recuerdo bien su tonelaje, pero tenía capacidad para diez personas de una forma más o menos holgada. En esa barca acostumbrábamos a realizar los más locos caprichos del mundo y los más temerarios juegos y cada vez que pienso en ellos, me parece infinitamente milagroso estar todavía vivo.

Relataré una de aquellas aventuras a modo de introducción para un relato más largo e importante. Una noche se celebraba una reunión en casa del señor Barnard, y Augusto y yo, terminamos un poco bebidos al terminar el mencionado convite. Como solíamos hacer en aquellos casos, es decir, cuando bebíamos más de la cuenta, compartíamos cama; yo así lo prefería, pues no estaba en condiciones de regresar yo solo a mi casa. El se durmió enseguida —así lo creí, al menos, teniendo en cuenta que era cerca de la una cuando acabó la reunión—, sin hablar una palabra de su tema favorito. Más o menos, había transcurrido media hora desde que nos acostamos, y era el momento en el que empezaba a conciliar el sueño, cuando de repente él se incorporó afirmando con un rotundo juramento que no estaba dispuesto a quedarse dormido. Por nadie en el mundo, ni siquiera por su gran amigo Arturo Pym, iba a quedarse como un simplón dormitando, cuando ahí fuera, soplaba una tan demoniaca como hermosa brisa del Sureste. En mi vida me he sentido tan perplejo y tan absorto, máxime cuando además ignoraba por completo el significado de aquellas palabras. Así es que realmente pensé que sería cosa del alcohol, tantas mezclas de vinos y licores habían producido en mi amigo, una borrachera como nunca.

Sin embargo, al cabo de un rato, empezó a hablar muy sereno, asegurando que aunque yo estaba convencido de su embriaguez, causa de posible enajenamiento pasajero, el insistía que jamás, en toda su vida, había estado en un estado más cuerdo y sobrio que el de ahora. Únicamente se sentía cansado, añadió, pero de permanecer tendido en la cama como un perro en una noche tan hermosa; y estaba decidido a levantarse, a vestirse y a salir a dar una vuelta en la barca. Me sería difícil explicar lo que en aquel instante sentí, en mis entrañas; pero tan pronto como salieron aquellas palabras de su boca, me estremecí de tal modo, que mi cuerpo experimentó una repentina excitación, con aquella idea tan descabellada como insensata, y que sin embargo me pareció, de las cosas más interesantes que había escuchado desde hacía mucho tiempo. Era una propuesta que realmente me agobiaba. Soplaba casi un vendaval y hacía mucho frío; estábamos a finales de octubre. Salté de la cama de inmediato y por supuesto, dispuesto a iniciar cualquier aventura como todos los Augustos Barnard de Nantucket.

Sin perder un momento, nos vestimos apresuradamente y marchamos tan pronto como pudimos hacia la barca. Estaba amarrada en el viejo y ruinoso muelle cerca del almacén de maderas de Pankey & Co., rozando su costado contra los ásperos troncos. Augusto saltó dentro y se puso a vaciarla; estaba casi llena de agua. Después, izamos el foque y la vela mayor, y al coger viento de lleno, nos lanzamos con firmeza hacia alta mar.

El viento, soplaba con una temperatura casi gélida del Suroeste. La noche era bastante transparente, pero muy fría. Augusto había tomado el timón, y yo permanecía junto al palo, sobre la cubierta del tumbadillo. Avanzábamos sin apenas resistencia y a toda velocidad, en silencio, ninguno de los dos mediamos palabra desde que emprendimos el viaje en el muelle. Pregunté entonces a mi compañero la dirección que se proponía seguir y otras cuestiones importantes: orientación, y lo más fundamental, cuándo tenía pensado regresar. Y así, silbando, y vacilando unos instantes, dijo luego de una forma inesperada y con brusquedad: «*Yo* no voy al mar; *tú* puedes irte a casa si así lo quieres.» Al proyectar mi mirada sobre sus ojos, advertí enseguida que, a pesar de su aparente descuido, estaba muy nervioso. Podía verle con toda claridad a la luz de la luna: su rostro aparecía tan pálido como el mármol, y su mano temblaba de tal modo que apenas podía sujetar la dirección del timón. Me di cuenta que había ocurrido algo imprevisto, y la verdad es que me sentía bastante alarmado.

En aquel tiempo no sabía casi nada para maniobrar la barca, y mucho menos de estrategias naúticas, por tanto, dependía en todo momento de mi amigo. El viento, por otro lado, había arreciado de repente y nos empujaba lejos de la costa, era en la dirección de sotavento; sin embargo, me avergonzaba mostrar mi preocupación, y durante casi media hora guardé un deliberado silencio. Pero no pude seguir así por más tiempo, e intenté convencer a Augusto para que regresáramos cuanto antes. Pero él miró hacia otro lado, y permaneció cerca de un minuto en silencio y sin hacer caso de mi indicación.

—Pronto —dijo por fin—; tenemos tiempo suficiente... Pronto..., si todo sale bien, estaremos en casa.

Esperaba precisamente esta respuesta; pero había algo en el tono de aquellas palabras que me hacía recelar, y tenía la impresión de que en ellas se escondía algo más. Le miré de nuevo con atención. Sus labios estaban absolutamente lívidos, y sus rodillas temblaban con tal violencia, que parecía incapaz de tenerse en pie.

—¡Por amor de Dios, Augusto! —exclamé, ahora realmente estaba temiendo algo—. ¿Qué te propones? ¿Qué ocurre? ¿Qué vas a hacer?

—¿Qué ocurre? —articuló aquellas palabras con cierta ironía, y soltando al mismo tiempo la palanca del timón hasta que mi amigo cayó hacia el otro lado en el fondo de la barca—. Pues no ocurre... nada..., no ocurre nada... Vamos a casa..., ¿no lo ves?

Y de repente me percaté perfectamente de lo que estaba pasando. Me adelanté hacia él y le levanté. Estaba borracho, completamente borracho; no podía ni sostenerse, ni hablar, ni ver. Sus ojos tenían un brillo extraño, estaban vidriosos. Para colmo de mi desesperación tuve que soltarle, y empezó a rodar como un leño en el fondo del bote, al lado de la quilla, precisamente de donde hacía apenas unos minutos le había sacado. Por lo visto, durante la velada había bebido más de lo que yo imaginaba, y el hecho de dormirse tan rápido, aparentemente, pues en realidad estaba haciendo comedia, era la consecuencia de uno de esos estados de embriaguez de gran intensidad, un estado que, como la misma locura, hace capaz a la víctima de imitar el comportamiento exterior de una persona en posesión de sus sentidos. Era una noche de un frío gélido, y esta circunstancia también influyó en el estado de Augusto. Estaba desplomado, víctima de su propia embriaguez, y seguramente, al ser él mismo consciente de su situación, apresuró su desmayo. Augusto se encontraba completamente inconsciente y yacía en el suelo, y por el aspecto de su rostro, parecía que no había probabilidad alguna para reanimarle.

Me encontraba en una situación difícil, y estaba completamente aterrorizado de tan problemático panorama. Los vapores del vino se habían disipado poco antes, lo que me dejaba más temeroso todavía ante la cruda realidad de la situación. Era consciente de su incapacidad para maniobrar la barca, y también, del furioso viento y la fuerte marea baja que nos precipitaban hacia la perdición. Una borrasca se formaba lentamente detrás de nosotros; no teníamos brújula ni provisiones; y era seguro que, si seguíamos nuestra actual dirección, perderíamos de vista la costa antes de despuntar el día.

Estos pensamientos, y otros muchos no menos inquietantes, se iban intercalando en mi mente con mucha rapidez, y en algunos momentos, el desasosiego me bloqueó tanto como para no reaccionar de forma adecuada; sin embargo, tenía que esforzarme para seguir superando la situación. La barca corría sobre el agua a una velocidad de vértigo, viento en popa —sin un rizo en el foque ni en la vela mayor—, hundiendo por completo su proa en la espuma. De todas maneras, fuimos afortunados de que el viento no soplara por avante, pues Augusto había soltado la palanca del timón, como decía antes, y yo estaba demasiado alterado para pensar en manipularla. A pesar de todo, y por fortuna, la palanca se mantuvo firme, y poco a poco recobré de nuevo mi confianza y hasta el ánimo incluso. Pero el viento se incrementaba, y era cada vez más fuerte, y cuantas veces nos erguíamos después de haber picado de proa, el mar por detrás caía encrespado sobre nuestra bovedilla, inundándonos. Tenía además todos los miembros de mi cuerpo doloridos, debido al gélido frío, y por segundos dejaba de sentir las manos, los pies, las rodillas... Finalmente, después de reflexionar algunos segundos, tomé la decisión un tanto atrevida, de precipitarme hacia la vela mayor, y soltar toda la tela. Como era de esperar, salió disparada por la proa, y empapada por el agua, arrastró el mástil entero por la borda. Este último accidente me salvó de lo que podría haber sido una muerte inmediata. Con el foque únicamente desplegado ahora ante el viento, hacía frente a las olas, a veces muy robustas y pesadas; pero me sentía aliviado, ya no estaba condenado a una muerte repentina. Cogí la palanca, y respiré con gran libertad, como viendo que nos quedaba una última posibilidad de salvación.

Augusto yacía, siempre insensible, en el fondo de la barca, y como estaba en inminente peligro de ahogarse, el agua alcanzaba casi un pie de altura en el mismo sitio donde él había caído, me las arreglé para levantarle un poco, manteniéndole incorporado; pasé entonces una cuerda alrededor de su cintura y la até a un cáncamo de la cubierta. Así, actuando de forma espontánea, intentando arreglar lo mejor que podía aquellas situaciones tan tensas, cavilé un segundo, y me encomendé a Dios con el propósito de prometer de forma sagrada, que pasara lo que pasara, intentaría en última instancia soportar todo lo que acaeciese con la mayor fortaleza posible.

Apenas había tomado esta decisión, cuando de pronto, un desgarrador alarido, que parecía provenir de las gargantas de un millar de demonios, pareció henchir toda la atmósfera alrededor y por encima de la embarcación. Nunca, he olvidado aquella intensa agonía terrorífica que experimenté en aquel momento. Se me erizó el cabello en la cabeza, sentí que la sangre se helaba en mis venas, mi corazón dejó en absoluto de latir, y sin levantar una sola vez mis ojos para reconocer el origen de mi alarma, me desplomé de bruces sobre el cuerpo, casi insensible, de mi compañero tendido en el suelo. Y lo peor, es que yo también perdí el sentido.

Me encontré al recobrar el sentido en el camarote de un gran ballenero, el *Pingüino*, rumbo a Nantucket. Varias personas se inclinaban sobre mí, y Augusto, con un semblante mortecino, estaba empeñado con ahínco en frotarme las manos. Al verme abrir los ojos, sus demostraciones de gratitud y de alegría se mezclaban indistintamente, provocando tan pronto la risa como las lágrimas de aquellos hombres de rudo aspecto allí presentes.

Entonces nos revelaron el milagro de nuestra salvación, que era todo un misterio por de pronto. Habíamos sido abordados por el ballenero que navegaba de bolina, dando bordadas hacia Nantucket y arriesgando a toda vela. Así es que se precipitó casi en ángulo recto sobre nuestra ruta. Varios hombres vigilaban en la proa, pero no divisaron nuestra barca hasta que era ya imposible evitar el choque; todavía recuerdo el pánico que sentí al oír sus gritos avisándonos de la terrible calamidad que se aproximaba.

El gigantesco barco, me dijeron, nos abordó con la misma facilidad que nuestra propia barquita hubiera pasado sobre una pluma, sin encontrar ni el más mínimo obstáculo. Era tal el asombro de todos, que cuando ocurrió la catástrofe, nadie medió palabra, únicamente se oyó un ligero ruido que se confundía con el sonido del viento y el oleaje. Nuestra barca se hundió de una forma muy rápida, y el único daño que causó al ballenero, fue un pequeño raspón en la quilla. En un principio, el capitán del barco y el resto de tripulantes, ignoraron el hecho de que pudiera haber supervivientes. Y como lo que quedaba de nuestro bote eran los restos inservibles de un montón de astillas superpuestas, prosiguieron en ruta sin más preocupación.

El capitán del barco era E. T. V. Blok, de New London, y como digo, no tenía intención alguna de supervisar por si quedaba alguien con vida. Afortunadamente, dos de los hombres que vigilaban en la proa en el momento de la catástrofe, juraron terminantemente que habían visto una persona en nuestro timón, e intentaron por todos los medios de persuadir al capitán, en aras de reconocer lo que quedaba de nuestra barca. Se entabló así una gran discusión, en la que el capitán Blok, enfurecido, sostenía la idea de que si existiera la remota posibilidad de encontrar a alguien con vida, no era responsabilidad suya, y que la culpa de todo era única y exclusivamente de la necedad nuestra por navegar con aquel barquillo en unas aguas tan bravas y con viento tan fuerte. Al mismo tiempo que el capitán intentaba argüir semejante disparate inhumano, el resto de la tripulación, mantenía una posición contraria, pues las palabras del capitán eran excesivamente duras. Henderson, el segundo comandante de a bordo, indignado por el criterio del capitán, como lo estaba toda la tripulación, puso de manifiesto el grado de crueldad y absurdo del capitán apoyándose en el resto del grupo.

Habló muy claro; dijo al capitán que le consideraba como un sujeto digno de la horca, y que desobedecería sus órdenes, aunque tuviese que ser colgado en el momento de pisar tierra. Corrió hacia popa, empujando a Blok hacia un lado, y cogiendo la barra del timón gritó con voz firme: «¡Todo a sotavento!» Los hombres siguieron su iniciativa y corrieron a sus puestos, y el barco viró en redondo de forma inmediata. Desde que fuimos abordados, habían transcurrido no más de cinco minutos, lo cual hacía suponer que apenas cabía la posibilidad de encontrar a alguien con vida, suponiendo que hubiera alguien a bordo de la barca. Contra toda previsión, Augusto y yo fuimos rescatados, y nuestra salvación parecía ser la consecuencia de uno de esos extraordinarios casos de buena suerte que los devotos y piadosos atribuyen a una intervención especial de la Providencia.

Mientras detenían el barco, aquel comandante de a bordo hizo arriar el bote y saltó dentro junto con los dos hombres que presuntamente me divisaron al timón en el momento del incidente. Acababan precisamente de dejar el costado de sotavento, cuando el barco dio un fuerte e imprevisible bandazo, y Henderson, en el mismo instante, se irguió sobre su asiento, lanzando gritos mientras daba instrucciones:

—¡Tenéis que aflojar, ir hacia atrás, deprisa!

Estaba impaciente, y la preocupación no era para menos, teniendo en cuenta la seriedad de la situación; y seguía gritando:

—¡Hay que retroceder, vamos!

Los hombres ejecutaban las instrucciones lo más de prisa que podían; pero mientras tanto, el barco había girado, y empezaba a avanzar, aunque todos los brazos de a bordo se esforzaban en arriar las velas.

A pesar del peligro de la tentativa Henderson se agarró con fuerza a los cabos, insistiendo en la maniobra de salvamento. Otro enorme bandazo lanzó entonces el costado de estribor fuera del agua casi hasta la quilla, momento en el que se hizo patente lo peligrosa que era la operación. Se divisaba un cuerpo atado en el interior, en aquel fondo brillante revestido de cobre y sostenido por clavos del mismo metal, y chocaba con violencia contra el barco a cada movimiento del casco. Después de varios esfuerzos nulos, mediatizados por el exceso de los movimientos de la barca, imposible de paralizar debido a los constantes bandazos, fui finalmente rescatado de aquella peligrosa situación, llevándome a borde del inmenso ballenero para darme los primeros auxilios.

Parece ser que uno de los pernos que sujetaban el armazón, al soltarse y traspasar a través del cobre, me había sujetado cuando pasaba por debajo del barco, sosteniéndome en el fondo de una forma casi milagrosa. La cabeza del perno había atravesado el cuello de mi chaqueta, que era de bastante grosor por cierto, e incluso me desgarró la parte posterior de mi propio cuello, penetrando entre dos tendones, debajo mismo de la oreja derecha. Me habían acostado acto seguido, y pensaron de veras, que mi vida estaba a punto de extinguirse a juzgar por mi gravedad. No había cirujano a bordo. El capitán, puso todo su empeño en auxiliarme, y me trató con toda clase de atenciones, supongo que para enmendar, a los ojos de su tripulación, su conducta atroz tras el desastre.

Mientras, Henderson de nuevo se había alejado del barco, y el viento soplaba ahora casi como un huracán. Al cabo de algunos minutos, el viento volvía a ensañarse contra los escasos restos de nuestra barca, y de repente, uno de sus hombres afirmó que había percibido un grito de socorro en medio del estruendo de la tempestad.

Aquello indujo a los intrépidos marineros a perseverar en su busca más de media hora, pese a las repetidas indicaciones que hacía el capitán Blok para que volviesen, y aunque cada momento sobre el agua en aquel bote tan frágil y cargado entrañase el más inminente y mortal peligro para ellos. Realmente, resulta casi imposible de entender cómo sobrevivimos todos ante la magnitud de la catástrofe, puesto que ni siquiera el propio ballenero estaba exento de peligro. Su construcción era propia para la captura de ballenas obviamente, y contaba con una serie de compartimentos estanco, muy similares a los botes de salvamento de la costa de Gales, algo que nos fue útil en aquellas circunstancias.

Después de haber buscado en vano durante tanto tiempo, decidieron abandonar las tareas de búsqueda. Apenas habían tomado aquella resolución, cuando un débil grito surgió desde un oscuro objeto flotante que pasaba a toda velocidad. Y con todo tipo de esfuerzos, lograron finalmente aferrarlo con seguridad. Se trataba de la cubierta entera del tumbadillo del *Ariel.* Augusto, medio agonizante, había tratado durante todo el tiempo transcurrido, luchar contra un fatal destino, y de hecho lo consiguió. Al agarrarle, pudieron observar que estaba atado con una cuerda al armazón.

Aquella cuerda, como se recordará, era la misma que yo había arrollado a su cintura, sujetándola a una armella, y así mantenerle derecho. Por este motivo, sin presagiar lo que ocurriría posteriormente, había empleado el mejor medio para salvarle la vida. El *Ariel* era de una construcción ligera, y al hundirse, su armazón quedó hecho añicos; la cubierta del tumbadillo, como era de esperar, fue levantada por la fuerza del agua hasta que quedó desprendida por completo, flotando junto con otros restos añadidos en la superficie del mar. Augusto se mantenía a flote con ella, liberado de una terrible catástrofe sin igual.

Solo una hora después de haber sido transportado a bordo del *Pingüino*, así era denominado el ballenero, hizo algún ademán de estar con vida todavía, y empezó a ser consciente del terrible accidente que nos acaeció. Al cabo de un rato, se despejó completamente, y acto seguido, habló con una intensa emoción sobre sus sensaciones mientras estuvo en el agua. Parece ser, que tan pronto como recobró el conocimiento, se encontró debajo de la superficie, dando vueltas en forma de remolino y a toda velocidad, y para colmo, tenía una cuerda enrollada con diferentes nudos alrededor del cuello. Así se mantuvo durante un corto espacio de tiempo, hasta que de pronto, sintió un alivio repentino al ascender a la superficie, y que duró poco, puesto que chocó su cabeza violentamente con una materia dura, provocándose la pérdida del conocimiento de nuevo. En esta ocasión, lo recobró muy pronto, pero al estar consciente de nuevo, el agotamiento continuo al que estaba expuesto, su mente se encontraba completamente obtusa y sin capacidad para discernir lo que estaba ocurriendo.

Supo entonces que había sufrido un accidente, que luchaba por no sucumbir ahogado en el agua, aunque en estos momentos precisamente, todavía podía respirar con cierta libertad fuera de la superficie. Era consciente de igual modo de la probabilidad de que la cubierta fuera empujada en la dirección del viento y sería arrastrado de espaldas. Pero lo más importante consistía en lograr conservar aquella posición, pues así era casi imposible que se ahogara. Sin embargo, fue entonces cuando la furia de una ola desató su ira contra la cubierta, y volteando de un lado a otro se afanó con fuerza para mantenerse en aquella posición, cosa que no era fácil, y consciente de ello, empezó a pedir socorro en los intermedios en los que podía tomar aliento. Y justamente, cuando fue descubierto por Henderson, estaba ya al límite de sus fuerzas y absolutamente extenuado, de hecho fue divisado en el mismo instante que dio por perdida su vida. Durante todo el tiempo que duró su contienda contra el oleaje, presa del pánico, no pensó ni un ápice en su barco, el *Ariel*, y por supuesto, en ninguna cuestión relacionada con el origen de su desastre.

Un vago sentimiento de pánico y desesperación se adueñó por entero de sus facultades. Cuando a la postre fue finalmente rescatado, su capacidad para razonar había mermado un tanto; en situación de pánico no era de esperar otra cosa, así que sólo después de casi una hora, una hora de atenciones y cuidados a bordo del *Pingüino*, fue capaz de dilucidar la realidad de lo ocurrido. En cuanto a mí, fui literalmente resucitado de un estado muy próximo a la muerte, pues mi situación era muy crítica, y durante más de tres horas intentaron reanimarme con todo tipo de medios; finalmente, el destino y unas vigorosas fricciones con franelas empapadas en aceite caliente, procedimiento indicado por Augusto, lograron incorporarme a la vida de nuevo. La herida del cuello era de un aspecto bastante desagradable, pero afortunadamente no tuvo mayores consecuencias que las predecibles por sus efectos, es decir, algo de fiebre y la pesadumbre de guardar reposo, sin embargo, me curé pronto.

El *Pingüino* arribó al puerto a las nueve de la mañana, después de haber padecido uno de los vendavales más fuertes que habían soplado en la costa de la Nantucket. Augusto y yo nos las arreglamos para presentarnos en casa del señor Barnard a la hora del desayuno, que, por fortuna, se retrasó algo a causa de la velada de la noche anterior. Supongo que todos en la mesa estaban demasiado cansados para notar nuestro demacrado aspecto, que, naturalmente, no hubiera soportado un riguroso examen.

De todos modos, los estudiantes son los más ingeniosos cuando se trata de organizar tretas y engañar a la gente con más responsabilidades, y sobre este respecto, ninguno de nuestros amigos y familiares de Nantucket tuvo jamás la más leve sospecha de que la terrible historia que contaron algunos marineros en la ciudad sobre el hundimiento de un barco en alta mar y el perecimiento de treinta o cuarenta pobres diablos en las aguas del océano, tuviera relación ni con el *Ariel*, ni con mi compañero, y mucho menos conmigo. Ambos hemos comentado posteriormente, y con mucha frecuencia aquella aventura, y siempre, cada vez que lo hacíamos, nos invadía un merecido sentido de culpabilidad. En una de nuestras conversaciones, Augusto me confesó con franqueza que en toda su vida había experimentado una sensación tan auténtica de terror como cuando a bordo de nuestra pequeña barca, se percató del estado tan ebrio en el que se encontraba para hacer frente a una catástrofe tan desatada como la que ocurrió.

2

Aquel episodio, bien pudiera haber acarreado fatales consecuencias, pero como cosa del destino, también hubiera podido constituir una anécdota decisiva para que mi rumbo posterior siguiera por otros derroteros. Sería lógico suponer, que una catástrofe como la que acabo de relatar debería haber enfriado, en efecto, mi incipiente pasión por el mar. Sin embargo, muy al contrario, nunca experimenté un deseo más ardiente por las excitantes aventuras que agitan la vida de un navegante.

Una semana después bastó con creces para borrar de mi memoria aquella espantosa experiencia, y para sacar a plena luz todas mis inquietudes juveniles, llegando a considerar aquel episodio como una forma pintoresca de los avatares en los que se ve envuelto cualquier hombre de mar. Augusto y yo, conversábamos constantemente sobre estas cuestiones, y nos despertábamos mutuamente ese inexplicable interés por las aventuras en el mar. Tenía él una manera de relatar sus historias de mar, sospecho ahora que más de la mitad de ellas eran producto de su imaginación, muy entusiasta, siendo capaz de desencadenarme las más profundas emociones al respecto, a sabiendas de su extremada exageración. Era increíble cómo conseguía con la mayor eficacia que se pueda imaginar, el atraerme como un imán respecto a la intrépida vida de un marinero, aun cuando describiera los más terribles momentos de sufrimiento y horror que encarna la vida de un personaje de ese ambiente. Mas no por ello me dejaba encandilar como un niño, por muy fascinante que resultara mi expectación.

Mis visiones eran de naufragios y de hambre, de muerte o cautiverio entre hordas bárbaras, de una existencia de dolores y lágrimas, arrastrada sobre alguna roca gris y desolada, en un océano inaccesible y desconocido. Tales visiones, que además en lo más hondo de mi ser, se correspondían a deseos, suelen ser corrientes, y así el destino me lo ha demostrado más tarde, entre un sinfín de hombres melancólicos; sin embargo, en aquella época las consideraba yo solamente como vislumbres premonitorios de un destino que me veía abordado a cumplir, siendo fiel a mis instintos. Augusto participaba por completo de mi estado de ánimo. Es probable, en realidad, que nuestra íntima compenetración proviniese de aquel intercambio parcial de nuestra personalidad. Teníamos el privilegio de tener cierta reciprocidad en nuestra forma de pensar.

Unos ocho meses después del desastre del *Ariel*, la casa Lloyd y Vrendenburg, una casa relacionada, si no recuerdo mal, con los señores Enberby, de Liverpool, se encargó de reparar y de equipar el bergantín *Grampus* para la pesca de la ballena. Era una carraca, anticuada, con escasa y poco aplicada ingeniería naviera, aunque se hiciera todo lo posible para que lo fuese. No sé bien por qué fue escogido preferentemente ese barco en lugar de otros mucho mejores y pertenecientes a esos mismos propietarios; pero así fue.

Míster Barnard fue encargado de su mando, y Augusto iría con él. Mientras el bergantín era equipado, aquel señor me instaba constantemente para que aprovechara la excelente oportunidad que ahora se me brindaba y así satisfacer mi deseo de viajar. Yo estaba, no cabe duda, totalmente dispuesto a escucharle y, sin embargo, no era el asunto tan fácil de arreglar. Mi padre no se oponía con absoluta rotundidad; sin embargo, mi madre se ponía histérica con tan sólo mencionar mis intenciones, que para ella eran puros disparates juveniles, y más que nadie, mi abuelo, el cual era mi punto de apoyo personal, juró que no me dejaría un chelín si decidía llevar a cabo mi propósito. Estas dificultades, no obstante, en vez de menguar mi deseo, no hacían sino añadir leña al fuego.

Decidí partir por encima de cualquier cosa, y cuando di a conocer mi resolución a Augusto, nos organizamos un plan para llevarlo a cabo. Entre tanto, me abstuve de hablar a ninguno de mis familiares respecto al viaje, y como me ocupaba ostensiblemente de mis estudios ordinarios, supusieron que había abandonado aquel proyecto. Después, a menudo he analizado concienzudamente mi conducta a este respecto, y no he dejado ni un minuto de sentir, un cargo de conciencia enorme, así como cierto disgusto en mi cinismo. La profunda hipocresía que empleé en la realización de mi proyecto —una hipocresía que envolvía todas mis palabras y todos mis actos durante tanto tiempo— únicamente la considero lícita para mis adentros, precisamente por mis inquietudes de entonces, mis deseos ardientes de conocer mundo, y mi singular esperanza en el empeño de aquel proyecto que suponía un viraje en mi propia vida, el viaje era prioritario.

Para llevar a efecto mi estratagema, me veía necesariamente obligado a poner muchas cosas en manos de Augusto, ocupado la mayor parte del día a bordo del *Grampus*, que cuidaba de numerosos arreglos y detalles, en el camarote y en la bodega, ya que su padre no podía encargarse de todo; por la noche, nos veíamos un rato, y hablábamos de nuestros futuros logros.

Transcurrido un mes, o cosa así sin que hubiésemos podido encontrar un plan que ofreciese probabilidades de éxito me dijo al fin que lo había arreglado todo. Yo tenía un pariente que vivía en New Bedford, un tal señor Ross, en cuya casa solía pasar todos los años algunas temporadas. El bergantín debía iniciar su rumbo aproximadamente hacia mediados de junio de 1827, y quedó convenido que uno o dos días antes de zarpar, mi padre recibiría, como de costumbre, una carta del señor Ross rogándole que me enviase a su casa para pasar allí una quincena con Roberto y Emmet, sus hijos.

Augusto se encargaría de escribir la carta y de hacerla llegar a su destinatario. Sería entonces cuando, fingiendo que marchaba a New Bedford, me reuniría con mi compañero, que me tendría preparado un escondite a bordo del *Grampus*. Este escondite, me aseguró estaría provisto con la suficiente comodidad como para poder permanecer allí varios días, durante los cuales evitaría todo lo posible dejarme ver. Cuando el bergantín hubiera alcanzado el suficiente trayecto en la ruta como para evitar por encima de cualquier imprevisto, no volver atrás de nuevo, sería instalado oficialmente en el barco pudiendo disfrutar de todas las ventajas del camarote; y en cuanto a su padre, estábamos convencidos que llevaría con buen humor nuestra treta. Por otro lado, nos encontrábamos continuamente con diferentes barcos, por lo que no tendría ningún problema a la hora de enviar una carta a mis familiares explicando mi cometido y mis intenciones.

Llegó por fin la época señalada, estábamos a mitad de junio, y todo estaba organizado. La carta fue escrita e incluso llegué a enviarla, y un lunes por la mañana abandoné la casa, simulando que iba a esperar el buque correo de New Bedford. Sin embargo, me dirigí derecho hacia un lugar donde me encontraría con Augusto, me esperaba en la esquina de una calle. Formaba parte de nuestro antiguo plan el que permaneciera escondido hasta el oscurecer, y que entonces me deslizara a bordo del bergantín; pero al tener a nuestro favor una espesa niebla, era más cómodo para nosotros el no perder tiempo en ocultarme.

Tomó Augusto el camino del embarcadero, y le seguí a cierta distancia, envuelto en un grueso capote marinero que había traído consigo, y con el que era muy difícil poder reconocerme.

Pero no siempre sale todo como uno imagina, y precisamente, cuando dimos la vuelta en la segunda esquina tras pasar el pozo del señor Edmundo, resulta que me encontré cara a cara delante de una persona muy familiar, extremadamente familiar, y así mirándome serenamente, se encontraba el viejo señor Peterson, mi propio abuelo.

—¡Caramba Gordon! —dijo, después de una larga pausa—, ¿de quién..., de quién es ese grasiento capote que llevas encima?

—¡Caballero! —contesté, simulando lo mejor que pude y con un aire como ofendido; puse todo el énfasis en un tono despreciativo y desdeñoso, como si sus confianzas, las de aquel que intentaba imaginar como desconocido, me ofendieran de veras—. ¡Caballero! Debe usted de estar equivocado; mi nombre, en primer lugar, no se parece en nada a Goddin. Espero que reconsidere sus palabras así como que mejore su vista, pues me es muy ofensivo el que usted llame repugnante a mi capote nuevo.

No sé, por mi vida, cómo pude contener la risa al ver la singular manera de cómo el anciano *gentleman* recibió aquella buena rociada. Retrocedió dos o tres pasos, se puso primero muy pálido y luego enrojeció su rostro, se ajustó las gafas un par de veces y luego, se precipitó con todo ímpetu sobre mí blandiendo su paraguas. Aun así, detuvo en seco su impulso, como impresionado por un recuerdo repentino, y finalmente giró en la esquina, alejándose con su cojera, se oía cómo a lo largo de la calle, temblando de rabia, murmuraba entre dientes palabras nefastas:

—¡Esto no funciona! ¡Necesito gafas nuevas! Hubiera jurado que era Gordon... ¡Condenado marinero vago e inútil!

Tras aquel hecho casual, que casi me paraliza el plan, seguimos nuestro camino con mayor cautela, y llegamos sanos y salvos a nuestro punto de destino. No había más que uno o dos hombres a bordo, y estaban ocupados en no sé qué en la proa. El capitán Barnard como nosotros sabíamos muy bien, estaba muy ocupado en las oficinas de Lloyd y Vredenburg, y permanecería allí hasta muy avanzada la noche; no había mucho que temer a ese respecto.

Augusto subió primero a bordo, y le seguí muy apresurado, sin ser visto como acordamos, por los hombres que allí faenaban. Entramos al punto convenido, abajo en la zona de camarotes, y no encontramos a nadie. Todo estaba preparado con infinitos detalles, cosa bastante insólita a bordo de un ballenero. Tenía cuatro excelentes camarotes de oficial, con amplias y cómodas literas. Vi también una gran estufa, y una destacada y hermosa alfombra que cubría el suelo de la estancia y de los camarotes.

El techo mediría perfectamente siete pies de alto, y todo ello presentaba un aspecto más holgado y agradable de lo que había yo supuesto. Augusto, muy inquieto, concedió poco tiempo a mi examen, e insistió sobre la necesidad de esconderme lo antes posible. Me condujo a su propio camarote, que estaba a estribor y muy cerca de los mamparos. Una vez dentro, cerró la puerta con cerrojo. Me pareció que no había visto nunca cuartito tan lindo como aquel en que me encontraba. Era bastante espacioso para las medidas estipuladas en este tipo de habitáculos, y estaba provisto de una sola litera bastante amplia.

En la parte del camarote, contigua al mamparo, había un espacio de cuatro pies cuadrados conteniendo una mesa, una silla y unos estantes cargados de libros, en su mayoría de viajes y de navegación. Había allí otras pequeñas comodidades, entre las cuales no debo olvidar una especie de armario empotrado, como una nevera, plagada de comestibles, bebidas, y otro tipo de manjares por doquier.

Apretó con los nudillos sobre cierto sitio de la alfombra en un rincón, dejándome ver que una parte del suelo, de unas dieciséis pulgadas cuadradas, había sido cuidadosamente socavado y reajustado. Bajo la presión, aquella parte se levantó lo suficiente por un lado para abrirse por debajo de su dedo.

De esta manera agrandó la apertura de la trampa, quedando sujeto el resto del socavón a la alfombra, fijada a su vez con unas tachuelas; se veía claramente el conducto de la cala trasera. Luego, encendió una vela de un original candelero, y a continuación, metió la luz en una linterna sorda, descendió por aquella apertura y acto seguido le seguí. Volvimos a encajar la tapa en el hueco utilizando un par de clavos colocados sobre la cara inferior; la alfombra, naturalmente, recobraba su posición correcta, extendida sobre el suelo del camarote, y todos los vestigios de la abertura quedaban ocultos.

La luz del candelero era un tanto opaca, así que lograr encontrar el camino, era una tarea harto difícil, en especial por el confuso amontonamiento de objetos que allí se encontraban. A pesar de todo, mis ojos se acostumbraron gradualmente a la oscuridad, y avancé con menos esfuerzo, agarrado a los faldones de la chaqueta de mi amigo. Me condujo, por último, después de habernos arrastrado y retorcido por innumerables y estrechos pasadizos, hasta una caja de hierro parecida a esas que se utilizan algunas veces para embalar la porcelana fina. Era bastante amplia en lo que respecta a la altura, sin embargo era un tanto angosta, y por lo que intuía me agobié un tanto. Dos grandes barriles de aceite vacíos estaban colocados encima, y sobre ellos, una enorme cantidad de ruedos de estera, apilados hasta el techo del camarote. Alrededor, toda la estiba del barco, estaba convenientemente aprovechada y ordenada; desde las provisiones del propio barco, hasta aquella amalgama de carga allí dispuesta: pequeños contenedores, canastas, barriles, cajones, balas de algodón... Parecía imposible haber llegado a aquel habitáculo sin haber tropezado con algunos de los artículos que allí se desplegaban.

Supe después que Augusto había dispuesto adrede, la estiba en aquella bodega, con objeto de proporcionarme un magnífico escondite, sin haber tenido otro ayudante en su tarea que un hombre que no embarcaba en el bergantín.

Mi compañero me enseñó entonces que una de las paredes de la caja podía articularse a voluntad propia. La hizo deslizarse de un lado, y me mostró el interior de la caja, realmente pintoresco. Un colchón de una de las literas del camarote cubría por completo el fondo, y contenía casi todos los objetos propios de la comodidad casera, y que ahí habían sido colocados aprovechando al máximo el espacio, y dejándome al mismo tiempo, sitio suficiente para mi acomodo, ya fuese sentado o tendido a lo largo.

Había allí, entre otras cosas, algunos libros, plumas, tinta y papel, tres mantas, un amplio cántaro lleno de agua, un barrilito con galletas, tres o cuatro enormes salchichones de Bolonia, un voluminoso jamón, una pierna fiambre de carnero asado y media docena de botellas de variados licores. Tomé inmediatamente posesión de mi cuartito con un sentimiento de mayor satisfacción que el experimentado nunca por ningún monarca al entrar en un nuevo palacio.

Augusto me indicó la forma de asegurar el lado movible de la caja,y luego, acercando mucho la linterna hacia el otro lado, me enseñó un trozo de cuerda algo sucia y raída tirada allí. Esa cuerda, me indicó Augusto, se extendía desde mi escondite, paseando por todos los recovecos entre trastos y paquetes, hasta un clavo fijo en el puente de la bodega, exactamente debajo de la abertura de la trampa que conducía a su camarote. Por medio de aquella cuerda podría encontrar fácilmente el camino, sin tener que depender directamente de él, y en caso de que un accidente imprevisto hiciese necesario aquel paso. Nos despedimos para no demorar más de lo necesario, dejándome además de la linterna, una abundante provisión de candeleros, velas y fósforos, y prometiendo visitarme lo más a menudo que pudiera sin llamar la atención. Esto sucedía el 17 de junio.

Permanecí tres días seguidos, incluyendo las noches, en mi escondite, sin salir para nada, excepto dos veces con objeto de estirar las piernas, sosteniéndome en pie entre dos canastas, enfrente mismo de la abertura. Durante todo ese tiempo no vi en absoluto a Augusto, lo cual no me causó una gran inquietud, porque sabía que el bergantín iba a zarpar de un momento a otro, y que con tal bullicio, no era fácil para él encontrar ocasiones adecuadas para bajar a verme. Por fin, oí abrirse y cerrarse la trampa, y entonces escuché la voz de Augusto, que sin alzarla demasiado, me preguntaba cómo me iban las cosas y que reclamara cualquier utensilio que necesitara.

—Nada —respondí—; estoy tan cómodo como se puede estar. ¿Cuándo zarpará el bergantín?

—Levará anclas dentro de media hora —respondió—. He venido para que lo supieses, y pensando que estarías inquieto por mi ausencia. No tendré posibilidad de bajar de nuevo durante cierto tiempo, tal vez hasta dentro de tres o cuatro días por lo menos. Todo va bien a bordo. Después que abra y cierre la trampa, arrástrate siguiendo la cuerda hasta donde está el clavo. Encontrarás allí mi reloj; te puede ser útil, ya que no tienes la luz del día para medir el tiempo. Supongo que no tendrás ni idea del tiempo que has pasado aquí escondido, pero para que te hagas una idea, te diré que exactamente han sido tres días. Hoy estamos a veinte. La verdad es que podía haberte traído el reloj hasta aquí, pero se me olvidó, y ahora, si pierdo más tiempo aquí, empezarán a sospechar algo.

Y dicho esto, volvió a subir.

Una hora, poco más o menos, después de su marcha, noté claramente que el bergantín se movía, y me congratulé de iniciar al fin un viaje de verdad. Satisfecho con esta idea, decidí mantenerme lo más tranquilo posible y esperar la marcha de los acontecimientos hasta que me estuviese permitido cambiar la caja por las comodidades —más amplias, aunque no mucho mejores— del camarote.

Mi primera tarea fue ir a buscar el reloj. Dejé la vela encendida y avancé a tientas en las tinieblas siguiendo la cuerda trazando infinidad de revueltas, y siendo consciente de cuando en cuando, tras recorrer una larga distancia, que había retrocedido a uno o dos pies de la primera posición. Al fin, encontré el clavo y volví a retroceder de nuevo; llevaba conmigo aquel reloj que Augusto me proporcionó. Entonces, ya en mi escondite, inicié una buena planificación de lectura para matar el tiempo; Augusto también incluyó en mis provisiones, una serie de libros de diversas modalidades, y finalmente escogí la *Expedición de Lewis y Clark a la embocadura del Columbia*. Así es que me divertí un largo rato, hasta que, sintiéndome soñoliento, apagué la luz con mucho cuidado, y caí rápidamente en un profundo sueño.

Al despertarme, sentí una extraña confusión mental, y transcurrió algún tiempo antes de ponerme en situación y recordar una por una, todas aquellas circunstancias de mi situación. Sin embargo, me fui acordando de todo paso por paso. Encendí la luz y miré el reloj; pero se había parado, y en consecuencia, no tenía medios para saber cuánto tiempo había dormido. Todos mis miembros y extremidades sufrían agudos calambres, y recapacitando, me sentí con la obligación de aliviar esa situación, pues el viaje era largo y tenía que estar en forma; así es que me puse en pie entre las canastas y estiré las piernas y brazos de forma reiterada. Del mismo modo, sentí un apetito voraz y pensé en el cordero frío; había comido un pedazo poco antes de dormirme, y me pareció excelente.

Sin embargo, me quedé estupefacto al descubrir que se hallaba en un estado de putrefacción absoluto. Esta cuestión me produjo una gran inquietud, pues relacionaba aquella circunstancia con el dolor de cabeza que experimenté al despertar; empecé a creer que debía de haber estado durmiendo un período de tiempo excesivamente prolongado. La enrarecida atmósfera de la bodega podía ser, en parte, causa de aquello, y tener a la larga graves consecuencias. Me dolía muchísimo la cabeza; me pareció que respiraba con gran dificultad, y, en fin, me sentía deprimido por un sinfín de sentimientos de tristeza. Aun así, no me atrevía a abrir la trampa o a hacer cualquier otra cosa que hubiese podido ocasionar un alboroto, y luego de dar cuerda de nuevo al reloj, me contenté a mí mismo lo mejor que pude.

Durante todas las veinticuatro horas siguientes no vino nadie a socorrerme y no pude evitar cierto reproche hacia Augusto por tan grosera desatención. Lo que me alarmaba principalmente era que el agua de mi cántaro había quedado reducida a una media pinta y estaba sediento, ya que había comido, casi compulsivamente, la mitad del salchichón de Bolonia a falta de la pierna de cordero, y frecuentemente, en aquel momento no me sentí tan bien. Me notaba muy desasosegado, y fue imposible imbuirme en la lectura de mis libros con sincero interés. Estaba dominado, además por un deseo de descansar, aunque temblaba ante la idea de dejarme llevar por ese instinto, por temor a que pudiese existir alguna influencia perniciosa, como la del carbón encendido en el aire enrarecido de la bodega.

Por otro lado, el balanceo del bergantín me garantizaba la situación; estábamos en pleno océano, y un zumbido sordo que llegaba hasta mis oídos como desde una enorme distancia, me convenció de que no era un viento fuerte el que soplaba. No podía imaginarme ninguna razón para explicar la ausencia de Augusto. Habíamos avanzado lo suficiente en nuestra ruta para permitirme subir. Podía haberle acaecido algún accidente; pero no se me ocurría ninguno que explicase el por qué me dejaba tanto tiempo prisionero, con la excepción, por supuesto, de haber muerto antes o por haberse caído al mar; sin embargo, mi paciencia se iba disipando, y tanto, que ni siquiera me detenía ante cualquier otro pensamiento. Era posible que hubiéramos sido desviados por vientos de proa, y que nos hallásemos aún en las proximidades de Nantucket.

Me vi obligado, no obstante, a abandonar esta idea, pues en tal caso el bergantín habría virado hacia el otro lado, y yo, estaba plenamente convencido, dada su continua inclinación a babor, de que habría navegado todo el tiempo con una brisa uniforme de estribor. Además, aun suponiendo que siguiésemos en las cercanías de la isla, ¿por qué Augusto no me había visitado para comunicarme noticias de lo ocurrido?

Analizando punto por punto, sobre las dificultades de aquella situación tan deplorable y tan en soledad, decidí esperar otras veinticuatro horas; entonces, si no recibía noticias, me abriría camino hacia la trampa y me esforzaría o en hablar con mi amigo o en respirar un poco de aire fresco a través de la abertura, y en traer una nueva provisión de agua a mi camarote.

Mientras me regodeaba mentalmente, dando vueltas a un montón de sucesivos pensamientos, caí, frente a todo pronóstico y pese a todo mi empeño, en un profundo y pesado sueño, era más bien un estado atolondrado de atontamiento. Para colmo, tuve de veras unos sueños aterradores, más bien llegaron a convertirse en pesadilla. Me sucedían toda clase de calamidades y horrores. Entre otras desgracias, sentí la muerte por asfixia, bajo unas enormes almohadas que me presionaban por una demoniaca fuerza, eran unos viles y horrendos demonios de los infiernos. Inmensas serpientes me comprimían con los anillos de su cuerpo, mirándome con alevosía, y sin quitarme ojo con sus miradas desencajadas llenas de malicia y resplandores satánicos. Luego se extendían ante mí infinitos desiertos, con su típico aspecto desolador, y era algo que infundía respeto y hasta terror. Troncos de árboles de una altura enorme, secos y deshojados, se alzaban en una superposición de hileras hasta el límite en que una simple mirada proyecta una visión en tan sólo una milésima de segundo. Sus raíces estaban hundidas en vastas ciénagas, cuyas aguas lúgubres quedaban prisioneras de su propia celda, aguas sucias, turbias, quietas y siniestras. Y los variopintos árboles parecían dotados de humana vitalidad y agitaban de un lado para otro sus esqueléticos brazos, implorando piedad a las silenciosas aguas, rogando libertad con agonizantes súplicas, clamando clemencia a esa naturaleza profundamente patética. Cambiaba la escena, y me encontraba en pie, desnudo y solitario en las abrasadoras arenas del Sáhara. A mis pies yacía, como mimetizado, un feroz león de los trópicos.

Súbitamente abrió sus ojos indómitos, dominando por añadidura mis movimientos. Con un salto convulsivo se levantaba y descubría sus horribles colmillos. Durante un instante surgió de su desgarradora garganta un rugido parecido al trueno de una tormenta, y paralizándome los sentidos, me desplomé aterrado sobre el suelo. Sofocado en un paroxismo de terror, me encontraba al fin casi despierto. Mi sueño entonces no era del todo un sueño. Pero por lo menos, ahora, estaba en posesión de mis sentidos. Las garras de alguna enorme fiera y de algún monstruo se apretaban pesadas sobre mi pecho; su cálido aliento me inundaba el semblante, y sus afilados colmillos fulguraban sobre mi cuerpo en aquella oscuridad siniestra.

Aunque hubiese salvado mil vidas con sólo mover un miembro o proferir una sílaba, no hubiera podido sacudirme de ese espanto. La fiera, fuera la que fuera, conservaba su posición, sin inmutarse ni hacer ningún ademán de incorporarse, sin intentar atacarme de inmediato. Mientras tanto, yo permanecía inmovilizado, tendido bajo ella y en un estado completo de impotencia que más bien era mortífero. Sentía que mis facultades físicas y mentales me abandonaban a mi suerte y se alejaban rápidamente; en una palabra, en definitiva, la desdicha me acompañaba e iba a fenecer de un momento a otro.

Mi cerebro flotaba, me invadía una náusea mortal de vértigo, me traicionaban mis ojos, y en esta agonía, unas pupilas centelleantes clavadas sobre mi mente, parecían anunciarme mi propio aniquilamiento. Haciendo un supremo y violento esfuerzo, dirigí a Dios una breve oración redentora, y me resigné a morir. El sonido de mi voz pareció despertar toda la furia latente del animal; se precipitó cuan largo era sobre mi cuerpo; pero, me quedé petrificado cuando, con un largo y sordo gemido, empezó a lamer mi cara y mis manos con la mayor fuerza impetuosa que hubiera imaginado, y con las más extravagantes muestras de afecto y alegría, me dejó como aturdido, trastornado por completo de asombro; pero no podía olvidar el quejido peculiar del mejor amigo del hombre, mi perro *Tigre*, y bien conocía el singular estilo de sus caricias. Era él.

Noté que un torrente de sangre se vertió en mis sienes, y con una sensación liberadora de toda culpa, reconfortante en el sufrimiento, mi vida se reanimó de nuevo. Me incorporé con rabia y presuroso sobre el colchón donde yacía, y arrojándome al cuello de mi fiel y querido amigo, alivié la larga opresión de mi pecho en una impronta de sucesivas escenas de llanto y sobrecogimiento.

Como la vez anterior, mis ideas, fuera de aquel colchón, se hallaban en un estado de gran confusión y pesadez. Durante largo rato me pareció imposible la coherencia en mi pensamiento; pero, en un lento proceso, recobré la facultad de pensar, y recordé al fin las diferentes circunstancias de mi situación.

En cuanto a la presencia de *Tigre*, no llegué a encontrar respuesta en relación a su presencia, y tras caer en múltiples contradicciones dentro de conjeturas diversas, terminé por colmar mis incógnitas y me regocijé simple y llanamente sin otras indagaciones, de que mi perro viniera a compartir mi lúgubre soledad y a confortarme con sus caricias. Mucha gente quiere a sus perros; pero yo tenía por *Tigre* un afecto mucho más especial que el normal en estos casos, y nunca, sin duda, ningún ser lo mereció tanto. Durante siete años había sido mi compañero inseparable, y en una multitud de casos me había dado pruebas de todas las nobles cualidades que nos hacen estimar a un animal de este tipo. Le arranqué, cuando era cachorro, de las garras de un malvado sujeto de Nantucket que lo torturaba en el agua con una soga alrededor del cuello; y el perro, al crecer, me pagó su deuda, unos tres años después, me salvó del garrote de un ladrón callejero.

Cogí entonces el reloj y advertí, luego de acercarlo a mi oído, que se había vuelto a parar; pero no me sorprendió en absoluto, convencido como estaba por el estado especial de mis sentidos, de que había dormido, como antes, durante un período muy largo de tiempo; exactamente las horas que transcurrieron, me era imposible saberlo. Estaba consumido por la fiebre, y mi sed resultaba mucho más que tediosa.

Busqué a tientas aquel cántaro que contenía mi escaso remanente de agua, pues no tenía luz; las velas se habían consumido hasta el ras del tubo del candelero, y mi mano no encontraba fácilmente la caja de fósforos.

Mientras tanto, al dar, por último con el cántaro, advertí que estaba vacío; *Tigre*, sin duda, sintió la tentación de beber, así como la de devorar los restos de la pierna de carnero, cuyo hueso estaba bien mondado en un rincón de mi nicho. Podía pasarme sin aquella carne echada a perder; pero mi corazón desfallecía al pensar en el agua.

Me sentía débil y escaseaban mis fuerzas, hasta el punto de que al menor movimiento, al más ligero esfuerzo, temblaban los nervios de todo mi cuerpo; era en parte, debido a una fiebre altísima y que daba respuesta a mis alucinaciones. Para aumentar mis penalidades, el bergantín cabeceaba y daba bandazos con gran violencia, y los barriles de aceite colocados encima del nicho donde me alojaba amenazaban a cada instante con venirse abajo, tapando así la única salida de mi escondite. Experimentaba asimismo nauseabundas sensaciones por el mareo. Todas estas consideraciones hicieron que me decidiera contra todo pronóstico, dirigirme hacia la abertura de la trampa y pedir auxilio, porque de otra manera, no creo que pudiera contarlo. Una vez tomada esta resolución, busqué de nuevo a tientas la cajita de fósforos, la cual, me costó muchísimo esfuerzo; sin embargo, no pude encontrarla.

Así es que por lo pronto, abandoné su búsqueda, y ordenando a *Tigre* que se estuviera quieto, inicié el recorrido de vuelta hacia la abertura de la trampa.

En esta tentativa mi gran debilidad se puso todavía más de manifiesto. Con mucha dificultad pude arrastrarme a lo largo de todo el recorrido, y muy a menudo se doblaban mis piernas por mi peso; entonces, cayendo consternado, me quedé postrado de bruces, permanecí durante unos minutos en un estado cercano a la inconsciencia. Me recuperé un tanto, y pude avanzar gradualmente con lentitud, temiendo a cada momento poder desmayarme entre las estrechas e intrincadas revueltas de la estiba, en cuyo caso no podía esperar más resultado que la muerte. A la postre, impulsándome adelante con toda la energía de la que disponía, mi frente se golpeó con dureza contra la arista saliente de uno de los contenedores encajados en la cámara.

El accidente me dejó aturdido un breve instante, pero se avecinaba lo peor; descubrí con mucho pesar mío que los contundentes y violentos bandazos habían hecho que algunos paquetes y aquel mismo contenedor, quedasen atravesados en mi camino, obstruyendo así del todo el paso. Con toda mi fuerza presionando, no pude desplazar más que unos pocos centímetros la posición del contenedor, pues se había encajado de lleno entre las cajas y enormes paquetes de alrededor. Era pues, más que necesario, tan débil como estaba, o soltar la cuerda que me guiaba y buscar otro paso, o trepar por el obstáculo y proseguir mi camino del otro lado.

La primera alternativa presentaba demasiadas dificultades y peligros, al fin y al cabo, aquella cueva era mi único vínculo con el exterior. En aquel estado de debilidad mental y física, si perdía el camino de mi orientación, estaría perdido; e incluso llegaría a perecer de un modo miserable entre los lúgubres y repulsivos laberintos de la bodega. Comencé, pues, sin vacilar, a concentrar todo el valor y la fuerza que me quedaban, e intenté como podía, trepar por encima de aquel obstáculo.

Al incorporarme con ese firme propósito, advertí que la tarea era más ardua de lo que había imaginado. A cada lado del estrecho paso se alzaba un verdadero montículo formado por diversos y pesados trastos, y que al menor error por mi parte, podrían desplomarse sobre mi cabeza; además, si lograra a pesar de todo el cometido, el camino de vuelta, no obstante, estaría obstruido enteramente con aquel impedimento, encontrándome así ante otro obstáculo. El contenedor era muy grueso, enorme, y durísimo, y no tenía basamento alguno donde afirmarse.

En vano intenté, por cuantos medios podía, alcanzar la parte superior, con la esperanza de llegar a escalar el obstáculo con únicamente mis brazos. Pero aunque hubiera logrado llegar con las manos hasta arriba, con toda seguridad, mi fuerza habría sido insuficiente para escalar semejante muro, y menos a pulso, así que abandoné rápidamente aquella idea. Al cabo de un rato, en un desesperado esfuerzo por moverlo, sentí tambalearse un montón de tablas muy próximas. Deslicé mi mano buscando que aquel resorte de maderas estuvieran flojas, y afortunadamente noté que una de ellas, muy ancha, se movía. Con mi cortaplumas, que por fortuna llevaba encima, conseguí con mucho esfuerzo desprenderla del todo, y al traspasar el hueco que quedaba libre, descubrí, con sumo regocijo, que no había tablas en el lado opuesto; en otras palabras: que faltaba la tapa, y que a través del fondo me había abierto camino. Entonces no hallé ya dificultad en seguir a lo largo de la línea hasta que, por fin, llegué al clavo. Me puse en pie, con el corazón palpitante de expectación, y empujé suavemente, la cubierta de la trampa. No se levantó con la celeridad prevista como así esperaba, por lo que tuve que empujar con mayor decisión, siendo consciente en todo momento, que otra persona que no fuese Augusto pudiera estar en su camarote.

La puerta no cedía ante mi asombro, permanecía fija, y empecé a sentirme algo inquieto, pues sabía que al principio cedía al menor esfuerzo. La empujé con fuerza y continuó tan firme; apreté con toda mi fuerza, y no quiso ceder; con rabia, con furia, con desesperación, era como si me desafiara en un pulso de fuerza. Así es que se ponía en evidencia, a juzgar por la naturaleza inflexible de su resistencia, que el agujero había sido descubierto y clavado a conciencia, o que había sido colocado encima algún enorme peso que era inútil pensar en remover.

Mis sensaciones fueron de horror y de congoja de nuevo. En balde intenté razonar sobre lo que me sepultaba de aquel modo. No podía rescatar ningún esclarecimiento con un mínimo de lógica y sentido común; me dejé caer al suelo y me entregué sin oposición alguna a las más pesimistas resoluciones en mi historia, entre las que se encontraban, como desastres principales, abrumadores y terribles, la muerte extenuada por la sed, por el hambre, por inhalación de extraños gases, por asfixia, y el enterramiento prematuro.

Más tarde, recobré en parte, cierta presencia de ánimo. Me levanté y puede tantear con los dedos las junturas o grietas de la abertura. Al encontrarlas, las examiné minuciosamente para comprobar si dejaban pasar alguna luz del camarote; pero no se veía nada. Entonces inserté la hoja de mi cortaplumas hasta descubrir una masa endurecida. Raspando, pude averiguar que se trataba de una sólida masa de hierro que, por su particular forma encorvada que así deduje al pasar la hoja sobre ella, supe que era una gruesa cadena. La única conducta que me quedaba ahora por seguir era volver a recorrer el camino hacia la caja, y allí resignarme a mi desafortunado destino, o intentar calmar mi espíritu para poder idear algún plan de liberación. Inicié de ese modo la tentativa, y logré, después de múltiples dificultades, volver atrás. Cuando me dejé caer absolutamente debilitado sobre el colchón, *Tigre* se tumbó tan largo y grande como era a mi lado, deseoso, con las caricias de sus pezuñas, de consolarme de mis penas y eximirme de sufrirlas.

Al cabo de un rato, el cambio de conducta de *Tigre*, algo particular en estos momentos, llamó fuertemente mi atención. Tras relamerme con júbilo la cara y las manos, y así pasó algunos minutos, comenzó a lanzar una serie de gemidos muy significativos, era como si quisiera comunicarme algo. A continuación, al intentar acariciar su cabeza, se tendió en el suelo boca arriba, posando su lomo y exhibiendo sus patas levantadas y moviéndose hacia todas las direcciones. Aquella conducta, repetida con tanta insistencia, parecía extraña, y no podía yo en modo alguno explicármela. Como *Tigre* parecía desolado, deduje que podía estar herido por algún golpe, así que agarré al perro, e intenté palpar sus patas cuidadosamente, aunque sin encontrar señal de lesión alguna.

Supuse entonces que estaría hambriento, y le di un gran trozo de jamón, que devoró con ansiedad; después de lo cual, sin embargo, continuó con sus extraordinarias exhibiciones. Imaginé entonces que padecía, como yo, la angustia de la sed, y cuando estaba convencido de esta razón, pude advertir que únicamente había reconocido sus patas, pero tal vez, pudiera estar herido en otra parte de su cuerpo. Palpé entonces, con todo detalle, parte de su cabeza, pero no encontré nada.

No obstante, al pasar mi mano a lo largo de su lomo, percibí al palpar en una zona, un ligero erizamiento del pelo precisamente en esa parte. Sondeándole con el dedo, descubrí un cordel, y siguiéndolo, vi que rodeaba todo su cuerpo. Después de un examen más detallado, encontré una pequeña tira que me dio la sensación de ser un papel de carta; el cordel lo atravesaba y había sido atado de tal manera, que lo sujetaba justamente debajo de la paletilla izquierda del animal.

3

Se me ocurrió en el acto la idea de que aquel papel podía ser una nota de Augusto, y que al sucederle algún accidente inexplicable que le impedía sacarme de mi calabozo, había ideado aquel sistema para informarme del verdadero estado de cosas. Temblando de curiosidad, comencé a buscar de nuevo los fósforos restantes y las velas.

Tenía como un vago recuerdo de haberlos dejado cuidadosamente en algún sitio al ir a dormirme, y, en realidad, antes de mi última expedición hacia la trampa fui capaz de recordar el sitio exacto donde los había depositado. Sin embargo, en esos momentos era incapaz de recordarlo, y pasé una hora entera buscando desazonado aquellos objetos perdidos que con tanta ansiedad necesitaba recuperar para conocer el devenir de mis circunstancias. Realmente, que yo sepa, nunca había padecido un estado más desalentador, de más ansiedad e incertidumbre, que hasta entonces. Finalmente, cuando tanteaba por los alrededores, con la cabeza apoyada en el lastre junto a la abertura del habitáculo, y un poco hacia afuera, percibí como una débil claridad en dirección a popa.

Muy sorprendido, me esforcé en dirigirme hacia aquella claridad, que me parecía estar muy cercana de donde me hallaba. Apenas había empezado a moverme con ese propósito, cuando la perdí de vista por completo; para divisarla de nuevo, me vi obligado a tantear a lo largo del nicho hasta que volví a encontrarme con exactitud en mi primera posición. Entonces, moviendo la cabeza de un lado para otro con cautela, observé que, avanzando despacio, con mucho cuidado, en el sentido opuesto al que había adoptado primero, podía llegar junto a la luz sin perderla de vista.

Por último, al llegar a este claro, no sin esfuerzo, al traspasar innumerables revueltas, descubrí que aquella luz provenía de algunos restos de los fósforos que se esparcían sobre un barril vacío apoyado en uno de los costados. Me extrañó mucho encontrarlos en aquel lugar, y fue entonces cuando mi mano, palpó una serie de trozos de cera que habían sido mascados sin duda por el perro.

De ello deduje claramente que *Tigre* había devorado toda la provisión de velas y perdí la esperanza de poder leer alguna vez la nota de Augusto. Los restos de cera estaban tan mezclados con otros desperdicios sobre el barril, que renuncié a sacar de ellos ningún provecho, y los dejé donde estaban. Recogí lo mejor que pude los fósforos esparcidos y volví de nuevo a mi guarida donde *Tigre* permanecía tumbado e inmóvil en el lecho.

Ahora ya no sabía qué hacer. La cala estaba tan oscura, que no podía ver mi mano, ni siquiera poniéndola muy cerca de mi cara. No podía distinguirse apenas la tira blanca de papel, e incluso sin mirarla directamente, sino volviendo hacia ella la parte exterior de la retina, es decir, observándola apenas de soslayo; así llegaba a ser algo perceptible.

Puede, por tanto, imaginarse la oscuridad de mi prisión; y la nota de mi amigo, si era de veras una nota suya, aumentó todavía más mi enloquecimiento, sintiéndome desolado por completo. En vano barajaba en mi cerebro una multitud de absurdos medios para proveerme de luz, medios análogos a los que imaginaría, para un fin similar, un hombre bajo los efectos alucinógenos del opio. Cada uno de ellos, unos sueños confusos, aparecían a veces como verdaderamente razonables, otros resultaban absurdos, ridículos, simples fantasías sin fundamento. A veces predominaba la sensatez, otras la imaginación, pero en definitiva, todo era producto de la imaginación.

A la postre se me ocurrió una idea que me pareció racional, extrañándome no haber pensado en ella antes. Coloqué la tira de papel sobre las cubiertas de un libro, y recogiendo los restos de los fósforos que había traído del barril, los junté sobre el papel. Luego, utilizando la palma de la mano, froté todo con toques rápidos y con fuerza. Una luz clara se difundió enseguida sobre toda la superficie, y si hubiese habido algo escrito sobre ella, no habría tenido la menor dificultad, estoy seguro de leerlo. No había ni una sílaba, por cierto; nada más que una triste y desoladora blancura. La luz se extinguió pasados unos segundos, y sentí que mi corazón se extinguía con ella.

Ya he dicho que mi mente por entonces, como en sucesivas circunstancias, se encontraba en un estado de absoluta estupidez. Tuvo, es verdad, algunos intervalos de perfecta lucidez, y de cuando en cuando, hasta momentos magistrales de suprema inteligencia, sin embargo, fueron los menos. Debe recordarse, no obstante, que yo respiraba desde hacía varios días la atmósfera casi pestilente de un angosto espacio en un barco ballenero, y una gran parte de ese tiempo, escaso de agua.

Durante las últimas catorce o quince horas no había bebido ni una gota, y para colmo, mi inquietud hacía que no pudiera conciliar el sueño en ese tiempo. Unas provisiones saladas y no muy satisfactorias para mi paladar, habían constituido mi principal, e incluso desde la pérdida del cordero, mi único alimento, a excepción de las galletas. Incluso las galletas, resultaron un alimento inútil, pues estaban demasiado duras y secas para que las pudiese tragar mi garganta, reseca e hinchada como estaba. Tenía ahora una fiebre altísima, y me encontraba muy mal en todos los aspectos. Esto explicará el hecho de que transcurrieran tantas desagradables horas padeciendo sufrimiento, desde mi última aventura con los fósforos, antes de percatarme de que mi fatal descuido al no examinar la tira de papel por otro de los lados.

No intentaré describir todas mis frustraciones y mis reacciones de rabia, aunque creo que la cólera era la tónica común, cuando aquel terrible descuido que había cometido apareció de repente en mi espíritu. Aquel error no hubiera sido muy importante en sí mismo, si mis arrebatos de ira, no me hubieran traicionado de forma tan grosera. En mi desilusión al no encontrar las palabras deseadas sobre la tira, rompí el papel puerilmente y tiré los pedazos, por el suelo. Pero ni siquiera recordaba dónde los arrojé. Y como toda alternativa que se encuentra de la forma más extraña, *Tigre* me sacó de la peor parte del problema gracias a su sagacidad. Cuando encontré, después de una larga búsqueda, un trocito de la nota, lo puse bajo el hocico del perro, esforzándome en hacer que entendiera, que debía traerme el resto. Ante mi asombro, pues no le había adoctrinado respecto a ninguna de las habilidades acostumbradas que hacen famosos a los de su raza, pareció captar, desde luego, mi pensamiento, y explorando durante un buen rato, encontró otro pedazo bastante grande. Me lo trajo, y tras una breve pausa, y frotando su nariz contra mi mano, pareció esperar a que yo aprobase lo que había hecho. Le di unas palmaditas en la cabeza, y marchó sin demora para reanudar la búsqueda.

Pasaron unos minutos antes de regresar, y a continuación me trajo un trozo bastante grande que completaba toda la nota. Al parecer, yo no lo había roto más que en tres pedazos. Por fortuna, no me costó trabajo encontrar los pocos fragmentos de fósforo que aún quedaban, guiado por la incierta luminosidad que despedían una o dos de sus partículas. Mis desdichas me habían enseñado la necesidad de la prudencia, y entonces me tomé tiempo para reflexionar sobre lo que iba a hacer. Con toda probabilidad, pensé, aquellas escasas palabras habían sido anotadas en uno de los lados del papel que no examiné; pero ¿cuál era ese lado?

La composición de aquellos pedazos no me aportaba indicio alguno a ese respecto, aunque me garantiza que encontraría todas las palabras, si es que había alguna en el mismo lado y siguiendo cierta lógica en cuanto a la manera en que habían sido escritas. Era de gran necesidad comprobar el punto de partida de un modo cuidadoso, pues lo que quedaba del fósforo resultaría insuficiente por completo en caso de una tercera tentativa, si es que fracasaba en la que ahora me disponía a realizar. Coloqué el papel sobre la tapa de un libro, como ya había hecho anteriormente, y me senté durante unos minutos, analizando la cuestión con toda minuciosidad.

Al cabo de un rato, pensé que no era imposible en absoluto que en el lado escrito se acusara alguna aspereza y rugosidad sobre su superficie, lo cual me ayudaría a descartar posibilidades antes de encender el fósforo. Decidí hacer la experiencia y pasé con cuidado el dedo sobre el lado que se presentaba primero. Aun así, nada pude percibir, así que lo que hice a continuación fue dar la vuelta al papel, adhiriéndolo sobre el libro. De nuevo froté el índice a lo largo con gran precaución, cuando descubrí una leve pista, pero perceptible, que seguía mi roce. Sin duda provenían de los restos del fósforo que utilicé en la primera tentativa.

El otro lado, el reverso, era, por tanto, aquel donde estaban las palabras escritas, si es que en realidad, pudiera encontrar algo realmente escrito. Volví, pues, el papel y me puse al trabajo como había hecho ya antes. Froté el fósforo, que despidió de nuevo una leve luminosidad; y esta vez algunas líneas de una escritura gruesa y que parecían trazadas con tinta roja resultaron claramente visibles. La claridad, aunque bastante brillante, fue sólo momentánea. Sin embargo, si no hubiera experimentado una emoción tan desbordante, habría tenido sobrado tiempo para leer con toda holgura tres frases enteras ante mis ojos, pues vi que había tres. A pesar de lo cual, en mi ansiedad por leerlas de una vez, no logré captar más que las ocho palabras del final, que eran las siguientes: «sangre..., sigue escondido, depende tu vida de ello».

Aunque hubiese podido enterarme de todo el contenido de la nota, el sentido completo de la advertencia que mi amigo había intentado comunicarme, aunque aquella advertencia me hubiese mostrado toda la historia del infortunio más desastroso, no habría podido, estoy firmemente convencido de ello, irrumpir en mi mente con tanto horror como el que me inspiró aquel segmentado aviso recibido de tal pesquisa. Además, la palabra *sangre*, esta palabra tan definitiva entre todas las palabras, tan henchida siempre de misterio, de sufrimiento y de terror, me pareció entonces tres veces más turbulenta, y aquellas sílabas vagas, separadas de la serie de palabras precedentes que la calificaban y la esclarecían, cayeron, pesadas como bloques helados, entre las profundas tinieblas de mi prisión, en los sitios más recónditos de mi alma.

Augusto tenía, sin duda, buenas razones para desear que permaneciera escondido, e hice mil conjeturas sobre cuáles podrían ser; pero me fue imposible pensar nada que me proporcionase una información verídica que revelara el misterio. Justamente después de volver de mi último recorrido a la trampa, y antes de percatarme de la conducta de *Tigre*, había tomado la resolución de gritar hasta hacerme oír por los hombres de a bordo, y en el caso de no poder lograrlo, intentaría abrirme camino a través del sollado. La extrema certeza que tenía yo de poder realizar, en última instancia, uno de aquellos dos planes, me había infundido valor, que me habría faltado de otro modo, para soportar las desdichas de mi situación.

Y, sin embargo, las pocas palabras que acababa de leer me paralizaban aquellos dos recursos finales, y entonces, por primera vez, sentí que mis esperanzas se derrumbaban en una milésima de segundo. En el paroxismo de la desesperación, me tiré de nuevo sobre el colchón, donde permanecí tendido durante todo un día y una noche poco más o menos.

Por último, me levanté de una vez, y me dediqué a reflexionar sobre los horrores que me rodeaban. Me era muy difícil poder vivir otras veinticuatro horas sin agua; más allá de ese plazo, me quedaría extenuado. Durante la primera parte de mi reclusión me tomé libremente varios vinos que tan generosamente me brindó Augusto; pero únicamente sirvieron para acelerar mi proceso febril, sin calmar mi sed ni un ápice. No me quedaba ya sino un cuarto de litro de una especie de licor de durazno que me revolvía el estómago. De los salchichones nada quedaba por añadidura; del jamón no sobraba otra cosa que un trocito de corteza, y salvo los restos de alguna galleta, ya reseca y arenosa, todo lo demás había sido devorado por *Tigre*. Para colmo, mi angustia se acrecentó todavía más, y sentí que mi dolor de cabeza era más intenso a cada instante, acompañado siempre de aquella especie de delirio que me había atormentado más o menos desde mi primer sueño.

Hacía varias horas que respiraba con gran dificultad, y ahora cada esfuerzo por hacerlo iba seguido de un movimiento espasmódico del pecho que parecía que me iba a estallar. Pero tenía una nueva inquietud de un género muy distinto, y eran los terrores extenuantes que me asaltaban y que eran originados por una extraña actitud de *Tigre*. El dolor, por otro lado, me obligó a incorporarme un tanto, y tuve que levantarme del colchón.

Había observado en primer lugar una alteración en su conducta cuando frotaba el fósforo sobre el papel en mi última tentativa. Mientras así lo hacía, hundió él su hocico en mi mano con un ligero gruñido; pero estaba en aquel momento especialmente agitado para prestar atención a aquel detalle.

Un poco más tarde, como se recordará, me tiré sobre el colchón, y caí en una especie de letargo. Reparé entonces en algo significativo, y era un peculiar silbido muy cercano a mi oído, y descubrí que aquel ruido provenía de *Tigre*, que jadeaba y resoplaba como si fuera presa de la mayor excitación, escudriñando sus ojos furiosamente en la oscuridad. Le dirigí unas palabras, y me contestó con un sordo gruñido; luego permaneció tranquilo. Volví a caer en mi estupor, y fui despertado aún de una manera más brusca.

Aquello se repitió tres o cuatro veces; al cabo de un rato, su conducta me inspiró tal terror, que me sentí por completo despejado. Estaba *Tigre* echado contra la abertura del habitáculo, gruñiendo de un modo terrible, aunque en un tono bajo y sordo, y rechinando los dientes como si sufriese fuertes convulsiones. Y entonces atribuí estas reacciones a la privación de agua y a la atmósfera enrarecida de la bodega, ya que eran motivos suficientes de su rabia, y en ese sentido, ignoraba en absoluto qué partido tomar. No podía soportar la idea de matarle, y a pesar de todo, me parecía en todo caso necesario para mi propia salvación. Percibía a las claras sus ojos mirándome fijamente con una expresión de malevolencia diabólica, y creía a cada instante que iba a acometerme.

A la postre, no pudiendo soportar más tiempo aquella tremenda situación, decidí abrirme camino y estar dispuesto a todo, incluso a matarle, si su oposición hacía preciso tal extremo. Para huir, tenía mi propósito. Así es que *Tigre* se incorporó sobre las patas delanteras, lo cual noté por el cambio de posición de sus ojos, y desplegó la hilera de sus blancos colmillos, que podía ver con facilidad.

Intenté asegurarme de coger lo que quedaba de la corteza del jamón y la botella que contenía el licor, y los sujeté bien sobre mi cuerpo; asimismo, cogí una mochila que Augusto había dejado, y luego, envolviéndome en mi gabán lo mejor que pude, hice un movimiento hacia la abertura del nicho. Apenas me había movido, cuando el perro, con un fuerte aullido, se arrojó hacia mi garganta. El enorme peso de su cuerpo chocó contra mi hombro derecho y caí con violencia hacia la izquierda, mientras el rabioso animal pasaba por encima de mi cuerpo reconociendo cada una de sus partes. Había caído de rodillas, con la cabeza envuelta en las mantas, lo cual era una segura protección a tenor de los peligros de un posible segundo ataque. Y así fue, porque con toda su furia sentí los agudos colmillos apretando con fuerza la lana que rodeaba mi cuello, aunque, por fortuna, no traspasaron su fiereza a través de todos los pliegues. Me encontraba entonces debajo del perro, y en pocos instantes estaría a su merced.

La desesperación me dio fuerzas: me levanté de súbito, evitando al animal todo lo posible con la simple energía de mi movimiento, arrastrando conmigo las mantas de encima del colchón. Las arrojé luego sobre el perro, y antes que pudiera desprenderse de ellas pude franquear la puerta, cerrándola de un portazo y asegurándola lo mejor que pude por si intentaba perseguirme. En esta lucha, no obstante, me vi obligado a soltar el trozo de corteza del jamón, por lo que únicamente contaba con el cuarto de pinta de aquel licor rancio y apestoso, y esas eran mis únicas provisiones.

Cuando fui consciente de ello, me sentí impulsado por uno de esos ataques de perversidad que pueden considerarse como el comportamiento de un niño mimado, en circunstancias análogas, y llevando la botella a mis labios la vacié hasta la última gota y la arrojé luego con ira contra el suelo.

Apenas se había desvanecido el eco de aquel estrépito cuando oí mi nombre pronunciado por una voz como llena de impaciencia, pero sofocada, que salía del lado del puente. Una cosa de aquel género resultaba tan inesperada y era tan intensa la emoción que sentía, que irrumpí en unos extraños sonidos, pues no era fácil responder.

Había perdido del todo la facultad de hablar, y en la aterrada angustia de que mi amigo dedujese de aquello mi muerte y se volviese a marchar sin intentar buscarme, me mantenía en pie entre las canastas cerca de la puerta del habitáculo, temblando como un chiquillo, emitiendo sonidos entrecortados y esforzándome por articular alguna sílaba. Aunque un millar de palabras hubieran dependido de una sílaba, no hubiese podido proferirla.

Oí entonces un ligero movimiento a través de la estiba en algún sitio, enfrente de la posición que yo ocupaba. Después el sonido se hizo menos perceptible, luego aún menos y menos. ¿Podré olvidar mis sensaciones de aquel momento? ¡Se iba mi amigo, mi compañero, de quien tenía yo derecho a esperar tanto; se iba, me abandonaba, se iba! ¡Me dejaría perecer de mala manera, expirar en el más horrible y repulsivo de los calabozos; una palabra, una breve sílaba, podía salvarme, y a despecho de ello no podía yo pronunciarla! En esos momentos pude experimentar el preámbulo de la misma muerte, la angustia del que sabe que va a perecer de inmediato. Me dio vueltas la cabeza, y me desplomé, mortalmente impresionado, contra el extremo de mi habitáculo.

Al caer, la mochila, que estaba sujeta de uno de sus extremos al cinturón de mis pantalones, chocó con un vivo sonido contra el suelo. Aquel ruido, aquel estrépito, me pareció la melodía más original y los acordes mejor ejecutados en la historia de la música. Con la más profunda ansiedad quise agudizar mi oído para comprobar el efecto de aquel ruido en Augusto, pues yo sabía que la persona que había pronunciado mi nombre no podía ser nadie más que él. Todo permaneció en silencio durante unos momentos.

Por último, volví a oír el nombre «¡Arturo!», repetido en tono bajo, y una de las veces lleno de vacilación. La esperanza renaciente liberó muy pronto mi facultad de hablar, y a la sazón grité con mi voz más fuerte: «¡Augusto! ¡Oh Augusto!» «¡Chis, por amor de Dios, silencio! —respondió él, con una voz trémula de emoción—. Estaré a tu lado enseguida, tan pronto como pueda abrirme camino por la bodega.»

Durante algún rato le oí de un lado para otro moverse en mitad de aquellos montones de cargamento, y cada segundo me parecía un siglo. Al final sentí su mano sobre mi hombro, acercándome una botella de agua a mis labios. Sólo los que han sido de repente arrancados de las mandíbulas de la tumba, o los que han conocido los insufribles tormentos de la sed en circunstancias tan deplorables como las que me rodeaban en mi lúgubre prisión, pueden formarse una idea de lo que es verdaderamente las primeras necesidades del hombre, porque aquel sorbo de agua, significó volver a enraizarme en la vida, y desde luego, me proporcionó el gozo más intenso que jamás he vuelto a experimentar.

Cuando hube saciado un tanto mi sed, Augusto sacó de su bolsillo tres o cuatro patatas cocidas, que devoré con la mayor ansiedad. Había traído una vela dentro de una linterna sorda, y sus gratificantes rayos me produjeron un goce no menor que el alimento y la bebida. Pero estaba impaciente por conocer la causa de su prolongada ausencia, y él comenzó a contarme lo sucedido a bordo durante mi reclusión.

4

El bergantín se hizo a la mar, como yo bien había supuesto, aproximadamente una hora después de que Augusto me dejase su reloj. Era el 20 de junio. Unos días después, como se recordará, podía percibir ese gran bullicio que tenía lugar a bordo; un enorme despliegue de marineros iban y venían hacia la cámara y los camarotes, y por tanto, Augusto no pudo bajar a verme, pues si su presencia fuera echada de menos, advertirían algo extraño y no podíamos correr riesgo alguno en absoluto.

Luego, cuando por fin bajó, le aseguré que estaba bien, fue el momento en que me prometió bajar de nuevo en cuanto le fuera posible. Durante los días siguientes, Augusto, estaba convencido de mi seguridad, y por tanto, pensó que era ridículo llamar la atención sin necesidad. No obstante, buscaba excusas constantemente para tener la ocasión perfecta para visitarme. *Hasta el cuarto día* no la encontró.

Varias veces, durante aquel intervalo, había tomado la decisión de confesar la aventura a su padre y de hacerme subir enseguida; pero seguíamos estando cerca de Nantucket, y era de temer, a juzgar por ciertas palabras que se le escaparon al capitán Barnard, que éste diese la vuelta si descubría que estaba yo a bordo. Por lo demás, razonando bien y utilizando la cordura respecto a la situación, Augusto, por lo que me contó, no podía imaginar que careciese de algún tipo de necesidad urgente, y por tanto, no creyó prioritario ponerme al día de las cosas, arriesgándose o desvelar la localización del escondite. Así pues, coordinando serenamente nuestro plan tan bien organizado, sacó la conclusión de que debería seguir esperando tal y como acordamos, hasta encontrar el momento adecuado para bajar a visitarme sin ser visto. Y la ocasión, como antes comenté, no se presentó hasta el cuarto día después de haberme dejado el reloj, es decir, el séptimo desde mi primera entrada en la bodega.

Bajó, pues, sin llevar consigo agua ni provisiones, con la única intención de que tomara contacto con alguien y así aliviar mi confinamiento, para luego, guiarme desde el nicho hasta la entrada de la trampa, y proveerme desde su camarote de todo tipo de alimentos y bebidas que pudiera necesitar. Cuando bajó con esa intención, observó que yo dormía, pues, según parece, roncaba muy fuerte. Observadas todas las conjeturas que he podido analizar sobre esta cuestión, debía de tratarse de aquel prolongado letargo en el que perecí, poco después de haber vuelto de la trampa con el reloj, letargo que tuvo que durar no menos de *tres días enteros* más o menos. No hacía mucho que había aprendido por conocimiento empírico y por mi propia experiencia vivida, así como por la aseveración de los demás, los poderosos efectos soporíferos del olor del aceite viejo de pescado, si está envasado herméticamente; y cuando pienso en el estado de la cala donde permanecí recluido, y en el largo espacio de tiempo durante el cual sirviera el bergantín como ballenero, me extraña aún más haber logrado despertarme, una vez conciliado el sueño como lo hice y haber estado ausente en aquel profundo letargo, que buenamente me hubiera podido conducir a la muerte.

Augusto me llamó primero en voz baja y sin cerrar la trampa, pero yo no contesté. Cerró entonces la trampa y me habló en un tono más elevado, y por último, muy fuerte; pero yo seguía roncando. Hubiera sido preciso, para que yo pudiera oírle, introducirse a través de la trampa y eludir todos aquellos trastos que rebosaban en la cala hasta poder acudir al nicho donde me encontraba, y ello suponía un espacio de tiempo bastante duradero, una ausencia que con toda certeza acabaría por notar el capitán Barnard, el cual, precisaba de sus servicios en todo momento para ordenar y copiar documentos relacionados con el viaje.

Decidió, pues, tras una decidida consideración, volver a subir y esperar otra ocasión más óptima para poder visitarme. Además esa decisión estaba doblemente legitimada, por el hecho de que mi sueño parecía atestiguar que mi estado de ánimo estaba sereno y tranquilo, y sin considerar ni por un momento que pudiera hallarme en una situación crítica debido a la reclusión prolongada durante tantas horas. Cuando se estaba formando aquel dictamen, de forma inesperada, tuvo la impresión que de las cámaras provenía un espectacular alboroto de una magnitud poco acostumbrada hasta el momento, y no vaciló ni un instante en acudir en busca de alguna explicación. Se precipitó por la trampa tan deprisa como pudo, la cerró y empujó la puerta de su camarote. No bien había puesto el pie en el umbral, cuando un pistoletazo fulguró muy cercano a sus oídos, siendo derribado al mismo tiempo por un golpe de espeque.

Una mano muy robusta le aprisionaba sobre el suelo del camarote apretándole con fuerza la garganta; no obstante, podía ver lo que ocurría a su alrededor. Su padre, atado de pies y manos, estaba tendido a lo largo de la escalera de la cámara, con la cabeza hacia abajo y por lo que se dejaba entrever de una profunda herida en la frente, estaría muy grave, pues de la hemorragia no cesaba de brotar sangre. No decía una palabra y parecía moribundo.

Sobre él se inclinaba el primer comandante de a bordo, contemplándole con una sonrisa sardónica que expresaba claramente intenciones demoniacas. Registraba tranquilamente sus bolsillos, de los que sacaba en aquel momento una gran cartera y un cronómetro. Siete hombres de la tripulación, entre los cuales se contaba un hombre de raza negra que parecía ser el cocinero, saqueaban los camarotes de babor buscando armas, y pronto estuvieron equipados con fusiles y municiones. Además de Augusto y el capitán Barnard, había también en la cámara otros nueve hombres, algunos de los cuales eran los más despreciables rufianes de la tripulación. Los bandidos subieron entonces al puente, llevándose a mi amigo con ellos, después de haberle atado las manos a la espalda. Fueron directamente al lado de la proa. Dos de los amotinados seguían allí con hachas, y otros dos junto a la escotilla mayor. El comandante gritó con voz fuerte:

—¿Oís los de abajo? ¡Vamos, arriba, uno por uno, fijaos bien, y sin refunfuñar!

Transcurrieron varios minutos antes de ir apareciendo uno por uno; al cabo de un rato, un inglés, que se había embarcado como primerizo, subió, llorando desconsoladamente y suplicando del modo más humilde al comandante que le perdonase la vida. La única respuesta que recibió fue un hachazo en la frente.

El desgraciado muchacho cayó sobre el puente sin dar ni siquiera un gemido, y el cocinero, cogió su cuerpo sin resistencia alguna, como si tomara en sus brazos el cuerpo de un niño, y le arrojó tranquilamente al mar. Al oír el hachazo y la zambullida del cuerpo, los hombres de abajo no quisieron arriesgarse a subir al puente ni con amenazas ni con promesas, hasta que alguien propuso que murieran por asfixia e inhalación de humo allí mismo. Hubo a continuación una embestida general, y por un momento pareció posible que el bergantín fuese reconquistado.

Los amotinados, no obstante, lograron al final cerrar con solidez la parte delantera de la proa antes que seis de sus adversarios pudieran lanzarse afuera. Estos seis, encontrándose tan superados en número y sin armas, se rindieron después de un breve combate. El comandante les hizo decentes promesas, sin duda para inducir a los de abajo a entregarse, pues podían oír sin esfuerzo todo lo que se decía sobre el puente. El resultado demostró su astucia, aunque también su diabólica maldad. Todos los hombres encerrados en el castillo de proa manifestaron su intención de rendirse, y subiendo uno por uno, fueron agarrotados y tirados de espaldas junto con los seis primeros —en total veintisiete hombres— de la tripulación que no habían tomado parte en el motín.

Y a esto sucedió una escena mucho más horripilante todavía. Los marineros atados fueron arrastrados hacia la tilla. Allí estaba el cocinero con un hacha, golpeando a cada víctima en la cabeza mientras los otros amotinados eran empujados a la fuerza por encima de la borda. De esta manera perecieron veintidós, y Augusto se consideró igualmente perdido, esperando a cada momento que le llegase su turno.

Pero, al parecer, los bandidos estaban ahora cansados, y en cierto modo asqueados de su sanguinaria masacre, pues los cuatro prisioneros restantes, así como mi amigo, tirado sobre el puente con los demás, fueron respetados por el momento, mientras el comandante enviaba abajo a buscar el ron y toda la cuadrilla de asesinos se dedicó a emborracharse en un holgorio que duró hasta el amanecer.

Entonces empezaron a discutir sobre el destino de los supervivientes tendidos cerca de ellos y que, por tanto, podían oír cada palabra que decían. Sobre algunos de los amotinados la bebida parecía haber producido un efecto relajante, pues se oyeron varias voces en favor de dejar en completa libertad a los cautivos, a condición de que se uniesen a la rebelión y compartiesen sus provechos. Sin embargo, el cocinero, que era, en todos los aspectos, un perfecto demonio, y parecía ejercer tanta influencia, si no más, que el propio comandante, no quería aceptar ninguna proposición de ese género, y se levantaba a cada instante con el propósito de reanudar su labor en la tilla.

Afortunadamente, estaba tan atontado bajo los efectos de la borrachera, que poco a poco se serenó, siendo convencido finalmente de cesar las fechorías por los más pacíficos de la cuadrilla, entre los cuales se contaba un maestro de cuerda conocido con el nombre de Dick Peters. Este hombre era hijo de una india de la tribu de los upsarokas, que habita en las fortalezas naturales de las Montañas Negras, cerca del nacimiento del

Missouri. Su padre era, por las habladurías que han llegado a mis oídos, un vendedor de pieles dentro del entorno de las factorías indias del río Lewis.

El propio Peters era uno de los hombres con más apariencia de hombre feroz y sanguinario que he visto en mi vida. Era bajo de estatura y no tenía más de un metro y medio de altura; pero sus miembros estaban moldeados de una manera hercúlea. Sus manos, en especial, eran tan enormemente largas y anchas, que apenas conservaban forma humana. Sus brazos, lo mismo que sus piernas, estaban *arqueados* del modo más singular y parecían no tener flexibilidad alguna. Su cabeza era asimismo deforme, de un tamaño inmenso y calva por completo, sobresalía del cuerpo de una forma totalmente desproporcionada.

Para ocultar este último defecto, que era cuestión de genética más que de edad, llevaba de ordinario una peluca hecha con lo primero que tuviese a mano parecido al pelo, a veces con la piel de un sabueso o de un oso gris de América. En esa época llevaba puesta una pieza de esas pieles de oso que aumentaba aún más su apariencia salvaje y de ferocidad propia de su fisonomía, y en resumidas cuentas plasmaba la apariencia de un genuino upsaroka. La boca se extendía casi de oreja a oreja; su labios eran delgados y se puede añadir, como otras partes de su ser, desprovistos por completo de la natural flexibilidad; de modo que su expresión dominante, además de corpulenta, era capaz de estremecer a cualquier criatura terrenal, por muy felina que fuese.

Aquella expresión dominante se coronaba con unos espectaculares dientes, sumamente largos y salientes, que sus labios no recubrían nunca, ni siquiera en parte. Echando sobre este hombre una mirada de soslayo, era difícil imaginar que un individuo semejante, tuviera alguna expresión alegre en algún resquicio de su semblante; pero una segunda mirada, puso de manifiesto que si aquella risa osada que se pronunciaba en su rostro patético, era la cínica expresión humana que ejercitara, sin duda revelaría no alegría, sino simplemente energía satánica. De este ser singular se contaban muchas anécdotas entre los marineros de Nantucket.

Aquellas anécdotas daban prueba de su prodigiosa fuerza cuando estaba malhumorado, y algunas hacían dudar de su cordura. Pero a bordo del *Grampus* era considerado, al parecer, en el momento de la rebelión, como un objeto de burla, si uno se atiene a la descripción física y no a la desgracia. Me he extendido en estos detalles al hablar de Dick Peters, porque, pese a su aparente ferocidad, llegó a ser el verdadero artífice para la salvación de la vida de Augusto y porque tendré frecuentes ocasiones de mencionarle de aquí en adelante en el curso de mi relato; un relato, si me permiten decirlo, que en su última parte contendrá incidentes de una naturaleza casi supraterrenal, superando con creces cualquier experiencia humana, y por esta razón, mucho más allá de los límites de la credulidad de los hombres, lo cual, me determina a no esperar de manera alguna obtener el crédito del público respecto a lo que voy a contar. No obstante, tengo plena confianza en que el devenir de los tiempos, y el progreso de la ciencia, confirmará sin duda alguna muchas de las manifestaciones, por muy inverosímiles que parezcan, que hoy por hoy se toman como simples alucinaciones fantasiosas.

Después de recapitular varias veces sobre el futuro de los prisioneros, y de varias violentas contiendas entre los amotinados, se decidió que todos los prisioneros, a excepción de Augusto, al que se instó para convertirse en el secretario de Peters, lo cual no deja de ser cómico, serían abondonados a su suerte en uno de los pequeños botes del ballenero.

El comandante bajó a la cámara para verificar si el capitán Barnard vivía todavía, pues, como se recordará, le dejaron abajo cuando los amotinados subieron al puente. Reaparecieron enseguida los dos, y cabe resaltar, que aunque el capitán daba un aspecto enfermizo y paliducho, estaba por otra parte, algo más repuesto de las heridas que recibió. Habló a los hombres con una voz apenas inteligible, suplicando con sumo respeto para no ser abandonado en el bote, dejándole a la deriva. Y siguió rogando a los amotinados para que se reintegrasen a su deber, prometiendo firmemente que no serían ajusticiados bajo ningún concepto y que ellos mismos podrían desembarcar en el lugar que fijaran, libremente y sin tomar en cuenta el agravio recibido. Hubiera sido mejor no haber dirigido aquellas palabras a semejantes monstruos.

Dos de aquellos malandrines agarraron al capitán de los brazos y arrojándolo por encima de la borda dentro de la barca, la cual, había sido arriada mientras el comandantes bajó a la cámara. Los cuatro hombres tendidos sobre el puente fueron desatados para seguir el mismo destino que el capitán, lo que hicieron sin ofrecer la menor resistencia; Augusto seguía aún atado con nudos y ligaduras, y en una incómoda postura, suplicaba insistentemente para que le fuera concedido el consuelo de despedirse de su padre. Entonces, se bajaron al bote un puñado de galletas y un cántaro de agua, pero sin ningún mástil, ninguna vela ni tampoco remo ni brújula. La barca fue remolcada por la popa unos minutos, durante los cuales los amotinados se reunieron a modo de consejo, y por último dejaron el bote a la deriva. Mientras tanto, se había hecho de noche, y era una noche cerrada, no se atinaba a ver ni la luna ni un ínfimo resplandor de alguna estrella, y el mar, empezaba a violentarse, estaba picado y embravecido, aunque no soplase apenas viento. La barca se perdió de vista en breves segundos, y obviamente, había pocas esperanzas en cuanto al destino de aquellos infortunados hombres que sufrieron ese abandono, ese fatal destino, ese cruel sacrilegio. Aquel suceso se localizaba a los 35° 30' de latitud Norte y a los 61° 20' de latitud Oeste y, por consiguiente, a una distancia no lejana de las islas Bermudas. Augusto se esforzó, pues, en consolarse a sí mismo con la idea de que la barca lograría quizá llegar a tierra o acercarse a ella lo suficiente para encontrar algún barco en la costa.

Izaron entonces todas las velas, y el bergantín prosiguió su ruta hacia el Suroeste, pues los amotinados estaban convencidos para iniciar una nueva empresa, la de la piratería, y para ello se encaminaban a una expedición concreta, el interceptar la ruta de un barco que iba de Cabo Verde a Puerto Rico. En este sentido, Augusto comprendió perfectamente el nuevo cometido de los amotinados, y optó por tranquilizarse y estar a la espera. De hecho no le hacían ningún caso, ignoraban por completo su presencia, hasta que fue desatado y liberado de las cuerdas, permitiéndole moverse libremente por todas partes, y aprovechó para echar un vistazo a la escalera de la cámara.

Dick Peters le trataba con cierta benevolencia, y en una ocasión le salvó de la brutalidad del cocinero. Su situación, no obstante, seguía siendo muy peligrosa, pues los hombres estaban de continuo en estado ebrio, sumidos en una prolongada borrachera, y en aquella situación, no había que dejarse confiar, pues tan pronto estaban de buen humor, como de repente se sacudían en irascibles reacciones e incesantes peleas. Aun así, me habló de su inquietud pensando en mi suerte, porque aunque yo no tenía razón alguna como para dudar de su amistad, en conciencia estaba en vilo tras lo ocurrido.

En más de una ocasión, estuvo a punto de tomar la decisión de revelar a los amotinados el secreto de mi estancia a bordo; pero se reprimió de hacerlo, en parte por la barbarie y las atrocidades que había ya presenciado, y por otra, porque guardaba la esperanza de poder acudir pronto en mi auxilio. Para conseguirlo, estaba continuamente en alerta; pero, a pesar de la constante vigilancia, pasaron tres días, desde el momento en que dejaron abandonada la barca a la deriva, antes de presentarse una oportunidad. Por fin, la noche del tercer día sopló un fuerte vendaval del Este, y todos los individuos estuvieron ocupados en arriar las velas.

Durante la confusión que siguió a aquello, se dirigió abajo sin ser visto y entró en el camarote. Y lo que no se imaginaba, era que todo aquella parte del barco, había sido convertida como despensa de las provisiones y depósito de material marítimo. Era un horror descubrir en lo que se había transformado aquel lugar, y lo peor, era que varias brazas de cadenas viejas, que estaban estibadas al principio debajo de la escala de toldilla, habían sido retiradas para dejar sitio a una caja y ahora estaban colocadas precisamente encima de la misma trampa. Trasladarlas sin ser descubierto era imposible, así es que volvió al puente tan pronto como pudo. Justo cuando llegaba de vuelta, el primer comandante le agarró por la garganta, sometiéndole a un interrogatorio, a propósito de su desplazamiento a la parte baja del barco; no se explicaba su rebelde curiosidad por bajar a la cámara, y en un arrebato de ira, cuando se disponían a arrojarle al mar, intervino Dick Peters, para salvar su vida de nuevo. Le pusieron entonces unas esposas, había varios pares a bordo, y le ataron unos grilletes a los pies. Luego se le condujo hacia la zona del entrepuente, extendiendo su cuerpo sobre una de las literas bajas cerca del mamparo del castillo de proa, asegurándole que no volvería nunca a poner los pies sobre el puente hasta nueva orden. Así lo afirmó el cocinero, cuya furia era difícil de expresar. Luego, después de tirarle sobre la litera, se volvió hacia él y con un tono amenazante, exactamente dijo: «No volverás a ponerte en pie hasta que este barco deje de ser un barco.» Es difícil poder entender el sentido exacto de aquella frase, pero no obstante, los hechos posteriores, tomarían rasgos muy favorables para su suerte.

5

Después que el cocinero se hubo marchado del castillo de proa, Augusto pensó durante algunos minutos sobre su desdicha, estaba tan desesperado que en su mente ya no albergaba ningún indicio de esperanza de salir vivo de aquella litera. Tomó pues, la decisión de comunicar mi situación al primer hombre que bajara a la cámara, pensando que era preferible dejarme correr mi suerte con los amotinados a que muriese de sed en la escala, pues hacía diez días que estaba allí escondido y mi cántaro de agua no representaba una provisión abundante ni para la mitad de los días.

Cuando reflexionaba sobre tales cuestiones, se le ocurrió de pronto la idea de que tal vez podría ponerse en contacto conmigo a través de la cala principal.

En otras circunstancias, se lo hubiera pensado dos veces, incluso es posible que hubiera abandonado aquella idea tan temeraria; sin embargo, en esos momentos tenía escasas probabilidades de salir bien parado, su vida pendía de un hilo, y por consiguiente, no perdía nada por intentarlo. Así es que se puso manos a la obra, poniendo su punto de mira en organizar la maniobra, con inteligencia y con esmero.

Las esposas y grilletes que le mantenían inmovilizado, era la primera cuestión a resolver. Al principio no encontró el modo de quitárselas, y temió encontrarse así impedido para obrar desde el comienzo; pero, después de una observación más minuciosa, advirtió que podía hacer que los hierros se deslizaran ligeramente apretando sus manos una contra otra, ya que aquella clase de esposas eran absolutamente ineficaces para aprisionar a personas jóvenes, cuyos huesos más pequeños ceden fácilmente a la presión.

Lo mismo ocurría con los grilletes asidos a sus pies, de tal manera que podía quitárselos y volvérselos a poner sin dificultad en caso de que bajase alguien. Por otro lado, comenzó a examinar toda la zona en la parte contigua a la litera. La separación estaba formada por una tabla de pino blando, y observó que no sería un gran trabajo abrirse camino a través de ella. De repente, se dejó oír una voz en la escala del castillo de proa; tuvo el tiempo preciso de meter su mano derecha en las esposas, la izquierda no la había sacado aún, por precaución, y de hacer el mismo procedimiento con los pies; mientras se las arreglaba para tal hazaña, súbitamente Dick Peters bajó, seguido de *Tigre*, el cual saltó enseguida dentro de la litera y se tumbó allí.

El perro había sido traído a bordo por Augusto, que sabía sobre mi cariño por el animal, y pensó que me sería agradable tenerle conmigo durante el viaje. Fue a buscarle a nuestra casa tan pronto como me instalé en la bodega. Sin embargo, olvidó comentarme aquella circunstancia al traerme el reloj. Desde que ocurrió el motín, Augusto le veía por primera vez haciendo su aparición con Dick Peters, y daba por perdido al animal, suponiendo habría sido tirado por la borda como el resto de los tripulantes.

Resultó más tarde que se había escondido dentro de un agujero debajo de la barca ballenera, el cual, era tan estrecho que no pudo salir por su cuenta, quedó encajado. Peters pudo sacar al perro por fin, y con una especie de sentimiento piadoso que mi amigo supo apreciar, se lo trajo al castillo de proa para que gozara de su compañía, dejándole al mismo tiempo un poco de carne salada, patatas y una botella de agua; después volvió a subir al puente, prometiéndole bajar al día siguiente con algo de comer.

Cuando se marchó, Augusto liberó sus manos y sus pies como tenía previsto. Luego volvió al extremo del colchón sobre el cual estaba acostado y con su cortaplumas, pues aquellos bribones no se habían encargado de registrarle, comenzó a cortar vigorosamente alrededor de una de las tablas de separación lo más cerca posible del suelo de la litera. Escogió aquel lugar porque, si era interrumpido de forma imprevista, podría ocultar lo que había hecho dejando caer el extremo del colchón en su sitio ordinario.

Sin embargo, durante el resto del día no fue molestado, y por la noche logró cortar la tabla por completo. Hay que destacar que ninguno de los hombres de la tripulación utilizaba el castillo de proa como sitio para dormir, pues vivían juntos en la cámara desde que iniciaron el motín, aprovechando las provisiones de vino y comida situadas allí por el capitán Barnard, sin prestar más atención que la indispensable a la dirección del timón. Estas circunstancias fueron afortunadas para Augusto y para mí, pues de otra manera hubiese sido imposible reunirse conmigo.

Así pues, continuó con su trabajo sin perder ni un solo segundo. No obstante, amaneció sin que hubiera realizado la segunda parte de su tarea, que estaba a punto de conseguirlo, y logró hacer una abertura lo bastante ancha para permitir su paso fácilmente por ella hacia el sollado principal. Cuando llegó allí, se abrió camino con poco esfuerzo hasta la escotilla baja, aunque para hacerlo tuviese que escalar sobre unas hileras de barriles de aceite apilados casi hasta el puente superior y que apenas dejaban sitio para su cuerpo. Cuando llegó a la escotilla, vio que *Tigre* le había seguido, deslizándose entre dos hileras de barriles. Con todo, era demasiado tarde para intentar llegar hasta mi escondite antes del amanecer, siendo la principal dificultad la de pasar entre la apretada estiba de la bodega inferior. Decidió por ello volverse y esperar a la siguiente noche.

Con este propósito empezó a levantar la escotilla, con lo cual sería lo más breve posible la detención al tener que volver. En cuanto la levantó, *Tigre* saltó ansioso por la pequeña abertura hecha, husmeó un momento y luego lanzó un largo gemido, rascando al mismo tiempo con la patas, como si estuviese impaciente por arrancar la trampilla. Era evidente, por su conducta, que sabía perfectamente sobre mi presencia en la cala, y Augusto pensó que el animal sería capaz de llegar hasta el lugar donde me encontraba si le dejaba bajar.

A la sazón se le ocurrió el recurso de enviar la nota, pues deseaba, sobre todo, que no hiciera ninguna tentativa para evadirme, al menos, en las circunstancias presentes, y no tenía ninguna certeza de poder venir él mismo a verme por la mañana, como se proponía. Los sucesos posteriores probaron hasta qué punto fue eficaz aquella idea que se le ocurrió entonces, pues de no haber recibido yo la nota, habría, sin duda, ideado algún plan, aunque desesperado, para dar la alarma a la tripulación, y, en consecuencia, nuestras vidas hubiesen sido inmoladas probablemente.

Después de decidir escribir la nota, aprovechando una coyuntura favorable, la dificultad estribaba ahora en adjudicarse todo lo necesario para concurrir el plan establecido. Un mondadientes ya vetusto quedó transformado de pronto en una pluma, lo cual, no fue nada fácil de construir, pues no había suficiente visibilidad como para cuidar detalles. En cuanto al papel, utilizó la carta falsa del señor Ross, y usando el reverso del papel, podría elaborar un primer borrador. En aquella ocasión Augusto la guardó en el bolsillo, pues al intentar falsificar la letra, escribió otra para perfeccionarla, guardando la primera en su bolsillo. Gracias a ello, ahora podía muy oportunamente utilizar ese papel. Lo único que faltaba era la tinta, pero el ingenio supera muchas veces las carencias, y no dudó un instante en hacerse un corte en el dedo con su cortaplumas, aprovechando la sangre derramada como tinta.

Escribió entonces la nota, como pudo, a oscuras y en aquellas condiciones adversas. Explicaba en ella con brevedad que se había promovido un motín, que el capitán Barnard fue abandonado a la deriva y que intentara ser paciente hasta la provisión de alimento y bebida, pues no debía arriesgarse todavía a dar señales de vida. Y concluía con estas palabras: «Te estoy escribiendo con sangre..., sigue encerrado, tu vida depende de ello.»

La nota fue colocada hábilmente en el perro, el cual, bajó por la escotilla, y Augusto volvió como pudo hacia el castillo de proa, donde no halló motivo alguno para creer que alguien de la tripulación hubiera estado allí en su ausencia. A fin de ocultar la abertura en la separación, clavó su cuchillo justamente encima y colgó de él una chaqueta que encontró en la litera. Volvió a colocarse sus esposas, así como la cuerda alrededor de sus tobillos.

Apenas hubo tomado aquellas precauciones, bajó Dick Peters, muy borracho, pero de un humor excelente, y trayendo consigo a mi amigo su ración del día. La ración constaba de una docena de gruesas patatas irlandesas asadas y de un cántaro de agua. Se sentó un rato sobre un cofre, junto a la litera, hablando con toda libertad del primer comandante y de todos los asuntos del bergantín en general. Su conducta era sumamente despreocupada y hasta grotesca.

En un momento dado, Augusto se sintió muy alarmado por aquel extraño comportamiento. Después atinando como pudo a cada paso que daba, pues su estado ebrio le impedía conseguir el equilibrio, se alejó hacia la zona del puente murmurando entre dientes la promesa de traer a su prisionero una excelente comida al día siguiente. Luego, durante todo el día, algunos arponeros de la tripulación junto con el cocinero, bajaron respectivamente al lugar donde me tenían asido, y todos con dosis de alcohol bastante intensas, estaban absolutamente borrachos. Al igual que Peters, no tuvieron escrúpulo en hablar sin reserva de sus planes. Según parece, había división de opiniones en cuanto al objetivo de la expedición. No llegaban a ningún acuerdo, y el único punto que compartían era el ataque al barco que venía de las islas de Cabo Verde, y que esperaban arremeter de un momento a otro. Sin embargo, al parecer, el motín no se había promovido única y exclusivamente para el control del barco y usos alternativos como puede ser la piratería, sino también por cuestiones personales. De hecho, el motor de la rebelión, fue un resentimiento personal del primer comandante contra el capitán Barnard. Y en aquellos momentos, surgían además otros dos bandos definidos entre la tripulación: uno capitaneado por el piloto, y el otro, por el cocinero.

El primero quería apoderarse de cualquiera de los barcos que interceptaran en su camino y proveerlo de material suficiente de guerra en alguna de las islas de las Indias Occidentales para un trayecto en corso. Sin embargo, el último bando, que era más fuerte y que contaba a Dick Peters entre sus partidarios, se inclinaba por seguir la ruta asignada del bergantín hacia el Océano Pacífico del Sur, y una vez allí dedicarse a la pesca de la ballena, y en su defecto, obrar de otro modo, según lo sugiriesen las circunstancias. Los puntos de vista de Peters, con mucha experiencia y que había visitado en muchas ocasiones aquellas regiones, tenían una gran influencia entre los amotinados, cuyo criterio dejaba bastante que desear, y dudaban entre las dos alternativas respectivamente. Pero ante todo, si había algo que determinara la opinión de aquellos bárbaros, eran las ideas de gozo, placer y libertinaje. En las incontables islas del Pacífico, veían un mundo exótico lleno de diversiones, así como cierta seguridad en sus acciones y libertad sin límites. Y también imaginaban este panorama como unas islas paradisiacas con un clima perfecto para su deleite y con medios abundantes para vivir cómodamente, por no mencionar la belleza y hermosura de las mujeres.

A pesar de ello, aún no se había decidido nada en firme; sin embargo, la maestría de Peters a la hora de describir aquellos lugares insólitos, era tan genuina, que impresionaba con exceso las mentes ignorantes de los marineros, y tenía todas las probabilidades de encontrar vía libre a sus propuestas.

Los tres hombres se marcharon al cabo de una hora o cosa así, y nadie más entró en el castillo de proa. Augusto permaneció casi inmóvil hasta que anocheció. Entonces se desató de nuevo y se preparó para su tentativa. Encontró una botella en una de las literas, y la llenó de agua del cántaro dejado por Peters, metiéndose al mismo tiempo en sus bolsillos patatas frías. Con gran alegría suya descubrió también un candelero, que tenía una vela dentro. Podía encenderla en cualquier momento, pues tenía en su poder una caja de fósforos.

Cuando anocheció por completo, se deslizó por la abertura, tomando la precaución de hacer un bulto con las mantas, disimulando que hubiera una persona tapada. Cuando traspasó el hueco, colgó el chaquetón de su cuchillo, como antes, ocultando la abertura, maniobra que realizó fácilmente, y luego reajustó como pudo el trozo de tabla descolocado. Estaba ahora en el entrepuente, y continuó su camino, como antes, entre el puente superior y los barriles de aceite, hacia la escotilla grande.

Cuando llegó allí, encendió la vela y descendió, marchando a tientas con suma dificultad entre la compacta estiba de la cala. A los pocos instantes le alarmaron el insufrible hedor y la densidad de la atmósfera. No creyó posible que yo hubiera resistido una reclusión tan prolongada inhalando un aire tan sofocante. Me llamó por mi nombre con insistencia, pero no obtuvo respuesta, y sus premoniciones le parecieron así confirmadas.

El bergantín se balanceaba violentamente, y había, por ende, un ruido tan atroz, que era inútil intentar oír un sonido tan débil como el de mi respiración o mis ronquidos. Intentó iluminar todos los huecos más sombríos intentando localizar algún vestigio. Insistió varias veces, con la intención de que, tal vez, en el caso de haber sobrevivido, pudiera divisar la iluminación, y así percatarme del auxilio. Con todo, no se oía ni el más leve movimiento, ni un suspiro, ningún ruido, y supuso sin más preámbulo, que definitivamente había perecido.

Decidió, no obstante, abrirse paso como fuera posible, en dirección hacia mi habitáculo y comprobar, al menos, de una manera objetiva, la verdad de sus suposiciones. Siguió avanzando un rato en un sórdido estado de ansiedad, hasta que por fin encontró el pasaje obstruido del todo y le fue imposible dar un paso más por el camino que había emprendido.

Abrumado por sus sensaciones, se dejó caer, desesperado, entre aquellos trastos, llorando como un niño. En aquel momento oyó el ruido de la botella que tiré al suelo, y como las buenas casualidades de la vida, fue muy oportuno aquel desliz, sin duda tuve buena suerte, porque si no hubiese ocurrido así, por seguro que ahora no estaría contándolo. Fue no obstante, luego, aún después, cuando me enteré de este anecdótico hecho. Por otro lado, según me contó más tarde, Augusto también tardó en responderme por un indescriptible sentido de culpabilidad, unido a una vergüenza natural y una extraña debilidad en sus adentros. Así me lo reveló años después, cuando nos empezamos a sentir cómplices y cuando nuestra amistad quedó plasmada por entero.

Cuando se encontró cortado el camino hacia el nicho por obstáculos que no podía superar, decidió abandonar enseguida el castillo de proa. En cuanto a ustedes lectores, antes de condenarle por completo sobre este particular, deben tenerse en cuenta las circunstancias abrumadoras que le coartaban. La noche había caído completamente, y su ausencia del castillo de proa podía ser descubierta; en realidad, sucedería aquello por fuerza si no llegaba antes del amanecer a la litera. La vela, por otro lado, se había consumido, y le hubiera costado mucho mayor trabajo encontrar de nuevo su camino en la oscuridad.

Se concederá también que tenía todas las razones para creer que yo había muerto, en cuyo caso no sacaría ningún beneficio de ello; hubiera sido ridículo que llegase hasta el nicho, afrontando una inmensidad de peligros en balde por su parte. Me había llamado repetidamente, sin obtener contestación. Yo había permanecido once días y once noches sin más agua que la contenida en el cántaro del que he hablado antes, provisión que, con toda probabilidad, no habría escatimado al comienzo de mi reclusión, ya que tenía todos los motivos para esperar una rápida liberación.

La atmósfera de la cala debió también de parecerle, de una naturaleza harto venenosa y mucho más intolerable de lo que me había parecido a mí cuando hice por primera vez mi vivienda en el nicho, y estando la escotilla abierta sin interrupción durante muchos meses anteriores. A ello, hay que añadir a estas consideraciones, la escena sangrienta y aterradora de que había sido testigo mi amigo hacía poco, su reclusión, sus privaciones y su salvación apurada de la muerte, junto con el frágil y equívoco pacto gracias al cual existía aún, circunstancias todas muy apropiadas para abatir cualquier energía moral, y el lector podrá con facilidad, como me sucedió a mí, considerar su aparente desfallecimiento en la amistad y en la fidelidad con un sentimiento más bien de pena que de enojo.

La caída de la botella fue percibida de forma bien distinta por Augusto; pero no tenía la seguridad de que procediese de la cala. La duda, con todo, era un aliciente lo bastante objetivo como para perseverar. Trepó casi hasta el puente inferior, utilizando la estiba, y aprovechando un momento de calma en el balanceo del barco, me llamó con toda la fuerza de su voz, sin preocuparse en aquel instante de que pudieran oírle los de la tripulación.

Como se recordará, fue en aquella ocasión cuando percibí su tenue llamada, y que sin embargo, no pude contestar al encontrarme completamente bloqueado, traicionado por mis propios instintos. Efectivamente, fui incapaz de reaccionar adecuadamente. Augusto entonces, comprendió que poco más podía hacer por mí, sus peores presentimientos parecían hacerse realidad, y sin mediar palabra, no perdió más tiempo, se apresuró como pudo para regresar al castillo de proa sin más riesgo que el emprendido hacía largo rato. Y de nuevo, la casualidad desvió el destino una vez más, al huir tan apresurado, precipitó hacia el suelo alguno de los embalajes guardados en la cámara y fue precisamente aquel caótico ruido el que me hizo reaccionar. Yo estaba prácticamente casi en la cubierta cuando oyó el golpe de mi mochila, motivo por el que hizo de nuevo el camino de vuelta pronunciando de forma reiterada mi nombre. Entre contenedores y cajas se abrió camino como pudo, esperaba con ansiedad un cambio rotundo, algún presagio positivo, la esperanza llegaría tras una breve pausa. Así, cuando recobré mi voz, y devolviéndome la vida mi propio instinto de supervivencia, Augusto decidió arriesgar al máximo y tan lleno de emoción, ni corto ni perezoso, decidió afrontar todas las contrariedades y peligros que hicieran falta. Yo vivía, y era lo más importante. Así es que corrió como pudo hasta mi guarida, retirando espontáneamente todos los obstáculos que estorbaban en el camino, y tras tantas dificultades, por fin, llegó hasta el nicho loco de alegría, extenuado de tantas fatalidades, deseoso de contarme todo lo que había ocurrido.

6

Mientras estuvimos junto al habitáculo, Augusto no cesó de darme fuertes abrazos, de hacer recíproca su inmensa alegría por volver a encontrarme, y tras aquel preámbulo, cuando hubo pasado un buen rato, optó por contarme los pormenores. Estaba nervioso, preocupado porque advirtieran su falta en cubierta, y por lo que a mí respecta, estaba impaciente por salir tan pronto como fuera posible de aquel nauseabundo agujero. Decidimos finalmente dirigirnos enseguida en dirección a la abertura que ingenié en el castillo de proa, para encontrar el camino hacia la cámara, y ahí cerca estuve esperando y en alerta, mientras Augusto reconocía el terreno y, actuando de centinela por si pasaba alguno de los marineros. Dejar a *Tigre* en el nicho era una cosa que no podíamos soportar ninguno de los dos; pero ¿qué íbamos a hacer?

Esta es la cuestión. El animal estaba en aquellos momentos totalmente sereno, y no parecía que estuviera inquieto, porque al poner el oído junto al nicho, no percibimos ni siquiera el ruido de su respiración. Me llegué a convencer de que había muerto, y por tanto, decidimos abrir la puerta. Lo encontramos tendido cuan largo era, sumido, al parecer, en un estupor profundo, aunque con vida todavía.

No había tiempo que perder, y aun así, no podía resignarme a abandonar a un animal que había sido dos veces el instrumento que salvó mi vida, sin hacer ahora algún esfuerzo por salvarle... Por tanto, arrastramos a *Tigre* hacia donde estábamos nosotros como pudimos, si bien con muchísima dificultad y fatiga; Augusto se veía obligado, la mayor parte del tiempo, a trepar por los obstáculos de nuestro camino con el enorme perro en brazos, una proeza que yo no pude realizar, debido a un estado tan débil de salud.

Logramos finalmente llegar a la abertura; entonces Augusto pasó por ella y empujamos a *Tigre* luego. Los tres estábamos a salvo, dando gracias a Dios, pues al fin y al cabo después de tantos peligros acechando, seguíamos viviendo y nos habíamos reencontrado, motivos suficientes de agradecimiento. De momento quedó convenido que yo permanecería junto a la abertura, por la cual mi amigo podría sin esfuerzo darme una parte de sus provisiones diarias, y donde tendría además la ventaja de respirar una atmósfera pura en comparación con la de allí abajo.

Debo ciertas explicaciones a los lectores, exactamente en relación a las descripciones del relato; por ejemplo, he hablado en múltiples ocasiones de la estiba del bergantín, y tal vez, esta cuestión, para quien haya podido ver la estiba de cualquier otro barco más ordenado y mejor dispuesta, le pudiera parecer una descripción distorsionada de la realidad. Sin embargo no es así, y mi intención es manifestar que lo descrito a la estiba del *Grompus* es correcto, y fue ni más ni menos que un descuido del capitán Barnand, el cual, tendría sus virtudes en cuanto a otras labores, porque en cuanto a minuciosidad y cuidar detalles, mucho dejaba que desear. De hecho, desde el punto de vista de un profesional de la marina, la naturaleza arriesgada del servicio del *Grampus*, hubiera necesitado mayor empeño en cuidar pormenores y especialmente en ordenar la estiba con mayor esmero y decoro, porque los más desastrosos accidentes, aunque mi experiencia tiene sus limitaciones, han ocurrido por descuido o ignorancia de esa cuestión. Los barcos costeros, con la agitación característica y el ajetreo típico que acompaña a la actividad de carga y descarga de un barco, son los más expuestos a desgracias por falta de atención a la carga. La cuestión importante es no dejar la carga, compuesta de diferentes contenedores y paquetes, que se muevan en el espacio destinado para ello a pesar de los cambios de dirección del barco, incluso de los más violentos bandazos.

Con este fin, debe prestarse atención no sólo al cargamento mismo, sino a su naturaleza, según sea un cargamento completo o únicamente parcial. En muchas clases de fletes la estiba se efectúa por medio de un «palé» o gato de brazo. Así, en un cargamento de tabaco o de harina, la totalidad se apiña estrechamente en la bodega del barco, como en los barriles o las pipas, y cuando se descargan, se encuentran tan aplastados, que tardan algún tiempo en recuperar su primitiva forma.

Se recurre a este método sobre todo para conseguir más espacio en la cala, pues con un cargamento *completo* de mercancías, tales como harina o tabaco, si así se recurre, el peligro de que se caigan o los inconvenientes que de ello deriven, son mínimos. Ha habido, en efecto, casos en que ese procedimiento de compresión con el *gato*, han traído las más graves consecuencias, originadas por causas completamente diferentes a las de los movimientos del cargamento. Es sabido, por ejemplo, que un cargamento de algodón, apretado con excesiva presión, en determinadas condiciones puede, por la expansión de su volumen, producir vías de agua en un barco. Sin duda, el mismo resultado tendría lugar en el caso del tabaco cuando sufre su proceso de maduración ordinario, pero sin formarse de forma natural, las hendiduras sobre la parte redondeada de los fardos.

En cuanto a los cargamentos parciales, cabe señalar, que es precisamente cuando el peligro de movimiento es de temer especialmente, y cuando hay que tomar todas las precauciones para evitar tal desgracia. Únicamente los que han padecido un violento vendaval, o más bien los que han soportado los bandazos de un barco, seguido de un brusco cambio hacia la calma tras la marejada, pueden hacerse una idea de lo que significan las alteraciones climáticas en el mar y los estragos que se pueden sufrir por violentas sacudidas. Entonces es cuando la necesidad de una estiba detenidamente ordenada, y me refiero a un cargamento parcial, se hace evidente. Por otro lado, cuando un barco está al pairo, sobre todo con una vela pequeña de proa, si su proa no está cualitativamente bien conseguida, entre otras cosas por defecto de construcción, tiende a menudo a inclinarse de costado; y así ocurre en espacios alternativos de quince o veinte minutos aproximadamente, sin que de ello resulten consecuencias muy graves, si con anterioridad se ha realizado adecuadamente la estiba.

Pero si por el contrario, no se ha puesto una especial atención y una laboriosa tarea en ello, se incidirá en un grave peligro; alguno de esos bandazos provocará el desplome del cargamento al primer movimiento, debido a la inclinación del barco, y por consiguiente, la falta de equilibrio tendrá una fatal consecuencia, el inminente hundimiento. En definitiva, existe un sinfín de casos en los que un barco se ha hundido por múltiples causas, sin embargo, se puede afirmar sin exagerar, que en la mayoría de los casos, las causas más comunes son precisamente la falta de organización en la estiba y por tanto la mala distribución de la carga en los lugares del barco destinados para ello. Un cambio de posición del cargamento en las cámaras de cualquier barco, significa en última instancia, un posible hundimiento, la muerte inminente de sus tripulantes.

Cuando se embarca un cargamento parcial, independientemente de la clase que sea, la totalidad de la carga, tras haber sido colocada de la forma más apretada como sea posible, debe recubrirse con una capa de tablas móviles que se extiendan por toda la longitud del barco.

Sobre esas tablas deben ponerse puntales provisionales que asciendan hasta la armadura del puente y que sujeten así cada cosa en su sitio. En los cargamentos de grano o de cualquier otro género análogo es necesario adoptar otras precauciones complementarias. Una cala llena de grano al salir del puerto, únicamente lo estará en sus tres cuartas partes al llegar a su destino, e incluso aunque el flete, haya sido medido y pesado con meticulosidad por el armador. Ni que decir tiene, que en ocasiones, la cantidad consignada ha sobrepasado con creces lo estipulado, y el resultado, una vez depositada la carga en el lugar de destino, es igualmente inferior. Ello se debe, a que este tipo de carga, es más susceptible a perderse durante el viaje debido a la violencia de los temporales a la que puede ser sometida. Si el grano ha sido cargado sin pensar lo suficiente, por muy sujeto que se ponga junto a las tablas móviles y los puntales, se hallará expuesto a cambiar de posición de modo tan considerable en una de esas largas travesías, que de ello pueden originarse las más graves calamidades. Para prevenirlas será preciso antes de salir del puerto emplear todos los medios de *estibar* el cargamento lo mejor posible; hay para ello varios procedimientos, entre los cuales se puede citar el de meter cuñas en el grano.

A pesar de todo esta cautela, de prevenir todos estos inconvenientes, y en definitiva, de elaborar un plan de trabajo sumamente laborioso en cuanto a la estiba, cualquier marino que se precie de saber su oficio, será plenamente consciente de los peligros que se pueden acarrear en el caso de sobrevenir un temporal en alta mar, llevando a bordo un cargamento de grano, o peor aún, un cargamento parcial. Sin embargo, hay centenares de barcos costeros nuestros, y, al parecer, muchos más en los puertos de Europa, que navegan a diario con cargamentos parciales, e incluso del género más peligroso, sin tomar precaución alguna.

Es milagroso que no haya más accidentes de los que ocurren en la actualidad. Un ejemplo lamentable de este descuido, que ha llegado a mis oídos, es el del capitán Joel Rice, de la goleta *Luciérnaga*, que navegaba desde Richmond (Virginia) a Madera con un cargamento de cereales en el año 1825.

El capitán había efectuado numerosos viajes sin el menor percance, aunque tuviera costumbre de no prestar atención alguna a su estiba, a excepción de sujetarla conforme al método ordinario. No había hecho ninguna travesía con un cargamento de grano, y en esta ocasión el trigo había sido cargado a bordo sin presión suficiente y no ocupaba más de la mitad del barco. Al principio de su viaje, el mar estuvo en calma, prácticamente durante esta primera parte de la travesía; pero cuando estaba a punto de llegar al puerto de Madera, la embarcación fue arremetida por un fuerte viento del Norte-Noreste, teniendo que optar por ponerse al pairo. Llevó la goleta al viento con sólo un trinquete de dos rizos, y la maniobra tuvo excelentes resultados.

Hacia el anochecer, sin embargo, la goleta empezó a dar bandazos con más inestabilidad que antes, aunque manteniéndose en equilibrio, hasta que un violento golpe de mar la empujó sobre el costado de estribor. Se oyó entonces todo el cargamento de trigo desplazarse en masa, y la fuerza del movimiento hizo saltar la escotilla grande. El barco se hundió como una bala de cañón. Esto ocurrió a poca distancia de una chalupa que navegaba cerca de Madera. Los tripulantes de la pequeña embarcación recogieron a uno de los hombres de la tripulación, el único que se salvó. Y lo más curioso es cómo este pequeño bote, infinitamente más frágil que el gran *Luciérnaga*, resistió perfectamente al vendaval, lo que prueba claramente, que la causa del hundimiento de la goleta no fue ni una fatal maniobra ni las circunstancias del temporal, sino el descuido del capitán en cuanto al cargamento.

La estiba a bordo del *Grampus* estaba muy mal realizada, si es que puede llamarse estiba a algo que no era sino un refrito mal ordenado de montones de aparejos y de barriles de aceite*. Y en relación a la carga, ya he mencionado de forma reiterada la disposición de los artículos en la cala. En el entrepuente había un espacio suficiente para mi cuerpo, como ya comenté, entre los barriles de aceite y el puente superior; quedaba un espacio alrededor de la escotilla grande, y habían dejado otros huecos bastante amplios entre la estiba. Junto a la abertura practicada por Augusto en el castillo de proa había sitio suficiente para una barrica entera, y en ese sitio es donde me encontraba yo cómodamente instalado por el momento.

Durante el tiempo que mi amigo tardó en volver de nuevo sano y salvo a la litera y en ponerse de nuevo sus esposas y grilletes, había amanecido por completo. Realmente, nos habíamos librado de un fatal desenlace, porque justo cuando terminó Augusto de asirse manos y pies con los artilugios, bajó el comandante con Dick Peters y el cocinero.

---

* Generalmente, los balleneros van provistos de toneles de hierro para el aceite. Por qué no los tenía el *Grampus* es lo que nunca he podido averiguar. *(Nota del A.)*

Hablaron durante largo rato acerca del barco que venía de Cabo Verde, y parecían impacientes por verlo aparecer. Luego, el cocinero se adelantó hacia la litera de Augusto y se sentó en la cabecera. Podía observar toda la escena, incluso oír sus conversaciones, desde mi escondite, ya que la tabla no había sido puesta de nuevo, y mi desasosiego se acrecentaba cada vez más, temía que el negro cayera en el chaquetón colgado y que se extendía tapando la abertura, en cuyo caso se hubiera descubierto todo, y nuestras vidas, sin duda, habrían sido sacrificadas en el mismo instante.

La buena estrella nos sonrió de nuevo, porque a pesar de rozar en un par de ocasiones la prenda extendida, afortunadamente, no se apoyó sobre ella lo bastante como para descubrir nuestro secreto. El fondo del chaquetón había sido cuidadosamente sujeto al castillo de proa, de modo que no podía plegarse, dejando a relucir la abertura. Durante todo ese tiempo, *Tigre* estaba a los pies de la litera, y parecía haber recobrado en cierta medida sus facultades, pues podía ver su hocico vibrar a cada golpe de respiración, y abrir de vez en cuando sus ojos en aquella ralentización de su despertar.

Pasados unos minutos, el comandante y el cocinero volvieron a subir, dejando a Dick Peters, para que vigilara al prisionero. Y tan pronto como se marcharon, se sentó cerca de Augusto como intentando iniciar una afable conversación. Empezó a hablar con Augusto con un tono muy agradable, nos dimos entonces cuenta de que su aparente borrachera, en gran medida fue fingida mientras habían estado los otros dos con él.

Respondió a todas las preguntas de mi compañero con perfecta sobriedad y elocuente clarividencia. Le dijo que seguramente su padre habría sido socorrido con toda probabilidad, entre otras cosas, porque el día en que le abandonaron a la deriva, al ponerse el sol, había lo menos cinco veleros a la vista; en fin, sus palabras era confortadoras y desde luego su conversación causaba un efecto bien novedoso hasta el momento, era difícil saber a ciencia cierta lo que pensar. A decir verdad, empezaba, por lo menos yo, a concebir la esperanza de que Peters podría servirnos de instrumento para reconquistar el bergantín, y comuniqué esta idea a Augusto en cuanto tuve ocasión. Pensó, al igual que yo, que la cosa era posible; pero insistió en la necesidad de obrar con la mayor prudencia y discreción, porque el comportamiento del mestizo pudiera estar motivado tal vez por el más arbitrario capricho, y, bien mirado, era difícil acertar sobre su controvertido carácter y sus cambios de humor.

Peters volvió a subir al puente al cabo de una hora, poco más o menos, y no bajó ya hasta mediodía, trayendo entonces a Augusto una gran tajada de buey salado y un bizcocho de frutas secas. Cuando estuvimos solos, cogí de buena gana mi parte, sin tomar la precaución de volver a pasar por la abertura. No bajó nadie al castillo de proa durante el día, y por la noche me metí en la litera de Augusto, donde dormí profundamente como hacía tiempo que no lo hiciera, respirando hasta el fondo de mis entrañas aquella brisa tan deliciosa hasta el amanecer. Augusto me despertó entonces con brusquedad, estaba algo agitado por haber percibido un movimiento en el puente, y volví a mi escondite con la más absoluta celeridad. Cuando salió el sol, vimos que *Tigre* había recobrado por entero sus fuerzas y no daba señal alguna de hidrofobia, pues bebió con notable avidez un poco de agua que Augusto le ofreció.

Durante el día recobró toda su caracterizada vigorosidad y por supuesto su codicia en cuanto al apetito. Su extraña locura había sido originada, sin duda, por la naturaleza mortífera de la atmósfera de la cala y desde luego, no estaba muy satisfecho de que el animal sufriera las penalidades de un viaje semejante por mucha compañía que me hiciera. Estábamos entonces a 30 de junio, y era el decimotercer día desde que zarpó el *Grampus* desde Nantucket.

El 2 de julio bajó el comandante, borracho, como de costumbre, y de muy buen humor. Fue a la litera de Augusto, y dándole un golpecito en la espalda, le preguntó si iba a comportarse bien en adelante, porque en tal caso, daría orden para ser libertado de las esposas, siempre con la garantía, de su promesa en no volver jamás a la cámara. Mi amigo, por supuesto, respondió de una manera afirmativa; entonces el bandido y otros más, le pusieron en libertad, invitándole después a beber un sorbo de una botella de ron que sacó del bolsillo de su gabán. Subieron juntos al puente, y no volví a ver a Augusto durante tres horas, aproximadamente. Bajó entonces, anunciándome las buenas noticias, ya que había obtenido permiso para ir y venir donde se le antojara en el bergantín por delante del palo mayor, y que podía acostarse, como de costumbre, en el castillo de proa. Me traía unos sabrosos manjares de cena y una buena provisión de agua.

El bergantín navegaba siempre al encuentro del barco que venía de Cabo Verde, y había ahora un velero a la vista que se creía que era el navío en cuestión. Como los sucesos de los ochos días siguientes fueron de poca importancia y no tienen una relación directa con los principales incidentes de mi relato, los voy a reseñar aquí en forma de diario, pues no quiero omitirlos por completo.

* * *

3 de julio.

Augusto me proporcionó tres mantas, con las cuales me las compuse como pude para arreglarme una especie de cama en mi escondite. Nadie bajó durante el día, excepto mi compañero. *Tigre* se instaló en la litera al lado mismo de la abertura, y durmió largo rato, parecía como si no estuviera aún repuesto por completo de su enfermedad.

Hacia el anochecer, un viento repentino sorprendió al bergantín antes que tuviesen tiempo de arriar velas, y el barco estuvo a punto de naufragar. Sin embargo, aquella ráfaga se calmó enseguida y no sufrimos ningún daño, salvo la cofa del trinquete, que se rasgó por el medio.

Dick Peters trató a Augusto todo el día con una gran bondad, y entabló con él una larga conversación referente al Océano Pacífico y a las islas que él había visitado en aquellos parajes. Le preguntó si no le gustaría emprender, con la tripulación amotinada, un viaje, con todo lo que conlleva de placer y aventura, de exploración por aquellas regiones, y le dijo que, por desgracia, los hombres se inclinaban poco a poco hacia las opiniones del primer comandante.

Augusto juzgó oportuno responder que le agradaría mucho tomar parte en la expedición; que no tenía, además, ninguna otra cosa que hacer, y que todo era preferible a la vida de pirata.

* * *

4 de julio.

El barco a la vista resultó ser un pequeño bergantín procedente de Liverpool, y le dejaron proseguir su ruta sin inquietarlo. Augusto se pasó la mayor parte del tiempo en el puente con objeto de captar toda la información posible a propósito de las intenciones de los amotinados.

Tenían entre ellos violentas e incesantes disputas, y en medio de una de aquellos altercados, un tal Jim Bonner, arponero, el cual, tuvo la osadía de reprender una de las absurdas afirmaciones del comandante, fue arrojado al agua por la borda. Era obvio que el bando del comandante ganaba terreno y tenía poco a poco más adeptos. Tim Bonner estaba del lado del cocinero y Peters, y sus convencimientos le costaron la vida.

* * *

5 de julio.

Casi al amanecer nos vino de nuevo un viento fuerte del Oeste, que hacia mediodía se convirtió en borrasca, hasta el punto de que toda la tela quedó reducida a la vela mayor de capa y al trinquete. Al arriar la cofa del trinquete, Simms, uno de aquellos vulgares marineros, perteneciente también a la banda del cocinero, cayó al mar; estaba muy borracho, y se ahogó, sin que nadie hiciera ademán alguno ni tentativa posible por salvarle.

El número de hombres a bordo era entonces trece en total, a saber: Dick Peters; Seymour, el cocinero negro; Jones, Greely, Harman Rogers y Guillermo Allen, del bando del cocinero; el primer comandante, cuyo nombre no he sabido nunca; Absalón Hicks, Wilson, John Hunt y Ricardo Parker, del bando del primer comandante; y por supuesto, Augusto y yo.

* * *

6 de julio.

El vendaval ha durado todo el día, soplando con intensa furia, y acompañado de turbulentos chubascos. El bergantín ha almacenado una gran cantidad de agua por sus junturas, y una de las bombas ha estado funcionando de continuo. Augusto ha tenido que hacer su turno.

Al crepúsculo ha pasado cerca de nosotros un barco grande, que no fue avisado hasta ponerse al habla. Se supone que era el barco que los amotinados esperaban. El comandante se puso al habla con él; pero la respuesta se perdió entre el bramido del vendaval. A las once hemos sido alcanzados, en uno de los laterales del barco, por un golpe de mar que se llevó una gran parte de la amurada de babor y causó otros ligeros daños al inundar la cubierta. Por la mañana, el tiempo se calmó, y al salir el sol, el viento había amainado.

* * *

7 de julio.

Hemos tenido mar gruesa durante todo el día, y el bergantín, por estar muy aligerado, se ha movido mucho; varios paquetes se han venido abajo en la bodega, según pude oír con claridad desde mi escondite. He padecido mucho del mareo. Peters ha tenido una larga conversación con Augusto, y le ha dicho que dos de los hombres de su bando, Greely y Allen, se han pasado al lado del comandante, decididos a ser piratas. Le han hecho varias preguntas a Augusto, que no ha entendido con exactitud.

Durante parte de la noche ha aumentado la inundación de agua en el barco, y poco se ha podido hacer a ese respecto, pues se debía a la infiltración del agua por las junturas del bergantín. La han taponado con una vela prensada por debajo de la proa, lo cual ha sido útil en cierto modo, ya que por suerte se ha empezado a dominar la vía de agua.

* * *

8 de julio.

Al salir el sol se ha levantado una ligera brisa por el Este, y el comandante ha dirigido la proa al Suroeste, con intención de alcanzar alguna de las islas de la India Occidental para llevar a efecto su plan de corsear. No ha habido oposición alguna por parte de Peters ni del cocinero, al menos por lo que ha oído Augusto. Se ha desechado toda intención de apoderarse del barco que venía de Cabo Verde. La vía de agua ha sido fácilmente dominada con una sola bomba funcionando durante tres cuartos de hora alternando cada cierto tiempo, y se utilizó el mismo procedimiento de apretar la vela debajo de la proa. Nos hemos puesto al habla con dos pequeñas goletas durante el día.

* * *

9 de julio.

Buen tiempo. Todos los hombres se ocupan en reparar la amurada. Peters ha vuelto a tener una larga conversación con Augusto, haciendo mayor hincapié en detalles varios, algo que no había hecho hasta ahora.

Ha dicho que nada le obligaría a tomar parte en los planes del comandante, e incluso ha insinuado su intención de arrancar el bergantín de sus manos. Le ha preguntado a mi amigo si podía contar con su ayuda en un caso semejante, a lo que Augusto ha respondido que sí sin objeción alguna. Peters le ha dicho entonces que sondearía a los otros de su bando sobre esta cuestión, y se ha marchado. Durante el resto del día Augusto no ha tenido ocasión de hablar con él a solas.

7

10 de julio.

Nos hemos puesto al habla con un bergantín que venía de Río con rumbo a Norfolk. Tiempo brumoso, con una ligera brisa contraria del Este. Hoy ha muerto Hartmon Rogers; sufría ataques espasmódicos desde el 8, después de haber ingerido un vaso de agua con ron. Este hombre formaba parte del bando del cocinero y era en uno de los que Peters tenía mayor confianza.

De hecho, Peters ha confesado a Augusto su sospecha de que el comandante le había envenenado y que esperaba que le llegaría pronto su turno si no estaba alerta. No quedan en su bando más que él mismo, Jones y el cocinero, y los del otro lado son cinco. Había hablado a Jones sobre el proyecto de desposeer al comandante del mando; pero como fue acogido con frialdad, se había guardado de insistir sobre la cuestión, y mucho menos incidir sobre ello respecto al cocinero. Hizo bien en ser tan prudente, pues por la tarde el cocinero manifestó su decisión de pasarse al bando del comandante, y, realmente así fue, mientras que Jones buscaba una coyuntura favorable para increpar a Peters, insinuándole que iba a advertir al comandante del plan que se tramaba. No había ahora, evidentemente, tiempo que perder, y Peters expresó su resolución de intentar apoderarse del barco a todo evento, con tal que Augusto le prestase su ayuda.

Mi amigo le aseguró enseguida su buena voluntad para tomar parte en cualquier plan ideado con este fin, y creyendo que la ocasión era favorable, le confesó sobre mi presencia a bordo. El mestizo se sintió al saberlo tan estupefacto como agradecido, pues no podía confiar en Jones, un traidor según su opinión. Bajaron los dos enseguida. Augusto me llamó, y Peters y yo nos presentamos.

Quedó convenido que intentaríamos recuperar el barco en cuanto se presentase una buena oportunidad, dejando a Jones fuera de nuestros planes. En caso de éxito, debíamos llevar el bergantín al primer puerto que se pudiera, y ya en él, entregarlo a la autoridad. Ante la deserción de sus partidarios, se veía obligado a renunciar a marchar al Pacífico, aventura aquella que no podía realizarse sin tripulación, y contaba de antemano con una absolución del jurado, que sería eximido alegando locura momentánea, pues nos afirmó con solemnidad que sólo la locura le había impulsado a prestar ayuda al motín; si fuera condenado, intentaría obtener el perdón, contando para ello de los testimonios de ambos. Nuestras deliberaciones fueron interrumpidas de momento por el grito de: «¡Todo el mundo a arriar velas!», y Peters y Augusto corrieron al puente.

Como de ordinario, casi toda la tripulación estaba borracha, y antes que las velas fuesen arriadas como es debido, una violenta ráfaga tumbó el bergantín de costado. No obstante, después de mantenerse así, se enderezó, aunque estaba todo inundado de una gran cantidad de agua.

Apenas estuvo todo asegurado, cuando otra ráfaga arremetió contra el barco, e inmediatamente, otra, y así sucesivamente. Según todos los pronósticos, se trataba de una borrasca, y, en efecto, pronto se nos vino encima un gran temporal de lluvia y viento por el Norte y el Oeste. Se aferró todo lo mejor posible, y nos pusimos al pairo, como se acostumbra, bajo un trinquete de rizo apretado. Al acercarse la noche, el viento aumentó mucho más violento, se desató una fuerte marejada. Peters vino entonces al castillo de proa con Augusto y reanudamos nuestras deliberaciones.

Acordamos que no había ocasión más favorable que la que se presentaba ahora para llevar a cabo nuestro propósito, dado que ellos no podrían calcular una tentativa semejante en aquel momento. Como el bergantín estaba puesto al pairo, no había necesidad de hacer maniobra hasta que volviese el buen tiempo, y si triunfábamos en nuestra tentativa, podríamos libertar uno o quizá dos hombres para que nos ayudasen a llevar el barco a un puerto.

La principal dificultad estaba en la desproporción de nuestras fuerzas. Éramos tres solamente, y del otro lado eran nueve. Además, todas las armas de a bordo estaban en poder de ellos, a excepción de un par de pistolas pequeñas, que Peters llevaba escondidas encima, y del gran cuchillo marino que guardaba siempre en el cinturón. Algunos indicios, tales como que ninguna de las hachas estuvieran colocadas como de costumbre en las encimeras, nos hacía temer lo peor, que el piloto abrigase sospechas, al menos con respecto a Peters, y que no dejase escapar ocasión para desembarazarse de él. Era evidente, en realidad, que lo que estábamos decididos a hacer no podía realizarse con demasiada prontitud. Aun así, éramos muy inferiores en número para permitirnos obrar sin la mayor cautela.

Peters propuso ascender hasta el puente y entablar allí conversación con uno de los hombres, Allen, hasta que hallase una buena oportunidad de arrojarle al mar sin provocar contienda alguna y sin promover alboroto; luego, Augusto y yo subiríamos y nos esforzaríamos por apoderarnos de cualquier clase de armas en el puente, y después nos precipitaríamos juntos para tomar la escalera de la cámara antes que pudieran ofrecer la menor resistencia.

Me opuse rotundamente, porque no creía que el comandante, que era un hombre muy sagaz en todas las cuestiones que no afectasen a sus prejuicios supersticiosos se dejase atrapar tan fácilmente. El simple hecho de haber un hombre en el puente era prueba lo suficientemente fehaciente como para que el comandante estuviese alerta, pues no es corriente, excepto en barcos en que se cuida la disciplina con rigor, dejar a un hombre en el puente estando el barco al pairo durante un vendaval. No debíamos por consiguiente, subestimar la audacia del comandante, de la misma forma que aquel individuo no menospreciaba en absoluto nuestra suspicacia, o por lo menos la de Peters y Augusto.

En cuanto a los métodos navieros, explicaré a los lectores la situación exacta del barco en tales circunstancias, pues así comprenderán el punto de vista que intento que comprendan. Estar al pairo, significa que el barco está parado, y se trata de una maniobra muy común a la que se recurre para distintas finalidades y que se efectúa de diversas maneras. Con tiempo apacible, se hace para simplemente detenerse, para esperar a otro barco si se tercia. Si por el contrario las velas están fuera, la maniobra se realiza habitualmente aferrando algunas de sus velas, de forma que el viento ni las rasga ni las desorienta, permaneciendo el barco estable.

Pero hablamos ahora de un barco al pairo durante un fuerte vendaval. Esto se hace cuando el viento está de proa o cuando es demasiado violento para aferrar velas sin peligro de zozobrar, y algunas veces incluso cuando el viento es suave, pero la mar es demasiado gruesa para que el barco pueda huir por delante. Si un barco soporta el soplo del viento en popa con mar muy gruesa, suele sufrir grandes daños al soportar inundaciones de agua por su popa, y al someterse a las violentas zambullidas que hace de proa.

En tales casos se recurre rara vez a esa maniobra, como no sea por necesidad. Cuando el barco hace agua se le sitúa con frecuencia delante del viento, aun con las mares más gruesas, pues, entonces, de estar al pairo, sus junturas se abrirían mucho con los violentos bandazos, mientras que así no tiene que trabajar tanto al correr. También es necesario con frecuencia correr delante del viento, cuando las rachas son tan furiosas que se llevarían a pedazos la tela que se emplease a fin de detener el viento de proa, o cuando por mala construcción o por cualquier otra causa esa maniobra adecuada no se puede efectuar.

Los barcos se ponen al pairo, durante un vendaval, de diferentes maneras, según su construcción especial. Algunos se mantienen al pairo bajo un trinquete, y es, a mi parecer, la vela más empleada. Los grandes barcos con aparejo de cruzamen tienen velas *ex profeso* para ese objeto, llamadas velas de estay para borrascas. Pero se emplea en ocasiones el foque solo; en otras, el foque y el trinquete, o un trinquete de doble rizo, y a menudo las velas de popa.

Ocurre con frecuencia que las cofas de trinquetes cumplen mejor la finalidad requerida de cualquier otra clase de vela. El *Grampus* se colocaba el pairo generalmente bajo un trinquete de dos rizos.

Cuando un barco está al pairo, su proa se alza con el viento, de modo que la vela se ciñe al viento como si lo recibiese de popa; es decir, como cuando atraviesa el barco diagonalmente. Al hacer esta maniobra, la proa está puesta a unos grados de la dirección de donde viene el viento, y recibe, claro está, el choque del oleaje a barlovento.

En esta situación un barco en condiciones puede capear un gran temporal sin albegar ni una gota de agua y sin que tenga que prestar una total atención la tripulación. En general, se aferra el timón; pero así y todo, es completamente innecesario, excepto a causa del ruido que hace estando suelto, pues el timón no tiene efecto sobre el barco que está al pairo. En realidad, mejor sería dejar suelto el timón que atarlo sólidamente como se hace, pues el timón puede ser arrancado por los golpes de mar si no se fija con suficiente flexibilidad.

Mientras conserve el velamen, un barco bien construido puede mantener su situación, y sostenerse en todos los mares, como si tuviese una vida y una razón instintiva. Con todo, si la violencia hiciera pedazos el velamen, desgracia que requiere un verdadero huracán para tener lugar en circunstancias ordinarias, habría un peligro inminente. El barco se abate ante el viento, y poniéndose de costado, queda por completo a su merced; el único recurso en este caso es lanzarse, desde luego, delante del viento y huir viento en popa hasta que sea posible izar otra vela. Algunos barcos se ponen al pairo sin ninguna clase de vela, aunque estos barcos no son muy recomendables en el mar.

Pero dejemos esta disgresión. El comandante no acostumbraba nunca dejar a ningún hombre como centinela en el puente, máxime cuando estaba al pairo durante un vendaval, y el hecho era que había ahora uno que, unido a la desaparición de las armas, entre otros las hachas y las barras de hierro, nos convenció plenamente de que la tripulación estaba demasiado alerta para cogerla por sorpresa como Peters había sugerido.

Sin embargo, algo había que hacer, y había que hacerlo en el plazo más breve posible, pues no dudábamos ni un instante, de que se habían suscitado sospechas, y Peters sería sacrificado en una próxima ocasión; y esta ocasión la encontrarían seguro o la provocarían en cuanto cesase el vendaval.

Augusto sugirió entonces que si Peters, mediante un pretexto, pudiera conseguir, el quitar todas las cadenas que yacían sobre la trampa en el camarote, ello sería un plan magistral para caer sobre ellos de improviso por el camino de la cala. Sin embargo, una breve reflexión nos convenció de que el barco cabeceaba y daba bandazos con demasiada violencia para llevar a cabo una tentativa de ese género.

Por fortuna, se me ocurrió al cabo de un rato, la idea de actuar sobre los terrores supersticiosos y la conciencia culpable del comandante. Como se recordará, uno de los hombres de la tripulación, Hartman Rogers, había muerto por la mañana, atacado hacia dos días de unos espasmos después de beber alcohol con agua.

Peters nos había expresado su opinión de que aquel hombre había sido envenenado por el comandante, y según decía, tenía razones insoslayables para creerlo, aunque no pudiésemos persuadirle para que nos las explicase; esta negativa tenaz estaba muy de acuerdo con otros aspectos de su singular carácter. Pero, tuviera él o no mejores motivos que nosotros mismos para sospechar del comandante, nos dejamos convencer fácilmente por sus sospechas, y decidimos obrar en consecuencia.

Rogers había muerto alrededor de las once de la mañana, entre enérgicas y violentas convulsiones, y el cadáver ofrecía minutos después de la muerte uno de los más patéticos y repugnantes espectáculos jamás visto. Tenía el vientre enormemente hinchado, como el de un ahogado que ha permanecido varias semanas debajo del agua.

Las manos se hallaban en el mismo estado, mientras la cara aparecía desencajada, arrugada y pálido como el yeso, marcada por una serie de manchas de un rojo intenso, como las que produce la erisipela; una de aquellas manchas se extendía en diagonal por la cara, cubriendo por completo un ojo como con una venda de terciopelo carmesí. En aquel estado repulsivo, el cuerpo había sido traído desde la cámara a mediodía para ser arrojado por la borda, cuando el comandante, echando un vistazo con el rabillo del ojo, pues lo veía entonces por primera vez, y removido tal vez por el remordimiento de su crimen o en cualquier caso, horrorizado ante tan escabrosa visión, ordenó a los hombres que cosieran el cadáver dentro de su hamaca y le concediesen los ritos acostumbrados de la sepultura en el mar. Una vez dadas aquellas órdenes, marchó abajo, como para evitar una nueva visión de su víctima.

Conforme se hacían los preparativos para obedecer sus órdenes, la borrasca se desató con gran furia y tuvieron que suspender la tarea por el momento. El cadáver, abandonado a su suerte, se empapaba en los imbornales de estribor, donde yacía, desprovisto de cuidado moral, chocando en todos lados con los furiosos bandazos del bergantín.

Cuando organizamos nuestro plan, empezamos a ponerlo en práctica tan deprisa como pudimos. Peters subió al puente, y como había previsto, fue, desde luego, abordado por Allen, quien estaba apostado en el castillo de proa, más bien en acecho que por cualquier otro motivo.

No obstante, el destino de aquel bandido quedó decidido rápidamente y con premura, pues, Peters, acercándose a él con aire despreocupado, como si fuese a hablarle, le agarró por el cuello, y antes que lanzara un solo grito, le tiró por encima de las amuradas. Entonces nos llamó, y subimos.

Nuestra primera precaución fue registrar por todas partes buscando armas y artillería para nuestra defensa y ataque, y para ello avanzamos con mucho cuidado, pues era imposible permanecer en el puente ni un instante sin asirse a algo, y unas olas enormes rompían sobre el barco a cada zambullida de proa. Era además indispensable efectuar con agilidad nuestras operaciones, porque esperábamos que de un momento a otro subiese el piloto para colocar las bombas, pues era evidente que el bergantín debía de retener una gran cantidad de agua.

Después de rebuscar durante un rato, no pudimos encontrar nada más adecuado para nuestro propósito que los dos manubrios de bomba, uno de los cuales cogió Augusto, y yo el otro. Después de ponerlos en sitio seguro, desvestimos al cadáver y lo arrojamos por la borda. Peters y yo volvimos a bajar, dejando a Augusto vigilando en el puente y en el mismo sitio que ocupaba Allen, vuelto de espaldas a la escalera de la cámara, de modo que si alguno de los hombres del piloto subía, pudiera suponer que era el hombre de cuarto.

Tan pronto como estuve abajo, comencé a disfrazarme para imitar el cadáver de Rogers. La camisa que habíamos quitado al cuerpo nos ayudaría mucho, pues era de una hechura y clase singulares, y fácilmente reconocible, una especie de camisón de mujer que el difunto se ponía sobres sus otras prendas. Era de tela elástica azul con anchas rayas blancas cruzadas.

Después de ajustármela, me dediqué a hacerme un vientre falso, imitando la horrible deformidad del hinchado cadáver. Así lo tramé en breve, realizado por medio de unas mantas, que sirvieron de relleno. Di entonces a mis manos el mismo aspecto poniéndome un par de mitones de lana blanca, en los que metí todos los trapos que pudimos encontrar.

Peters arregló después mi cara frotándola primero toda ella con yeso y luego pintarrajeándola con sangre extraída de un corte que se dio él mismo en un dedo. No fue olvidada tampoco la raya sobre el ojo, que presentaba el aspecto más espantoso.

8

Cuando me contemplé a mí mismo en un trozo de espejo colgado en el camarote a la débil luz de una especie de farol de combate, me sentí totalmente impresionado, tenía una sensación de absoluto espanto con aquel aspecto, y ante el recuerdo de la aterradora realidad que así representaba, me sobrecogió un violento temblor, que tuve que sobrellevar como pude, intentando encontrar la necesaria decisión para seguir representando mi papel. Era preciso, por ejemplo, obrar con resolución, y Peters y yo subimos al puente.

Vimos allí que todo iba bien, y manteniéndonos cerca de las amuradas, los tres nos deslizamos hasta el camarote de la escalera de cámara. No estaba completamente cerrada, y habían sido colocados unos maderos sobre el primer escalón, precaución tomada para impedir que se empujara la puerta sin previsión desde fuera y se cerrara del todo. No tuvimos ninguna dificultad para echar un vistazo total al interior del camarote a través de las rendijas que dejaban los goznes.

Fue una buena suerte para nosotros el no atacar entonces como en un principio planeamos, pues en aquel momento estaban alerta. Un único individuo estaba dormido y acostado justamente al pie de la escalera, con un fusil a su lado.

Los demás estaban sentados sobre varios colchones, que habían quitado de las literas y tirado sobre el suelo. Se hallaban imbuidos en una seria conversación, y aunque hubiesen bebido más de la cuenta, como se veía por dos cántaros vacíos y por algunos vasos tirados alrededor, no se mostraban tan borrachos como de costumbre. Todos ellos tenían cuchillos, uno o dos sus pistolas, y un montón de fusiles se hacinaban en una litera muy cerca de ellos.

Escuchamos durante algún rato su conversación antes de optar por algún plan determinado, pues no habíamos resuelto nada en concreto, salvo que, cuando llegase el momento, intentaríamos paralizar sus esfuerzos por medio de la aparición de Rogers. Estaban discutiendo sus planes de piratería, y todo lo que pudimos oír claramente fue que pensaban unirse a la tripulación de la goleta *Hornet*, y si era posible, apoderarse de la propia goleta como preparación para una tentativa de mayor escala, cuyos detalles no pudimos oír.

Uno de los hombres habló de Peters: el comandante le respondió en voz baja, lo cual, no pudimos percibir, y poco después añadió más fuerte que «no podía comprender lo que Peters tenía que hacer tan a menudo en el castillo de proa con el mocoso del capitán, y que debían los dos ser lanzados por la borda, y cuanto antes mejor». A esto no hubo respuesta; pero pudimos percibir sin dificultad que la insinuación había sido bien acogida por toda la banda, y en especial por Jones.

En aquel momento estaba yo un tanto indeciso, tanto más cuanto puede ver que Augusto y Peters no sabían exactamente lo que había que hacer. Yo pensé para mis adentros, resistir a cualquier contrariedad que pudiera surgir y no dejarme dominar por ninguna debilidad que emanara de mis sentimientos.

El tremendo ruido que producía el mugir del viento en los palos y velas, y el batir del oleaje sobre el puente, nos impedía oír lo que murmuraban, excepto cuando el mar se calmaba, sin embargo, las entremezcladas palabras no tenían sentido. En un momento determinado, oímos claramente al comandante cómo ordenaba a uno de los hombres «que fuese a proa y ordenase a aquellos condenados marineros de agua dulce que viniesen a la cámara», eran palabras textuales; era la única manera de tenerlos controlados, evitando así que se gestaran traiciones y escaramuzas a la espalda y a bordo del bergantín.

Afortunadamente para nosotros, el balanceo del barco era tan violento en aquellos momentos, que impidió que la orden fuese ejecutada acto seguido. El cocinero se levantó de su colchón para alcanzar nuestro paradero, cuando un terrible bandazo, que creí iba a llevarse los palos, le empujó de cabeza contra una de las puertas de los camarotes de babor, abriéndola de golpe, incrementando todavía más la confusión.

Por fortuna, ninguno de nosotros fue arrojado de su sitio, y tuvimos suficiente tiempo para retirarnos con ligereza hacia el castillo de proa, y de combinar a toda prisa un plan de ataque antes de que el mensajero apareciera, y en último caso, antes de asomarse por la escalera de escotilla, pues no terminó de subir al puente. Desde aquel lugar no podía cerciorarse de la ausencia de Allen, y por tanto, lo único que hizo fue repetir las órdenes del jefe, creyendo que estaría alerta. Peters respondió también a gritos, deformando su voz: «¡Sí, sí!», y el cocinero volvió a bajar inmediatamente, sin hospedar en su mente sospecha alguna de lo acaecido.

Entonces mis dos compañeros se dirigieron con audacia hacia popa y bajaron a la cámara. Peters cerró la puerta del mismo modo que la había encontrado.

El piloto, con un ligero cinismo, recibió su presencia con fingida cordialidad, y dijo a Augusto que, puesto que se había comportado tan bien últimamente, podía instalarse en la cámara, como si fuera uno de ellos, de allí en adelante. Le tendió entonces uno de los vasos medio lleno de ron, y le hizo beber. Pude observar con claridad toda aquella escena, pues había seguido a mis amigos hasta la cámara, y en cuanto se cerró la puerta, volví a ocupar mi antiguo puesto de observación. Había llevado conmigo dos manubrios de bomba, uno de los cuales escondí cerca de la escalera de la cámara para tenerlo a mano cuando fuese necesario.

Entonces intenté colocarme lo mejor que pude para observar con todo detalle todo lo que ocurría allí dentro, y procuré alentar mis propios ánimos como pude, y reunir el coraje suficiente para bajar y sorprender a los amotinados, justo cuando Peters me señalara tal y como habíamos convenido. Se esforzaba también él en esos momentos por disimular su nerviosismo y cambiar de conversación, refiriéndose sobre los sucesos sangrientos de la rebelión, y poco a poco llevó a los hombres a hablar de las mil supersticiones tan difundidas entre la gente de mar. No podía entender todo lo que decía; pero veía con claridad los efectos de la conversación en las fisonomías de los presentes.

El comandante estaba, sin dudar, muy agitado, y cuando al poco tiempo alguien mencionó el aspecto terrorífico del cadáver de Rogers, creí que iba a desvanecerme. Peters le preguntó entonces si no creía que era mejor tirar el cuerpo por la borda, ya que resultaba un espectáculo demasiado patético verlo chocar en los imbornales.

El comandante, respirando entrecortadamente, volvió despacio la cabeza alrededor de sus compañeros, como suplicando a alguno de ellos que subiera para llevar a cabo aquella tarea. Sin embargo, ninguno se movió, y era evidente que todos aquellos individuos se encontraban en un estado de nerviosismo muy acentuado. Peters me hizo entonces una señal y enseguida abrí la puerta de la escalera de la cámara, bajé, sin pronunciar una sílaba, y me coloqué tieso en medio de la banda.

El intenso efecto producido por aquella repentina aparición no asombrará a nadie, si se tienen en cuenta las diversas circunstancias en que se realizó. Por regla general, en casos comparativos, queda en la mente del espectador ciertas conjeturas de duda respecto a la realidad de la visión que tiene ante los ojos, como una leve esperanza, aunque débil, de que está siendo víctima de una trapacería, y de que la aparición no es en realidad un visitante del mundo de los infiernos.

Se puede decir que tales indicios de duda se hallan en el fondo en casi todas las apariciones, y que el susto extremo que producen algunas veces, debe ser atribuido, incluso en los casos más señalados y que causan la angustia más aguda, a una especie de terror anticipado, a un miedo de que la aparición *no pueda* ser real, mucho más, que la firme creencia de su realidad. Pero en el caso presente se pudo observar que en las mentes de los amotinados no podía haber ni un ápice de un sólido fundamento para dudar de que la aparición de Rogers era, en efecto, la resurrección de su repulsivo cadáver, o al menos, de su imagen espiritual.

La situación aislada del bergantín, con la inaccesibilidad completa en que estaba a causa de la borrasca, encerraba los posibles medios de engaño dentro de tan estrechos y definidos límites, que debieron de examinarlos todos de una ojeada. Estaban en el mar desde hacía veinticuatro días, sin haber tenido más que una comunicación hablada con un barco.

Por añadidura, toda la tripulación, al menos todos los que allí estaban, y que no tenían ni el más remoto motivo para sospechar que había otra persona a bordo, se hallaba congregada en la cámara, a excepción de Allen; y su gigantesca estatura, medía aproximadamente dos metros de alto, era demasiado familiar a sus ojos como para pensar que podía ser una aparición planeada.

Y hay que añadir a estas consideraciones, el carácter aterrador de la tempestad y el de la conversación promovida por Peters. Por otro lado, la tenebrosa impresión que causó la repugnancia del verdadero cadáver, socavó aquella mañana en las mentes de aquellos hombres, y la excelente imitación en mi persona, junto con aquella luz débil y vacilante con la cual me veían, fue definitiva. De hecho, el fraude tuvo mayor repercusión de la que habíamos pensado en un principio, y a ello contribuyó también, entre las otras cosas mencionadas, los claroscuros del camarote, que hacían perfilar la figura del fantasma con mayores pinceladas de patetismo visionario.

El piloto se incorporó en el colchón sobre el que estaba tendido, y sin proferir una sílaba, cayó hacia atrás, absorto y tieso como una piedra sobre el suelo de la cámara, siendo arrojado a sotavento como un leño por un atroz bandazo del bergantín. De los siete hombres restantes, no hubo más que tres que mostraron al principio cierta reticencia a ser acobardados y todavía contaban con ánimo. Los otros cuatro permanecieron un rato como si hubiesen echado raíces en el suelo, y parecían las más desgraciadas víctimas del horror y de la desesperación con que mis ojos hayan tropezado nunca.

La única oposición que encontramos fue por parte del cocinero, de John Hunt y de Ricardo Parker; pero su defensa resultó bastante ineficaz y poco resolutiva. Los dos primeros fueron sin demora golpeados por Peters, y yo derribé a Parker de un golpe en la cabeza con el manubrio de la bomba que había traído conmigo. Del mismo modo, Augusto se apoderó de uno de los fusiles que había en el suelo, y disparó contra otro de los amotinados, Wilson, atravesándole el pecho. Ahora ya no quedaban allí más que tres; pero durante este tiempo habían logrado reanimarse de su embotamiento, y empezaban tal vez a dilucidar que habían sido víctimas de un engaño, pues lucharon con gran decisión y furia, y de no ser por la inmensa fuerza muscular de Peters, hubieran conseguido finalmente someternos.

Estos tres hombres eran Jones, Greely y Absalón Hicks. Jones había tirado a Augusto al suelo, hiriéndole a cuchilladas en varios sitios del brazo derecho; y le habría, sin duda, despachado pronto, pues Peters y yo no podíamos librarnos de nuestros propios adversarios, si un amigo con cuyo auxilio no contábamos, por cierto, no le hubiese prestado una ayuda oportuna. Este compañero no era otro que *Tigre*. Con un sordo gruñido, saltó dentro de la cámara en el momento más crítico para Augusto, y echándose de improviso sobre Jones, le sujetó en un instante sobre el suelo.

Mi amigo, sin embargo, estaba herido de gravedad para prestarnos ayuda alguna, y a mí me estorbaba de tal modo mi disfraz, que no podía hacer gran cosa. El perro no quería soltar la garganta de Jones; Peters, con todo, era sobradamente fuerte para luchar contra los dos hombres que quedaban, y los habría despachado antes, de no habérselo impedido el estrecho espacio en que tenía que actuar y los tremendos bandazos del barco.

En aquel momento se había apoderado de uno de los pesados taburetes que, con otros varios, estaba tirado en el suelo. Con él hundió el cráneo de Greely cuando iba a disparar un fusil contra mí; acto seguido un bandazo del barco le puso en contacto con Hicks, y cogiéndole de la garganta, con tan solo la presión de la mano le estranguló al instante. Así, en menos tiempo del que he tardado en contarlo, nos encontramos dueños del bergantín.

El único de nuestros adversarios que había quedado con vida era Ricardo Parker. A este hombre, como se recordará, le había derribado de un golpe ejecutado con el manubrio de la bomba al comienzo del ataque. Yacía ahora inmóvil junto a la puerta destrozada del camarote; pero, al tocarle Peters con el pie, pidió clemencia. Su cabeza estaba ligeramente herida, y no había recibido ninguna otra lesión, quedando aturdido por el golpe. Se levantó, y por el momento le atamos las manos a la espalda. El perro seguía aún gruñendo encima de Jones; pero al examinar a éste, vimos que estaba muerto; un arroyo de sangre salía de una profunda herida que tenía en la garganta, infligida, sin duda, por los agudos colmillos del animal.

Era entonces cerca de la una de la mañana, y el viento soplaba todavía furioso. El bergantín se movía evidentemente mucho más que de costumbre, y era imprescindible hacer algo para descargarlo en parte. Casi a cada bandazo embarcaba a sotavento una ola, y algunas habían llegado en parte dentro de la cámara durante nuestra contienda, por haber dejado abierta la escotilla al bajar. La fila entera de amuradas de babor había sido arrancada, junto con el bote de la bovedilla. Los crujidos y las vibraciones del palo mayor, por otro lado, indicaban que estaba a punto de venirse abajo.

Para dejar más espacio a la estiba, el pie de aquel mástil había sido asegurado entre los puentes, una costumbre muy censurable a la que recurren a veces los constructores ignorantes de barcos, de modo que estaba en peligro inminente de salirse de su pie. Pero, para colmar nuestras dificultades, sondeamos la sentina y encontramos no menos de siete pies de agua.

Abandonamos los cuerpos sin vida de los hombres, tendidos en la cámara, y nos pusimos manos a la obra a trabajar con las bombas; Parker, por supuesto, fue desatado para que nos auxiliara y nos ayudase en la faena. Vendamos el brazo de Augusto lo mejor que pudimos, y él hizo cuanto le permitía su estado, que no era mucho.

A pesar de todo, nos dimos cuenta que, haciendo funcionar una bomba sin cesar, podíamos a duras penas dominar la vía de agua. Como éramos solo cuatro, aquella labor resultaba excesiva; sin embargo, nos esforzamos en recuperar nuestro ánimo y energía, y aguardamos con ansiedad a que amaneciese, abrigando la esperanza de poder aligerar entonces el bergante, cortando el palo mayor.

Pasamos de esta manera una noche llena de angustia y fatiga, y cuando al fin amaneció, la tempestad no se había calmado nada, ni había indicios de que se calmase. Arrastramos los cuerpos hasta el puente y los arrojamos por la borda. Nuestro inmediato trabajo fue desembarazarnos del palo mayor. Una vez hechos los preparativos necesarios, Peters cortó el mástil, pues había encontrado todos los utensilios necesarios como hachas y demás en la cámara, y mientras nosotros permanecimos vigilando los estays y los acolladores.

Cuando el bergantín daba un fuerte bandazo a sotavento, fue hecha la señal de cortar las betas, con lo cual la masa entera de madera y aparejo se hundió en el mar, descargando el bergantín y sin causar daño alguno. Vimos entonces que el barco avanzaba mucho menos que antes, pero con más seguridad. No obstante, nuestra situación era harto difícil, y a pesar de los mayores esfuerzos, no podíamos achicar la vía de agua sin el empleo de las bombas.

La pequeña ayuda que Augusto podía prestarnos era, en resumidas cuentas insignificante. Para aumentar todavía más nuestro desconsuelo, puesto que el crepúsculo del día nada bueno había traído consigo, un fuerte golpe hizo zozobrar al barco y antes de recobrar la posición, de nuevo otra ola quebrantó más aún el equilibrio del barco tumbándolo por completo de costado. A la sazón, el lastre se desplazó en masa a sotavento, la estiba era sacudida de un lado a otro desde hacía tiempo, y durante unos momentos creíamos que nada podía salvarnos de un hundimiento final.

No obstante, por el momento, pudimos enderezar un tanto el equilibrio del bergantín; pero como el lastre seguía ocupando su sitio a babor, estábamos tan tumbados, que era inútil pensar en utilizar las bombas, lo cual no hubiéramos podido hacer más tiempo en ningún caso, pues nuestras manos estaban en carne viva por la excesiva labor que habíamos soportado y sangraban de un modo horrible.

En contra de la opinión de Parker, nos dedicamos luego a cortar el palo de trinquete, y lo conseguimos por fin después de mucho trabajo, a causa de nuestra posición inclinada. Al pasar por encima de la borda, arrastró con él el bauprés y dejó el barco como una completa carraca.

Luego nos regocijamos de haber podido conservar nuestra chalupa, que no había sufrido daño con ninguno de los golpes de mar que habían barrido la cubierta. Pero no pudimos felicitarnos largo rato, pues, el palo de trinquete y el de mesana fueron arrastrados al mismo tiempo enseguida, con lo cual el bergantín quedó arrasado; cada golpe de mar venía a romper ahora de plano sobre nosotros, y en cinco minutos nuestro puente se halló barrido de proa a popa, la chalupa y las amuradas de estribor fueron arrancadas, y hasta el cabrestante quedó hecho pedazos. Era, realmente, casi imposible para nosotros encontrarnos en una situación más lamentable.

A mediodía nos pareció que había una ligera esperanza de que se calmase el vendaval; pero quedamos desgraciadamente defraudados, pues lo único que se produjo fue una nítida y débil moderación que duró unos instantes, ya que al cabo de un rato, la furia del viento se acrecentó.

Alrededor de las cuatro de la tarde era del todo imposible mantenerse en pie, por la violencia de las ráfagas, y cuando cayó la noche, no conservaba yo ni un ápice de esperanza de que el barco pudiese aguantar hasta la mañana siguiente.

A medianoche el agua había alcanzado mucha altura, y llegaba ahora hasta el entrepuente. Poco después fue arrastrado el timón, y el golpe de mar que atizó, levantó fuera del agua toda la parte trasera del bergantín, contra la cual chocó el casco con tal sacudida, que pareció haber encallado. Habíamos sospechado todos que el timón se mantendría hasta el final, porque era extraordinariamente fuerte y estaba asegurado como no había nunca uno igual, y de hecho, nunca he visto uno semejante transcurrido el tiempo.

A lo largo de su barra principal había una serie de sólidos ganchos de hierro y otros del mismo género a lo largo del estambor. A través de esos ganchos pasaba una varilla de hierro forjado, muy gruesa; el timón quedaba así sujeto al estambor, y giraba libre sobre la varilla. Puede calcularse la tremenda fuerza del mar que lo había arrancado, por el hecho de que los ganchos del estambor, que se extendían a lo largo y estaban soldados por el otro lado, fueron arrancados en su totalidad de la sólida pieza de madera.

Apenas habíamos tenido tiempo de respirar después de la violencia de aquella sacudida, cuando una ola inmensa, como jamás he visto hasta entonces, vino a estrellarse a plomo sobre nuestra borda, llevándose la escalera de la cámara, destrozando las escotillas, e inundado todo el barco.

9

La situación era de emergencia, y afortunadamente, la misma noche anterior, los cuatro nos atamos en grupo, uno junto a otro, y entrelazamos una sólida cuerda al torno del barco, de tal manera que quedamos tendidos sobre el puente haciendo fuerza contra las adversidades.

Todo ello contribuyó, ni más ni menos, que a librarnos de una muerte segura. En un principio, nos sentimos agobiados por la fuerza que ejercía el peso del agua sobre nosotros, pero cuando mediante nuestra estrategia, pudimos aliviarnos de aquel peso, empezamos a sentirnos mejor, el peligro se había atenuado.

Y tan pronto como empezamos de nuevo a respirar el aire, intenté localizar a Augusto y al resto de mis compañeros. Fue únicamente Augusto el que me respondió, diciendo: «¡Es nuestro fin; Dios tenga piedad de nuestras almas!» Al cabo de unos instantes los otros dos mediaron algunas palabras, y ambos coincidían en que, dada la naturaleza del cargamento, estaba lejos la posibilidad del hundimiento del barco, por lo pronto, la tempestad cedería por la mañana, y seguramente las posibilidades de salvarnos eran muchas. Así es que, sus palabras me reconfortaron bastante, era pues asequible la posibilidad de salir con vida de aquella nueva catástrofe. Bien mirado, un barco cargado de barriles de aceite vacíos, era bastante extraño que llegara a sucumbir en el mar, pero ante aquellas circunstancias, el pánico superaba a la lógica, y hasta entonces, no pude razonar la situación real, sino que me dejé llevar por un extraño pesimismo después de tantas calamidades. Sintiendo revivir de nuevo ante el ánimo de mis compañeros, aproveché todas las ocasiones para reforzar las ligaduras que me ataban a los restos del torno, y pronto descubrí que mis compañeros estaban dedicados en hacer lo mismo.

La noche era oscura hasta más no poder, y es inútil intentar describir aquellos estruendos, unos ruidos indescriptibles que se envolvían entre una naturaleza hostil y el quebranto de nuestro ánimo. El puente se localizaba justo al nivel del mar, o más bien, estábamos cercados por una elevada loma de espuma, una parte de la cual pasaba sobre nosotros a cada momento. Nuestras cabezas, y no es exagerado decirlo, no quedaban en realidad fuera del agua más que un segundo de cada tres. Aunque estuviéramos tendidos y apretados juntos, ninguno de nosotros podía ver al otro, ni tampoco podíamos ver ni tan siquiera una pequeña parte del bergantín sobre el cual éramos sacudidos con tal impetuosidad.

A intervalos nos llamábamos los unos a los otros, esforzándonos así en reanimar nuestra confianza, dando consuelo y aliento a cualquiera de nosotros que pudiera necesitarlo para sobrevivir. El estado de debilidad de Augusto era objeto de atención por parte de todos los demás; y como su brazo derecho desgarrado estaba demasiado débil como para asegurar sus ataduras con cierta firmeza, esperábamos impacientes que saliera fuera de la borda, a cada momento en el que éramos sacudidos, pues prestarle ayuda era una cosa fuera de nuestro alcance. Por suerte, el lugar donde se encontraba, era más seguro que ninguno de los nuestros, ya que la parte superior de su cuerpo estaba precisamente debajo de un resto de lo que quedaba del cabrestante, y el tumulto de olas, al chocar sobre esa masa, perdía mucha violencia.

En una situación distinta a aquella en la cual había sido arrojado por casualidad después de haberse atado él mismo en un sitio muy peligroso, hubiera muerto sin remedio antes del amanecer. Gracias a que el bergantín estaba muy escorado, nos encontrábamos todos menos expuestos a desaparecer en un golpe de mar, y era otra de las cuestiones que nos obligaba con más ahínco a intentar sobrevivir. El costado, como ya he dicho antes, era el de babor, y la mitad del puente, poco más o menos, se hallaba de continuo bajo el agua.

Por consiguiente, el mar, que nos azotaba a estribor, rompía en gran parte contra el costado del barco, llegando únicamente hasta nosotros un leve flujo de la marea, y que con la inercia, sobrepasaba hasta nuestros rostros, rociándolos con aquella espuma brava. Mientras tanto, las olas que venían de babor, nos acometían con un fuerte ímpetu por la espalda, sin embargo, era imposible desligarnos de nuestras ataduras, y por muy furiosa que se desencadenara la mar, el coraje nos infundía un firme propósito en asirnos con fuerza para no desfallecer.

Permanecimos tendidos en aquella incómoda y dura posición hasta el amanecer, mostrándonos hacia esa hora del día en que la claridad sucede a las incógnitas de la noche, los horrores que nos rodeaban. El bergantín era un simple madero, balanceándose de aquí para allá, a merced de cada ola; el vendaval seguía aumentando, soplando en realidad como un completo huracán, y no vislumbrábamos ninguna perspectiva de salvación. Durante varias horas guardamos silencio, nuestra esperanza se aplacaba, y esperábamos de un momento a otro ser devorados en la inmensidad del océano. Era muy posible que el cabrestante fuera arrastrado por la borda, o que algunas de las gigantescas olas que se contorneaban por las alturas con aires de grandeza y con temperamento osado, terminaran por hundir el casco, arrojándonos violentamente allende de los mares. Sin duda moriríamos ahogados, y antes de poder llegar hasta la superficie, sucumbiríamos en las profundidades.

Sin embargo, la misericordia de Dios nos preservó de aquellos inminentes peligros, y hacia mediodía fuimos recompensados por una luz divina, la luz bendita del sol. Al poco tiempo, percibimos al unísono cómo se aplacaba el ruido del viento, era evidente que disminuía la fuerza del vendaval, y encandilados con aquel desenlace, por primera vez desde el final de la noche anterior, Augusto preguntó a Peters, situado justo al lado de él, si pensaba que había alguna posibilidad de salvación.

Como no respondió a esta pregunta, dedujimos que el mestizo se había muerto víctima del sofoco prolongado, tal vez se ahogó por las asfixiantes olas que nos envolvieron sin cesar. Pero pronto, para nuestra alegría, muy débilmente articuló varias palabras, quería darnos a entender que padecía un dolor insoportable, se rasgó el vientre por la tirantez de sus ligaduras. Teníamos que encontrar un modo para aliviar su dolor, encontrar un medio de aflojar las cuerdas, porque si no, moriría, pues le sería imposible soportar por más tiempo aquel tormento. Todo ello nos causó una gran angustia, porque era del todo imposible pensar en socorrerle como pretendíamos, mientras el mar no se calmara por completo, ninguno de nosotros podría auxiliar a Peters como quisiéramos hacerlo. Le animamos para que aguantara el sufrimiento con valor, y le prometimos aprovechar la primera ocasión que se presentase para aliviarle.

Respondió que muy pronto sería demasiado tarde, que moriría antes de poder socorrerle, y luego, tras murmurar palabras, que más bien eran un preludio de la muerte, quedó en silencio. Y el silencio nos otorgó la conformidad de su muerte.

Al acercarse la noche, el mar quedó casi en completa calma, y apenas en el espacio de cinco minutos venía una ola a romperse contra el casco a barlovento; el viento había amainado también mucho, aunque soplasen de cuando en cuando fuertes ráfagas. No había oído hablar a ninguno de mis compañeros desde hacía unas horas, y entonces llamé a Augusto. Me respondió, aunque tan bajo, que no pude percibir lo que decía. Hablé luego a Peters y a Parker, y ninguno de los dos me respondió nada.

Poco tiempo después caí en un estado de insensibilidad parcial, durante el cual las imágenes más difusas sortearon el poco entendimiento que me quedaba. En mi imaginación, brotaban escenas apacibles, tales como árboles ensortijados de flores, prados ondulantes cubiertos de trigales como mantas superpuestas en el paisaje, hermosas bailarinas contorneando sus cuerpos al son de ritmos candentes, tropas de caballería desfilando por los bosques... así, un sinfín de fantasías. Recuerdo ahora que todo cuanto pasaba ante la aureola de mi espíritu, era el *movimiento* la sensación predominante. Así, no soñaba nunca con un objeto inmóvil, tal como una casa, una montaña o cualquier otra cosa fijada y estructurada sin deslizamientos, sino con molinos de viento, barcos, grandes pájaros, globos, gentes a caballo, carruajes sobrepasando los horizontes a toda velocidad, y así, otras escenas con ritmos semejantes que se engarzaban hasta crear una serie indeterminada de programas.

Cuando salí de aquel singular estado, el sol, por lo que pude adivinar, había renacido de nuevo en aquel horizonte perdido, había amanecido por lo menos desde hacía una hora. Encontré enormes dificultades para recordar las diversas circunstancias relacionadas con mi situación, y durante un rato seguí convencido de que estaba en la cala del bergantín, escondido en mi nicho, y de que el cuerpo de Parker era el de *Tigre*.

Cuando al fin recobré por completo mis sentidos, observé que el viento no era ya más que una brisa moderada, y que el mar estaba en relativa calma, de modo que no chocaba más que contra la mitad del bergantín.

Mi brazo izquierdo estaba desencajado fuera de las ligaduras y tenía un gran desgarro en el codo; el derecho estaba paralizado por completo, y la mano y la muñeca, estaban terriblemente hinchadas por la presión de la cuerda. Me producía también un gran dolor otra cuerda agarrada alrededor de la cintura, que había sido apretada hasta un grado insoportable de tirantez. Mirando alrededor, observando a mis compañeros, me percaté de que Peters vivía todavía, aunque tuviese enrollada a los riñones una cuerda tan gruesa, y apretada con tal fuerza, que parecía cortarle casi en dos; al agitarme, hizo un débil movimiento hacia donde yo estaba, señalando su cuerda. Augusto no daba señal alguna de vida, y estaba cabizbajo e inclinado sobre un trozo del cabrestante. Parker me habló al ver que me movía, preguntándome si tenía fuerza suficiente para libertarle de su posición, diciendo que, si hacía acopio de todos mis ánimos y lograba desatarle, podríamos aún salvar nuestras vidas, pero que en caso contrario, deberíamos perecer todos. Le dije que tuviese valor, y que intentaría desatarle.

Palpando el bolsillo de mi pantalón, saqué mi cuchillo, y después de varios intentos infructuosos, conseguí por fin abrirlo. Luego, con la mano izquierda logré libertar la derecha de sus ligaduras, y cortar después las otras cuerdas que me sujetaban. A pesar de todo, al intentar cambiar de postura, noté que me fallaban totalmente las piernas y que no podía levantarme; tampoco podía mover el brazo derecho en ningún sentido. Se lo dije a Parker, y él me aconsejó que permaneciese quieto durante unos minutos asiéndome al cabrestante con la mano izquierda, para dar así tiempo a que circulase la sangre.

Después de seguir las instrucciones, el entumecimiento comenzó pronto a desaparecer; de modo que pude mover primero una de mis piernas y luego la otra, y poco después recobré el uso parcial de mi brazo derecho. Intenté acercarme entonces con gran precaución hacia Parker, sin levantarme sobre mis piernas, y pronto logré cortar todas las ligaduras que le rodeaban, y al cabo de un rato él también recobró el uso parcial de sus miembros. Sin perder tiempo, desatamos la cuerda de Peters. Había producido una profunda incisión por encima de la cintura de su pantalón y de su camisa, penetrando hasta la ingle, y de ella brotó la sangre a borbotones justo al quitarle la cuerda. No bien se la quitamos, sin embargo, dijo unas palabras, pareciendo experimentar un alivio instantáneo, y siendo capaz de moverse mucho mejor que Parker y yo, lo cual se debió, sin duda, a la hemorragia.

Augusto no daba señales de vida, y teníamos pocas esperanzas de que se reanimase; pero cuando estuvimos junto a él, descubrimos que se había desmayado simplemente por la pérdida de sangre, ya que sus vendajes fueron arrancados al estar tanto tiempo empapado en el agua; ninguna de las cuerdas que le retenían al cabrestante estaba tan apretada como para causarle la muerte. Así es que, le quitamos sus ligaduras y el trozo de madera roto alrededor del cabrestante, y después, le depositamos en un lugar seco a barlovento, con la cabeza un poco más baja que el cuerpo, y nos pusimos los tres a frotarle los miembros.

En media hora o cosa así volvió en sí, aunque hasta la mañana siguiente no dio señal de reconocernos a ninguno de nosotros, ni tuvo fuerza bastante para hablar. Durante el tiempo que empleamos así en quitarnos las ligaduras, había caído la noche, y el cielo empezó a nublarse; de modo que sentimos una gran angustia temiendo que el viento volviese a soplar con violencia, en cuyo caso nada podría salvarnos de perecer, extenuados como estábamos. Afortunadamente, el viento se mantuvo moderado durante la noche, el mar se calmaba más y más a cada minuto, todo lo cual nos hizo concebir una esperanza de salvarnos. Una suave brisa soplaba aún del Noroeste; pero el tiempo no era tan frío como al principio.

Augusto estaba atado con cuidado a barlovento para prevenir así que el balanceo del barco le hiciese deslizarse por la borda, ya que se hallaba todavía demasiado débil para sostenerse por sí mismo. En cuanto a nosotros, no hubo necesidad de hacerlo. Nos sentamos muy juntos, y apoyándonos unos junto a otros con ayuda de las cuerdas rotas del cabrestante, conversamos acerca de los medios para salir de aquella horrible situación. Al quitarnos nuestras ropas, pudimos sentir un bienestar sumamente agradable que no experimentábamos desde hacia tiempo. Estuvimos largo rato retorciendo todo lo que quedaba de nuestras vestimentas, pues estaban destrozadas por completo, para que escurriesen el agua. Sorprendentemente, cuando nos las volvimos a poner, notamos que estaban calientes, algo que agradecimos con sinceridad puesto que nos reanimaría para continuar sobreviviendo en semejante situación. Hicimos lo mismo, al cabo de un rato, con las de Augusto, experimentando el mismo idéntico bienestar.

Pero estábamos en una situación precaria, y nuestras siguientes necesidades primarias para allanar la extenuación, serían las de proveernos de algún alimento y aplacar nuestra sed. Pero nada más lejos de la realidad para sosegar nuestra esperanza, pues si fue así un milagro haber sobrevivido a las calamidades de días precedentes, mucho más milagroso sería buscar alimento y paliar nuestra sed, puesto que ni el más ingenioso plan, podría conllevar el encuentro de semejantes ofrendas. No había agua potable que beber y nada que comer, así es que lo único que nos consolaba era la idea de ser rescatados por algún barco que de forma casual pasara por aquella trayectoria. Aún así, seguíamos juntos ayudándonos con exacerbada solidaridad, para soportar el enigma de un futuro inmediato.

Al fin despuntó la mañana del 14 y el tiempo se mantenía claro, suave, transparente, con una brisa constante, pero ligera, del Noroeste. El mar estaba ahora totalmente sereno; como por una causa que no pudimos determinar el bergantín no se escoraba tanto, el puente estaba relativamente seco, y podíamos movernos de un lado para otro con toda libertad. Llevábamos por entonces tres días enteros, sin comer ni beber nada, y era a toda costa necesario hacer una tentativa para buscar algo que llevar a la boca.

Como el bergantín estaba todo inundado, nos pusimos a la obra desalentados y con pocas esperanzas de poder conseguir alguna cosa. Hicimos una especie de rastrillo fijando unos cuantos clavos que arrancamos de los restos de la escala de escotilla, con dos tablones. Los sujetamos en cruz, atándolos al extremo de una cuerda, y los arrojamos a la cámara, dragando aquí y allá, con la débil ilusión de enganchar algún artículo que pudiera servirnos de alimento, o al menos, ayudarnos a cogerlo. Pasamos la mayor parte de la mañana en aquella labor, sin resultado, y pescamos sólo unas cuantas mantas que los clavos engancharon en uno de nuestros rastreos. Nuestro intento era, en verdad, tan primitivo como incierto, así es que no podíamos esperar ningún provecho en realidad.

Hicimos entonces otro ensayo en el castillo de proa, aunque asimismo en vano, y estábamos a punto de llegar a la extrema desidia, cuando Peters propuso que le atásemos una cuerda al cuerpo para intentar atrapar algo buceando dentro de la cámara.

Esta proposición fue bienvenida con todo deleite que puede inspirar la esperanza renaciente. Comenzó a desnudarse entonces, despojándose de todas sus ropas, a excepción de sus pantalones, y se ató cuidadosamente una sólida cuerda alrededor de la cintura, pasando sobre sus hombros, de manera que estuviera firmemente ligada a su cuerpo. La tarea presentaba suma dificultad y peligro, pues como no esperábamos encontrar gran cantidad, si es que había algunas provisiones en la cámara misma, era preciso que el buceador, después de haberse dejado bajar, diera una vuelta a la derecha y anduviese debajo del agua una distancia de diez o doce pies, a través de un pasadizo estrecho, hasta la despensa, y volviese, por último, sin respirar.

Una vez que preparamos todo, Peters descendió al camarote bajando por la escala de toldilla hasta que el agua le llegó al mentón. Entonces se tiró de cabeza, dio la vuelta a la derecha y se esforzó por abrirse camino hacia la despensa. En la primera tentativa fracasó por completo.

Medio minuto después de haber bajado, sentimos que sacudía violentamente la cuerda, era la señal que habíamos convenido para subirle ante cualquier impedimento o simplemente por necesidad de respirar. Por consiguiente, le izamos rápidamente, pero con tan poco cuidado, que le golpeamos de mala manera contra la escala. No traía nada consigo, y le fue imposible explorar más allá de una corta distancia en las profundidades, entre otras cosas por los constantes esfuerzos que tuvo que realizar para mantenerse firme y no flotar contra el puente. Cuando salió, estaba muy debilitado, y tuvo que quedarse descansando cinco minutos antes de arriesgarse a descender de nuevo.

La segunda tentativa fue todavía más desaprovechada, pues permaneció tanto tiempo debajo del agua sin dar ninguna señal, que, alarmados por su vida, le sacamos sin esperar más tiempo, y resultó que estaba ya casi asfixiado, aunque había, según nos dijo, tirado varias veces de la cuerda, sin que nosotros lo percibiéramos.

Aquello se debió, probablemente, a que una parte de la cuerda se había enganchado en la barandilla al pie de la escala. Ello suponía un verdadero obstáculo, y que decidimos suprimir, si era posible, antes de efectuar otra tentativa. Como no teníamos medios para quitarla, excepto con nuestros propios brazos, descendimos todos al agua lo más lejos que pudimos por la escalera, y dando un empujón con nuestras fuerzas reunidas, logramos echarla abajo. La tercera tentativa fue tan infructuosa como las dos primeras, y entonces nos dimos cuenta de un modo evidente que de aquella manera no se podía hacer nada sin ayuda de algún peso que sirviese para que el buceador se mantuviera firme por sí mismo y se sostuviera mientras realizaba su búsqueda en la cámara.

Miramos sucesivamente a nuestro alrededor, buscando algo que pudiese servir para aquel objeto, y al final descubrimos uno de los portaobenques de barlovento, que estaba ya tan desprendido, que no nos fue nada difícil arrancarlo. Lo sujetamos como pudimos a uno de los tobillos de Peters, y emprendió de nuevo su inmersión camino de la cámara, logrando en esta ocasión, abrirse paso hasta la puerta de la despensa. No obstante, a pesar nuestro, la encontró cerrada y se vio obligado a volver a la superficie sin logro alguno, pues haciendo el máximo esfuerzo, sólo pudo permanecer todo lo más un simple minuto. Nuestros asuntos tomaban, en suma, un cariz muy controvertido, y ni Augusto ni yo pudimos contener el llanto el pensar en la cantidad de dificultades que nos acosaban, y en la probabilidad ínfima de salvarnos sin más impedimentos. Pero esta flaqueza no fue de larga duración.

Nos arrodillamos e imploramos a Dios para que nos socorriese en los numerosos peligros que nos rodeaban, y como en aquellos momentos, nuestra fe no era de menospreciar, mitad por ser creyente, y en parte por las condiciones adversas, el caso fue que nos levantamos con una imperiosa fuerza esperanzadora por encima de lo humano, así que decidimos volcarnos con toda la entrega que hiciera falta, para sobrevivir fuera como fuera.

10

Poco tiempo después ocurrió un incidente que me siento obligado a considerar como el más intenso en lo que concierne a las emociones, el más henchido en una extraña mezcolanza de placer y horror supremo, el suceso más sobrecogedor que después de mil avatares y visicitudes que a lo largo de nueve años me han acontecido, manifestó a mi vida la más inconcebible idea de lo que realmente es la naturaleza, el destino, la fe ciega, y lo casual de las cosas de la vida.

Estábamos tendidos sobre el puente cerca de la escalera de la cámara, y discutíamos aún sobre la posibilidad de abrirnos camino hasta la despensa, cuando, al mirar hacia Augusto, que estaba frente a mí, noté que se quedaba de pronto mortalmente pálido, y que sus labios temblaban de un modo singular e inexplicable. Muy alarmado, le dirigí la palabra; pero no me respondió, y empezaba a creer que se había puesto enfermo repentinamente, cuando observé que sus ojos miraban fijamente algún objeto en la lejanía.

Volví la cabeza y no olvidaré nunca la alegría, el éxtasis que conmovió cada partícula de mi ser, al divisar un gran bergantín que venía hacia nosotros, y que no estaría a más de dos millas de distancia. Me levanté de un salto, como si una bala de fusil me hubiese herido de súbito en el corazón, y extendiendo mis brazos en dirección al barco, permanecí así en pie, inmóvil, e incapaz de proferir una sílaba. Peters y Parker estaban igualmente impresionados, aunque de diferente manera. El primero bailaba alrededor del puente como un loco, pronunciando los más extravagantes dichos propios de un baladrón de su categoría. Mezclaba aullidos, gritos, cánticos, y todo tipo de gemidos, expresando de esa forma el sufrimiento intenso de tantos días de incertidumbre. El último estalló en llanto, y permaneció varios minutos con lamentos y llorando como un chiquillo.

El barco a la vista era un gran bergantín-goleta, de construcción holandesa, pintado de negro, con un mascarón de proa chillón y dorado. Había capeado, evidentemente, un duro temporal, y, según supusimos, sufrido daños debido a la galerna que había sido tan huracanada en los últimos días, pues entre otras cosas, había perdido su palo de trinquete y parte de sus amuradas de estribor.

Cuando lo vimos por primera vez estaba, como ya he dicho, a unas dos millas a barlovento, en dirección hacia nosotros. La brisa era muy suave, y lo que más nos asombró fue que no tuviese izadas otras velas que la de trinquete y la vela mayor, con un petifoque; por supuesto, avanzaba muy lento, y nuestra impaciencia alcanzaba casi el frenesí. La torpe manera de ir gobernado, además, fue observada por todos nosotros, pese a nuestra excitación.

Daba tales guiñadas, que en más de una ocasión creímos que habíamos sido ignorados, tal vez porque no nos hubiera visto, o tal vez porque pensaban que ninguno de nosotros íbamos a bordo. El caso es que estábamos nerviosos, e imaginamos que de un momento a otro iba a virar hacia el otro lado, siguiendo la trayectoria de su rumbo. En cada una de esas ocasiones gritamos y aullamos con la mayor fuerza posible, y el barco desconocido pareció cambiar por un momento de intención y enfilar de nuevo hacia nosotros, esta singular conducta se repitió dos o tres veces, hasta tal punto que, al final tuvimos el convencimiento que no había otra explicación que el estado de embriaguez del timonel.

No divisábamos a nadie en sus puentes hasta que llegó a un cuarto de milla de nosotros. Vimos entonces tres hombres, a quienes, por su indumentaria, tomamos por holandeses. Dos de ellos estaban acostados sobre unas velas viejas cerca del castillo de proa, y el tercero, que nos miraba con curiosidad, se hallaba a proa, inclinado a estribor cerca del bauprés.

Este último era un hombre fornido y alto, con una tez muy morena. Parecía, por sus gestos, animarnos a tener paciencia, saludándonos de una manera alegre, aunque también extraña, y sonriendo sin cesar, como para mostrar un hilera de dientes muy blancos y brillantes. Cuando el barco se acercaba, vimos su gorro de franela roja caer al mar; pero él no prestó al incidente la menor atención, y siguió con sus sonrisas y extraños ademanes. Refiero estas cosas y circunstancias con todo detalle, y las expongo, debe entenderse así, sin más ni menos que como nos *parecieron* verlas.

El bergantín venía hacia nosotros despacio, con más firmeza que antes, y me cuesta mucho hablar de este episodio y reprimir mi exaltación de entonces, y la que todavía siento cuando hablo del tema. Nuestros sentimientos estaban exacerbados, y nos desahogábamos como podíamos gritando con todas nuestras fuerzas, dando gracias a Dios por ser bienaventurados, por haber encontrado de forma inesperada la gloriosa salvación que tanto necesitábamos. Y ahí estaba nuestra dicha, a nuestro alcance se encontraba la liberación de nuestras vidas. De pronto, vino una ráfaga que emanaba un extraño olor desde aquel barco, que de momento estaba a nuestro lateral, y es difícil expresar las sensaciones que experimentamos por el olfato. Se trataba de un hedor, tan infernal como insoportable, algo asqueroso que me recordaba al sofoco que experimenté durante los días en mi cautiverio abajo en la cámara del *Grampus*. Abrí la boca para respirar, y cuando me volví hacia mis colegas, pude percatarme de que estaban pálidos como el mármol.

Pero no teníamos tiempo de discutir o hacer conjeturas, pues el bergantín estaba a cincuenta pies de nosotros, y parecía tener intención de arrimarse hacia nuestra bovedilla para que pudiéramos acercarnos sin echar un bote al mar. Nos precipitamos a popa, cuando, de repente, una fuerte guiñada lo desvió cinco o seis puntos del rumbo que seguía, y como pasaba a nuestra popa a una distancia de unos veinte pies, vimos de lleno sus puentes.

Jamás olvidaré el triple horror de aquel espectáculo. Veinticinco o treinta cuerpos humanos, entre los que había varios de mujeres, yacían esparcidos entre la bovedilla, y en un estado completo de putrefacción. ¡Vimos con claridad que no había alma viviente en aquel barco fatal! ¡Sin embargo, no podíamos dejar de llamar a aquellos muertos en nuestro auxilio! ¡Por nuestra angustia, con fuertes voces pedimos a aquellas silenciosas y repulsivas imágenes que vinieran a rescatarnos, que nos albergasen en su compañía, que nos admitieran en su barco, y en definitiva, que vinieran a rescatarnos!

El horror y la desesperación nos hacían desvariar; la angustia de nuestra penosa decepción nos volvía locos por completo.

Cuando lanzamos nuestro primer aullido de terror, nos pareció de veras que alguien nos respondía desde el bauprés del barco desconocido, era algo tan semejante a un grito de voz humana, que el más fino oído se hubiera estremecido y engañado por lo mismo. En aquel instante, otra guiñada repentina puso la parte del castillo de proa por un momento ante nuestra vista, y percibimos enseguida el origen de aquel ruido.

Vimos al personaje alto y fornido recostado aún sobre la amurada y moviendo siempre su cabeza de un lado para otro, pero con la cara vuelta de tal modo, que no podíamos contemplarla. Sus brazos estaban extendidos sobre la barandilla, y sus manos caían hacia fuera. Sus rodillas descansaban sobre una gruesa maroma, tendida rígida y extendida desde el pie del bauprés a la serviola. Sobre su espalda, en la que una parte de la camisa había sido rasgada, dejando al aire la carne, estaba posada una enorme gaviota, atareada en saciarse de la horrible carnaza, con su pico y sus garras sepultados en ella, y su blanco plumaje rociado todo de sangre.

Como el bergantín seguía virando como si quisiera acercarse hacia nosotros y comunicar con nosotros más cerca, el pájaro, con mucho trabajo, al parecer, levantó su cabeza enrojecida, y después de mirarnos un momento como asombrado, se separó perezosamente del cuerpo con el cual se estaba festejando, cerniéndose recta por encima de nuestro puente y revoloteando con un trozo de aquella materia coagulada que parecía tener vida propia en su pico.

Por último, el horrible pedazo cayó con una tétrica salpicadura a los mismos pies de Parker. Dios me perdone; pero entonces, en el primer instante, un pensamiento se vislumbró en mi mente, un pensamiento que no mencionaré, y sentí que avanzaba un paso hacia el sitio ensangrentado. Miré a lo alto, y chocaron mis ojos con los de Augusto, que tenía una expresión tan intensa y ansiosa, que aquello me hizo recobrar enseguida mis sentidos. Me precipité hacia adelante con un hondo suspiro, y tiré aquel nauseabundo resto humano al mar de nuevo.

El cuerpo del que había sido arrancado aquel trozo reposaba, como he dicho, sobre la maroma, oscilaba con facilidad bajo los esfuerzos del ave carnicera, y aquel era el movimiento que nos hizo creer al principio que se trataba de un ser vivo. Cuando la gaviota le alivió de su peso, giró y cayó a medias, de modo que su cara quedó descubierta. ¡No hubo nunca, de seguro, objeto alguno tan terrible y espantoso!

Los ojos habían desaparecido, y toda la carne alrededor de la boca, dejaba todos los dientes al descubierto. ¡Esta era, pues la sonrisa que nos había dado esperanzas! Esto era... Me detengo. El bergantín, como ya he dicho, pasó a nuestra popa, y siguió su camino lenta, pero incesantemente, a sotavento. Con él y con su horrible tripulación desaparecían todas nuestras esperanzas de ser rescatados.

Como tardó algún tiempo en pasar, hubiéramos podido encontrar otros medios de abordarlo, si nuestro repentino desencanto y la espantosa naturaleza del descubrimiento que lo acompañaban, no hubiesen aniquilado todas nuestras facultades activas, espirituales y físicas. Habíamos visto y sentido, pero no pudimos ni pensar ni obrar, hasta que fue, ¡ay!, demasiado tarde. Se podrá juzgar hasta qué punto aquel incidente había debilitado nuestro espíritu, y por tanto, nuestra inteligencia; cuando el barco se hubo alejado tanto que no llegamos a divisar más que la mitad de su casco, discutimos seriamente sobre propuestas tales como intentar alcanzarlo a nado.

He hecho desde esa época vanos esfuerzos para obtener algún esclarecimiento a la atroz incertidumbre que envolvía el destino del barco desconocido. Su construcción y su aspecto general, como antes he indicado, nos permitieron creer que era un barco mercante holandés, y la indumentaria de su tripulación confirmó también aquella opinión. Hubiéramos podido leer sin esfuerzo su nombre sobre la popa, y hacer realmente otras observaciones que nos habrían orientado para determinar su carácter; pero la intensa excitación del momento nos cegó para ejercer toda actividad de ese género.

Por el color azafranado de algunos de los cadáveres que no estaban tan descompuestos, inferimos que toda la gente de a bordo había muerto de la fiebre amarilla o de alguna otra enfermedad virulenta de esa misma clase. Si era ese el caso (y no se me ocurre otra cosa), la muerte, a juzgar por las posiciones de los cuerpos, debió de irrumpir en sus vida de una manera terrible por lo repentina y arrolladora, de un modo distinto en absoluto al que caracteriza, por lo general, hasta las pestes más mortíferas que la Humanidad ha conocido.

Es posible, acaso, que un veneno introducido por casualidad en alguna de las provisiones de a bordo, hubiera producido aquel desastre, o que hubiesen comido un pescado de alguna especie desconocida y venenosa, u otro animal marino, o un ave oceánica, que produjo semejante consecuencia; pero es del todo inútil hacer conjeturas sobre algo que estaba y que seguirá estando siempre envuelto en el más espantoso y en el más insondable de los misterios.

11

Pasamos el resto del día en un estado de letargo, jactándonos de nuestro propio estado idiotizado, y de nuestra inutilidad por no haber reaccionado a tiempo cuando frente a nuestras propias narices, se alejó el barco hasta que se ocultó en el horizonte para no verlo más. Al recobrar el sentido común, también recobramos nuestras propias angustias, como era el hambre y la sed que tan de forma desdichada padecíamos, y que por ende, absorbía todas las demás inquietudes que hacían zozobrar nuestro sentido y entendimiento. Nada podría hacerse hasta el amanecer, así que no había mejor consuelo que lograr algún descanso por el momento. Y así lo hice desde luego, y con mejor fortuna que mis compañeros, los cuales, me despertaron tras unas horas, para reanudar planes en conjunto, pues es lo único que nos quedaba, planear y organizar para poder comer. Había que intentar rescatar las provisiones a toda costa, y ello suponía imbuirnos en nuevas tentativas para conseguirlo.

Entonces había calma en el mar, el viento había cesado por completo, y las condiciones climáticas nos eran muy favorables, nunca antes había visto un tiempo tan claro, cálido y agradable. El barco, por supuesto, que vimos con anterioridad, había desaparecido de nuestra vista. Comenzamos nuestras operaciones arrancando, con mucho esfuerzo otro de los portaobenques, y volviendo a realizar el mismo procedimiento, lo atamos a los pies de Peters, intentó otra vez más llegar hasta la puerta de la despensa, para poder así conseguir abrirla; era en su opinión, cuestión de tiempo, y esperaba realmente lograrlo, pues el casco estaba mucho más firme que antes.

Consiguió llegar pronto a la puerta, y luego, desprendiéndose una de las cadenas de su tobillo, procuró abrirse paso con ella; pero fue inútil, ya que el armazón era mucho más fuerte de lo que preveía. Estaba tan exhausto por su larga permanencia bajo el agua, que se hizo absolutamente imprescindible que otro cualquiera de nosotros le sustituyese. Parker se ofreció voluntariamente para aquella tarea; pero, después de tres viajes infructuosos, vio que no había logrado llegar ni siquiera cerca de la puerta.

La herida del brazo de Augusto, era un impedimento para tratar de descender, pues, aunque hubiese llegado a la puerta, no habría sido capaz de abrirla, y, por tanto, era evidente que, tendría que emplearme a fondo para descender hasta la cámara, pues en esta ocasión, se iniciaba mi turno; Augusto, pues, no hizo la inmersión, pues estaba muy malherido.

Peters había dejado uno de los portaobenques en el paso, y vi que yo no tenía suficiente peso para mantenerme firme abajo. Por tal razón, decidí en una de mis primeras inmersiones, recuperar únicamente la otra cadena. Al tantear para ello a lo largo de las profundidades, sentí una materia dura, que agarré inmediatamente, aunque no me detuve en comprobar lo que era, y volví a ascender en el mismo instante a la superficie.

La presa resultó ser una botella, pero portaba una gran sorpresa, estaba llena de vino de Oporto. Dando gracias a Dios por aquella ayuda tan oportuna, la destapamos enseguida con mi cortaplumas, y después de un sorbo moderado que bebimos cada uno, nos sentimos mucho más aliviados, incluso llegamos a entonarnos con el calor, el vigor y el ánimo que nos infundió. La volvimos a tapar con cuidado, y por medio de un pañuelo, tapamos el orificio para evitar que se derramara con cualquier movimiento.

Descansé a la vez un rato, tras aquel afortunado hallazgo, y descendí de nuevo, en esta ocasión recuperé la cadena, con la cual subí para informar a mis compañeros. Después, volví a descender por tercera vez, y me convencí totalmente de que, por muchos esfuerzos que hiciera en aquella situación, no sería capaz de forzar la puerta de la despensa. Por consiguiente, ascendí a la superficie.

Había perdido por completo toda esperanza, y del mismo modo, esta sensación era extensiva al resto de mis compañeros. Miré por un instante sus semblantes, y comprendí que decididamente estaban resignados a morir. El vino había producido, en mis compañeros ciertos resortes embriagadores, una especie de delirios conjuntos, del cual, yo estaba al margen, y me había librado precisamente por la inmersión efectuada después de beber. Hablaban sin ningún sentido común acerca de cuestiones sin relación alguna con nuestra situación.

Peters me hacía constantes preguntas sobre Nantucket. Recuerdo que Augusto también se acercó a mí con un aire muy serio, y me rogó que le dejase un peine de bolsillo, pues tenía el cabello lleno de escamas de pescado y deseaba quitárselas antes de desembarcar. Parker parecía un poco menos afectado y me instaba para que volviese a bajar a la cámara y le trajese el primer objeto que encontrara allí abajo.

Accedí a ello, y en la primer tentativa, después de permanecer bajo el agua un minuto entero, saqué un pequeño baúl de cuero perteneciente al capitán Barnard. Fue abierto, desde luego, con la leve esperanza de que pudiese contener algo de comer o de beber. No encontramos nada por supuesto, a excepción de una caja de navajas de afeitar y dos camisas de batista. Volví entonces a bajar, y subí sin haber obtenido ningún éxito.

Cuando mi cabeza salía del agua, oí un ruido como de vidrios rotos sobre el puente, y al salir, observé que mis compañeros había aprovechado con ingratitud mi ausencia, para beberse el resto del vino, dejando caer luego la botella al intentar colocarla de nuevo en su sitio antes que yo los viese. Les reproché la desconsideración de su comportamiento, y entonces Augusto se echó a llorar. Los otros dos soltaron fanfarronas carcajadas, intentando de esa forma, tomarse a broma todo el asunto. Y espero de corazón, no volver nunca a contemplar una risa como aquella: sus mandíbulas desencajadas, sumidas en el desencanto, provocaban un sentimiento de lo más patético. Y resultaba evidente que la excitación, en el estado de vacío de sus estómagos, había producido un efecto instantáneo y violento, y que se hallaban borrachos perdidos. Con gran dificultad, tuve que convencerles para que se acostasen, y cayeron muy pronto en un pesado sueño, y así lo supuse al advertir sus toscos ronquidos y la profundidad de sus respiraciones.

Me encontré entonces, por decirlo así, solitario y reflexivo en el bergantín, y todos mis pensamientos que repartía por mi mente, reflexiones de todo tipo y conclusiones de una índole algo pesimista, todo apuntaba hacia convencimientos de la más pavorosa y triste naturaleza. No podía ser de otra manera, había que ser realista, y la realidad no era otra que una lenta muerte por hambre y por extenuación de nuestras fuerzas. En el mejor de los casos tal vez moriríamos ahogados por alguna tempestad que se desencadenase, pues el caso es que nuestra situación era la que era, y no había más opción que esperar el delirio de nuestra segura muerte.

El hambre que experimentaba entonces era casi insufrible, me corroía el alma y el vientre, e incluso me sentía capaz de los sanguinarios impulsos para apaciguarla. Con mi cuchillo corté un trocito de cuero del baúl, y procuré tragarlo; pero me fue completamente imposible pasar ni un solo trozo, aunque me pareció que obtenía un pequeño alivio en mi sufrimiento mascándolo y escupiéndolo después.

Al anochecer, mis compañeros se despertaron, uno por uno, todos en un estado indescriptible de debilidad causado por el vino, cuyos vapores se habían evaporado ya. Temblaban y sentían escalofríos, tenían una fiebre muy alta, y emitían los más lamentables gritos pidiendo agua. Su situación me impresionó mucho, aunque al mismo tiempo me causó cierta satisfacción, el saber que una serie de circunstancias me habían impedido entregarme al vino, y, por tanto, sufrir sus tristes y angustiosas sensaciones. Su conducta, con todo, me causaba malestar y me producía una sensación incómoda, pues era evidente que, a menos de sobrevenir algún cambio favorable, no podrían prestarme ninguna ayuda para conseguir una posible mejora de nuestra situación.

No había abandonado la idea de traer algo de abajo, pero el intento no podía reanudarse hasta que alguno de ellos fuera de nuevo lo bastante dueño de sí mismo para ayudarme, sosteniendo el extremo de la cuerda mientras yo descendía. Parker parecía haber recobrado un poco más el sentido común, más que los otros, y me empeñé, por todos los medios a mi alcance, para despertarle. Pensando que una zambullida en el agua de mar podía producir un efecto beneficioso, se me ocurrió atarle una cuerda alrededor del cuerpo, y luego le llevé hasta la escalera de la cámara, mientras él, permanecía inerte por completo, acto seguido le zambullí y le saqué enseguida.

Tuve buen motivo para felicitarme a mí mismo de haber hecho aquella experiencia, pues pareció reanimarse y fortalecerse mucho, y al sacarle, me preguntó de una manera razonable por qué le trataba así. Así es que le expliqué mi objeto, y desde luego, quedó muy agradecido, dijo que se sentía mucho mejor después de aquella inmersión, y luego habló con serenidad de nuestra situación.

Decidimos entonces aplicar el mismo tratamiento a Augusto y a Peters, lo cual hicimos sin perder tiempo, y ambos experimentaron un gran alivio. Esta idea de un chapuzón a tiempo, surgió de algún libro de medicina de los que solía leer, porque recuerdo *grosso modo* algún capítulo sobre el benéfico efecto de la ducha en los casos en que el paciente sufre el delírium trémens.

Ahora podía volver a confiar en mis compañeros para que sostuviesen el extremo de la cuerda, y volví a efectuar tres o cuatro zambullidas en la cámara, aunque la noche se había cerrado y hubiera un sutil oleaje, que venía del Norte, balanceando con leves movimientos el casco.

En el curso de esas tentativas logré traer dos grandes cuchillos de mesa, un cántaro de unos tres galones de capacidad, desafortunadamente vacío, y una manta, pero nada que nos sirviese de alimento. Proseguí la tarea, después de haber encontrado aquellos objetos, hasta sentirme completamente extenuado; pero no pude subir nada. Durante la noche, Parker y Peters realizaron, por turno, la misma tarea; pero como no se podía echar mano a nada, abandonamos nuestras tentativas desesperados, convencidos de hacer un esfuerzo en vano.

Pasamos el resto de la noche en el estado de angustia moral y física que nos había caracterizado durante las últimas horas, y al que además, empezábamos a acostumbrarnos lamentablemente. Por la mañana, justo al amanecer, buscamos como locos socorro en el horizonte, era ya un acto inconsciente, cuyas posibilidades de éxito eran ciertamente remotas. El mar seguía muy tranquilo, aunque no había desaparecido ese sutil oleaje, olas encapotadas a lo largo aunque sin bruscas rupturas, que venían del Norte. Era la misma actuación que el día anterior. En un intento de afanarme por ver la realidad, comprendí que hacía seis días que no habíamos tomado alimento ni bebida, a excepción de la botella de Oporto, y era evidente que nuestra resistencia acabaría por desvanecerse en muy poco tiempo. En mi vida había visto unas caras tan pálidas y tan demacradas como las que mostraban ahora mis queridos compañeros Peters y Augusto. Era difícil reconocer su rostro y su espíritu, decapitados por los inútiles esfuerzos en seguir sobreviviendo.

Sus semblantes habían cambiado totalmente de expresión, hasta el punto de que apenas podía convencerme de que fuesen en realidad los mismos individuos en cuya compañía disfruté pocos días antes. Parker, aunque contraído hasta dar lástima, y tan débil que no podía levantar la cabeza del pecho, no se hallaba tan exhausto como los otros dos. Sufría en silencio, sin expresar externamente su dolor, sin lanzar una queja, y procuraba infundirnos confianza de cuantas maneras se podía imaginar. Y yo, a pesar de haber estado enfermo en los días iniciales del viaje, y siendo como soy de naturaleza delicada, sorprendentemente sufría menos que ellos. Estaba menos demacrado y había conservado con un aplomo insospechado las facultades de mi espíritu intactas, mientras que los demás estaban condenados a un estado de locura indescriptible, una dispersión mental dirigida por condiciones infrahumanas, y que se materializaban en una especie de actos infantiles, con expresiones constantes sin sentido y sonrisas idiotas, profiriendo las necesidades más absurdas.

En momentos determinados, no obstante, parecían revivir de repente, como inspirados de pronto por la conciencia de su situación; entonces se ponían en pie de un salto, como impulsados por una rabia interna momentánea, y hablaban durante unos instantes de la cuestión con absoluto sentido común, aunque sin dejar de lado ni por un momento aquella intensa desesperación. Es posible, a pesar de todo, que mis compañeros tuviesen el punto de vista de su estado y actitud, exactamente el mismo que el mío, y por tanto, inconscientemente tal vez cayera yo mismo en las mismas extravagancias y en las mismas imbecilidades que ellos; el caso es que todavía no lo he podido dilucidar.

Hacia mediodía, Parker declaró que veía tierra a babor, y fue realmente difícil, impedir que se tirase al mar con el propósito de llegar allí a nado. Peters y Augusto no prestaron la menor atención a lo que el otro decía; parecían los dos sumidos en una sombría visión.

Al mirar en la dirección apuntada me fue imposible divisar la más ligera apariencia de costa; en realidad, estaba demasiado aterrado para abandonarme a una esperanza de aquella naturaleza. Necesité, pues, mucho tiempo para disuadir a Parker de su error. Estalló entonces en lágrimas, llorando como un niño, con fuertes gritos y sollozos, durante dos o tres horas, hasta que, agotado, se quedó dormido.

Peters y Augusto hicieron luego algunos esfuerzos infructuosos por tragar unos pedazos de cuero. Les aconsejé que lo mascasen y luego los escupiesen; pero estaban tan débiles, que no pudieron seguir mi consejo.

Continué mascando algún trozo de cuero por momentos, y ello me proporcionó algún alivio; pero mi principal sufrimiento era la privación de agua, y únicamente me hizo resistir el deseo de beber la del mar el recordar las horribles consecuencias que habían sufrido otros individuos en las mismas condiciones que nosotros.

El día iba a transcurrir como de costumbre, como un pulso natural a nuestras fuerzas, cuando descubrí de pronto una vela al Este, en la dirección de nuestra proa, por el lado de babor. Era, al parecer, un gran barco, que venía casi en diagonal hacia nosotros, y, sin duda, a una distancia de doce o quince millas. Ninguno de mis compañeros lo había visto todavía, y me guardé cuanto pude en no comunicar este hecho hasta que no estuviera seguro, temiendo que de nuevo se frustrara la ocasión y se derrumbaran nuestras esperanzas. Por fin, cuando se acercó a una distancia muy corta, vislumbré claramente que había puesto la proa hacia nosotros, con sus velas ligeras hinchadas.

No pude contenerme más tiempo, y se lo señalé a mis compañeros. Se pusieron en pie de un salto como era de esperar, entregándose de nuevo a las más extravagantes demostraciones de alegría, llorando y riendo a la manera de los idiotas, brincando, pataleando sobre el puente y maldiciendo alternativamente.

Estaba tan impresionado por su conducta, así como por aquella perspectiva de liberación, que consideraba ahora que nuestra supervivencia era segura, así que me uní a su exaltación, y tomé parte en sus locuras, liberando con ingenuidad todas las explosiones de mi alegría y de mi dicha, tirándome y rodando sobre el puente, palmoteando, gritando y haciendo mil niñerías semejantes, hasta que una perceptible desilusión me arruinó aquel gozo, era el colmo de la desesperación humana; de repente el barco, nos presentaba de lleno su popa y viraba en una dirección del todo opuesta a aquella que yo había divisado en primera instancia.

Necesité algún tiempo para poder persuadir a mis pobres compañeros de que había sobrevenido aquella desdicha para nuestras esperanzas. Respondían a todas mis manifestaciones con miradas fijas y gestos que significaban que a ellos no les engañaban tales falsedades.

La conducta de Augusto era la que más me impresionaba. A pesar de todo cuando pude decir o hacer, persistió en afirmar que el barco se acercaba rápidamente a nosotros, y en hacer sus preparativos para subir a bordo. Señalaba algunas plantas marinas que flotaban por el bergantín, y sostenía que eran los botes del barco, esforzándose por meterse en ellas, aullando y gritando de una manera que partía el corazón; al final tuve que emplear la fuerza para impedir que se arrojase al mar.

Cuando nos calmamos medianamente, seguimos mirando al barco hasta que desapareció por completo de nuestra vista, pues el cielo había empezado a encapotarse, y se levantaba una ligera brisa; tan pronto como hubo desaparecido del todo, Parker se volvió de repente hacia mí con una expresión tal en su cara, que sentí un fuerte estremecimiento.

Tenía un aire de hombre dueño por completo de sí mismo que no había notado en él hasta entonces; y antes que hubiese abierto la boca, mi corazón me reveló lo que iba él a decir. Propuso, en pocas palabras, que uno de nosotros muriese para salvar la existencia de los otros.

12

Ya desde hacía algún tiempo había pensado, en caso de encontrarnos en un extremo tan inhumano y en semejante abismo, de no proceder en última instancia a semejante medio, soportando en conjunto cualquier clase de muerte que el destino nos deparara. Y esta resolución no había flaqueado ante la presente intensidad de hambre que me atormentaba. La proposición no fue oída por Augusto ni por Peters. Por ello, llevé a Parker a un rincón aparte, rogando a Dios que me diese el suficiente poder para disuadirle de la horrible atrocidad que acababa de comunicarme; con súplicas intenté que abandonara tal propósito, le rogué en nombre de todo lo más sagrado, y le insté, con toda clase de argumentos que debía abandonar aquella idea y que no la mencionase a ninguno de los otros dos.

Escuchó todo lo que le dije, sin intentar refutar mis argumentos, y tuve la esperanza de que con mi dialéctica, conseguiría descartar sus intenciones. Pero cuando dejé de hablar respondió que sabía muy bien que todo cuanto yo le había dicho era cierto, y que recurrir a aquel medio era la alternativa más horrible que podía concebir la mente humana, pero que él había soportado ya hasta donde la naturaleza humana podía aguantar; que era del todo inútil que todos pereciesen, cuando con la muerte de uno sería posible, y hasta probable, que los restantes pudieran salvarse, añadiendo que podía ahorrarme el trabajo de intentar disuadirle de su propósito, pues tenía ya tomada su resolución sobre el asunto mucho antes de aparecer el barco, y que precisamente aquella aparición fue lo único que le contuvo de mencionar sus intenciones con anterioridad.

Le supliqué entonces, ya que no podía disuadirle de abandonar su propósito, que, al menos, lo retrasase hasta otro día, puesto que podía venir otro barco para socorrernos; repetí todos los argumentos que se me habían ocurrido y los que pensé que podían ser apropiados para influir en una ruda naturaleza como la suya.

Me dijo, como respuesta, que no había querido hablar hasta el último momento, pero que ya no se podía seguir viviendo sin sustento de ninguna clase, y que, por consiguiente, si esperaba a otro día, su proposición sería demasiado tardía, al menos con respecto a él.

Era imposible conmoverle hablándole con un tono suave, así que no tuve más remedio que adoptar una actitud diferente, y le dije que había sufrido menos que cualquiera de ellos con nuestras calamidades, y que mi salud y mi fuerza eran, por ende, en aquel momento mayores que las suyas, y que las de Peters y Augusto; en una palabra: que estaba en condiciones de emplear la fuerza si lo creyera necesario, y que si intentaba hacer partícipe a los otros de sus sanguinarios y caníbales propósitos, no vacilaría yo en tirarle al mar.

A lo cual, me agarró inmediatamente por la garganta, y sacando un cuchillo hizo varios esfuerzos infructuosos para herirme en el vientre, atrocidad que por su propia extrema debilidad, se frustró de realizar. Mientras tanto, sintiéndome terriblemente exaltado, le empujé hasta el costado del barco con la decidida intención de tirarle por la borda. Le salvó de su destino, sin embargo, la intervención de Peters, que se acercó a nosotros y nos separó, preguntando el motivo de la reyerta. Parker se lo dijo antes de que pudiera encontrar algún medio de impedírselo.

El efecto de estas palabras fue aún más terrible de lo que yo había previsto. Augusto y Peters, que según parece abrigaban la misma horrenda idea que Parker, se unieron a él en su propósito e insistieron en llevarlo a efecto enseguida.

Había calculado que uno de los dos, cuando menos, tendría aún la suficiente fuerza de voluntad para ponerse de mi parte y resistirse a ejecutar tan aterrador propósito, y con la ayuda de uno de ellos me creía muy capaz de impedir su realización. Al ver defraudada aquella esperanza, se hacía necesario entonces que atendiese yo mismo a mi propia seguridad, pues una resistencia más prolongada por mi parte sería probablemente, considerada por alguno de los hombres, estando en aquel estado psicológico tan deplorable, como una excusa para negarme un juego limpio en la tragedia que bien sabía que iba a ser representada de inmediato.

Les dije que me sometía de buen grado a su proposición y que solicitaba simplemente un aplazamiento de una hora para dejar que la niebla que nos rodeaba tuviese ocasión de disiparse, porque entonces era posible que el barco que habíamos divisado estuviera de nuevo a la vista. Con gran dificultad obtuve de ellos la promesa de esperar hasta entonces; y como había yo previsto, la bruma antes de la hora se disipó, sin aparecer ningún barco a la vista, y nos preparamos para echar a suertes la tragedia.

Con suma repugnancia voy a detenerme sobre la escena espantosa que siguió a estas disertaciones, escena que ningún acontecimiento posterior ha podido borrar de mi memoria, y que ha quedado grabada en ella con sus detalles más minuciosos y cuyo cruel recuerdo amargará cada instante futuro de mi existencia. Con su permiso, voy a escribir esta parte de mi relato y espero a pesar de su crudeza, no herir susceptibilidades por ello, por lo menos no demasiado.

El único método que pudimos idear para aquella terrorífica lotería, en la cual teníamos cada uno de nosotros una probabilidad de correr, era el de sacar la paja más corta. Unas astillas de madera podían servir para nuestro objeto, y quedó convenido que yo las tendría cogidas. Me retiré a un extremo del barco, mientras mis pobres compañeros se colocaron en silencio en otro extremo, volviéndome la espalda. El momento más cruel de aquel terrible drama, el más lleno de angustias, fue aquel en que me ocupé del arregle de las pajas.

Hay pocas situaciones decisivas para el hombre en que no conceda a la conservación de su existencia un profundo interés, interés que aumenta de minuto en minuto con la fragilidad de la ligadura de donde pende esa existencia.

Pero ahora la naturaleza muda, positiva, rigurosa de la tarea que efectuaba, tan diferente a los tumultuosos peligros de la tempestad o de los horrores graduales y progresivos del hambre, me hizo reflexionar sobre las escasas probabilidades que tenía yo de librarme de la más espantosa de las muertes, de una muerte de la más atroz utilidad, y cada parcela de esta energía que me había sostenido tanto tiempo se derrumbaba ahora, dejándome presa impotente del más abyecto, del más deplorable terror.

Al principio no pude siquiera encontrar la fuerza suficiente para arrancar y juntar las astillitas de madera; mis dedos parecían bloqueados y se resistían a moverse, y mis rodillas chocaban con violencia una contra otra. Mi espíritu pasó revista rápida a mil absurdos medios para librarme de participar en aquella espantosa ruleta de la muerte... Pensé en arrojarme a los pies de mis compañeros y en suplicarles que me permitiesen sustraerme a aquella necesidad, o en precipitarme sobre ellos de improviso y matar a alguno, haciendo así superflua la decisión por la suerte; en resumen, pensé en todo, excepto en ejecutar lo que tenía que hacer.

Al final, después de haber perdido mucho tiempo en aquella conducta imbécil, la voz de Parker me abrió la realidad que estábamos viviendo en aquel momento, y me instaba para que los sacase al fin de la terrible inquietud que sufrían. Y ni aun entonces pude resignarme en el acto a preparar las astillas. Me puse a analizar sobre todas las sutilezas que podría emplear para hacer trampa en el juego y que uno de mis desgraciados compañeros de infortunio sacase la paja corta, puesto que se había convenido que el que sacase la más corta de las cuatro pajas moriría para la supervivencia de los otros.

Nadie puede juzgarme mal y mucho menos condenarme por aquella aparente infamia, pues a cualquiera le hubiera pasado por su mente lo mismo que a mí, en la misma situación en la que yo me encontraba.

Finalmente, no era ya posible ningún aplazamiento, y mientras sentía que las palpitaciones del corazón explotarían de un momento a otro, me dirigí hacia la cámara de proa, donde mis compañeros me esperaban. Tendí mi mano con las astillas, y Peters sacó primero la suya. Estaba libre; su astilla, al menos, no era la más corta; tenía yo, por tanto, una probabilidad más en contra mía. Reuní todas mis fuerzas y tendí las astillas a Augusto.

Sacó él enseguida la suya, y también quedó libre, y entonces, ya tuviese yo que vivir o que morir, las probabilidades eran iguales. En aquel momento toda la ferocidad de un felino se apoderó de mi corazón, y sentí contra Parker, mi semejante, mi pobre compañero, el odio más intenso y más demoniaco. Pero aquel sentimiento no duró y por último, con un estremecimiento convulsivo y los ojos cerrados, tendí hacia él las dos astillas restantes.

Transcurrieron con seguridad cinco largos minutos antes que pudiera él decidirse a sacar la suya, y durante aquel siglo de indecisión que me desgarraba el corazón no abrí una sola vez los ojos. Por fin, una de las dos astillas fue arrancada con fuerza de mi mano. La suerte estaba echada; pero no sabía yo si estaba en mi favor o en contra mía. Nadie hablaba, y yo no me atrevía a convencerme mirando la astilla que asía. Al final, Peters me cogió la mano, e hice un esfuerzo para mirar; pero observé enseguida en la cara de Parker que me había salvado y que era él la víctima condenada. Respiré convulsivamente y me desplomé sobre el puente sin conocimiento.

Volví de mi desmayo a tiempo para presenciar el término de la tragedia y asistir a la muerte del que, como autor de la proposición, era, por decirlo así, su propia víctima. No ofreció la menor resistencia, y acuchillado en la espalda por Peters, cayó muerto en el acto.

No insistiré sobre el terrible festín que tuvo lugar a continuación; estas cosas pueden imaginarse; pero los muertos no poseen virtud suficiente para impresionar el espíritu con el perfecto horror de la realidad. Bastará con que diga que, después de haber, hasta cierto punto, calmado en la sangre de la víctima la sed rabiosa que nos devoraba, y separado de común acuerdo las manos, los pies y la cabeza, que arrojamos al mar con las entrañas, devoramos el resto del cuerpo, pedazo tras pedazo, durante los siguientes cuatro días memorables para siempre: 17, 18, 19 y 20 de julio.

El 19 sobrevino una tremenda tormenta que duró quince o veinte minutos y que nos permitió recoger un poco de agua por medio de una sábana que nuestro rastrillo había atrapado en la cámara, justamente después de la tempestad. La cantidad que recogimos así no ascendía en total a más de medio galón; pero aquella escasa provisión bastó para darnos una fuerza y una esperanza relativas.

El 21 nos encontramos de nuevo reducidos al último extremo. La temperatura se mantenía cálida y agradable, con alguna bruma y leves brisas que variaban generalmente del Norte al Oeste.

El 22, cuando estábamos los tres sentados, apretados unos contra otros y soñando melancólicamente en nuestra lamentable situación, mi espíritu fue asaltado, por una idea repentina que brilló como un vivo rayo de esperanza.

Recordé que, cuando el palo de mesana fue cortado, Peters, encontrándose ante el viento en los portaobenques, me dio una de las hachas, rogándome que la pusiera, si era posible, en un sitio seguro, y que unos minutos antes del último golpe de mar que había sacudido e inundado el bergantín transporté aquel arma hacia el castillo de proa, depositando el hacha en una de las literas de babor. Pensé ahora que si lográbamos cogerlo nos sería quizá posible abrir el puente por encima de la despensa y conseguir así provisiones sin dificultad.

Cuando manifesté el proyecto a mis compañeros, de inmediato se alegraron de la idea, y nos dirigimos inmediatamente hacia el castillo de proa. Una vez allí, la dificultad de bajar resultaba mucho mayor que tratándose de la cámara, y la abertura era mucho más estrecha, porque se recordará que toda la armazón alrededor de la escalera de escotilla de proa había sido arrancada, mientras que el paso hacia el castillo, por ser una simple escotilla de unos tres pies cuadrados, había quedado intacto.

Sin embargo, no vacilé en intentar la peripecia, y me até una cuerda alrededor del cuerpo, como antes, zambulléndome en el agua y abriéndome camino con rapidez hacia la litera, y a la primera tentativa subí el hacha. Todos estaban contentos, lanzando gritos de alegría y de triunfo, y la facilidad con que la habíamos encontrado se consideró como un presagio de nuestra salvación definitiva.

Empezamos a horadar el puente con toda la energía de la esperanza reavivada, manejando el hacha Peters y yo alternativamente; en cuanto a Augusto, su brazo herido le impedía prestarnos el menor servicio. Como estábamos aún muy débiles para permanecer así sin alimento y no podíamos, por consiguiente, trabajar un minuto o dos sin descansar, resultó pronto evidente que necesitaríamos varias largas horas para practicar una abertura lo bastante ancha y que nos permitiese un libre acceso a la despensa.

Esta consideración, no obstante, no nos desalentó para nada, y continuamos trabajando toda la noche alumbrados por la luz de la luna, y la mañana del 23, al despuntar el alba habíamos conseguido nuestro objetivo. Peters se ofreció entonces a descender, y habiendo hecho todos sus preparativos ordinarios, se metió en el agua y volvió pronto trayendo un pequeño tarro que, con gran alegría nuestra, resultó estar lleno de aceitunas. Las repartimos, devorándolas con gran avidez, y luego volvimos a bajar a Peters. Triunfó él esta vez más allá de nuestras esperanzas, pues volvió enseguida con un grueso jamón y una botella de vino de Madera. No tomamos más que un pequeño sorbo de vino cada uno, sabiendo por experiencia los peligros que había en entregarse a él sin moderación. El jamón, salvo un pequeño pedazo, poco más o menos, cerca del hueso, estaba estropeado del todo por el agua salada y no se podía comer; la parte sana fue dividida en tres.

Peters y Augusto, incapaces de dominar su apetito, engulleron la suya sin demora; por mi cuenta, fui más prudente, y temiendo la sed que debía de provocar, no comí más que un trocito de la mía. Entonces nos tomamos un descanso por todo el trabajo empleado en aquella labor, sin duda extremadamente difícil y ardua.

Hacia mediodía, sintiéndonos un poco confortados y fortalecidos, reanudamos la tarea, descendiendo tanto Peters como yo respectivamente. La verdad es que siempre sacábamos algo, tanto con mayor o menor éxito conseguimos hacernos con algo hasta el atardecer. Durante aquel intervalo tuvimos la suerte de sacar en total cuatro nuevos tarritos de aceitunas, otro jamón, un voluminoso garrafón de mimbre que contenía un excelente vino de Madera, y lo que nos agradó aún más: una pequeña tortuga de la especie de los galápagos; el capitán Barnard, en el momento de zarpar el *Grampus*, había recibido a bordo varias de la goleta *Mary-Pitts*, que regresaba de un viaje al Pacífico de la caza de focas.

En una parte subsiguiente de este relato tendré muchas ocasiones de hablar de esta especie de tortuga. Se encuentra, sobre todo, como saben la mayoría de mis lectores, en el grupo de islas llamadas Galápagos, nombre que se deriva realmente de ese animal, pues la palabras española galápago significa *emitido* (una variedad de tortuga) de agua dulce. Su forma especial y su manera de moverse han hecho que le diesen alguna vez el nombre de tortuga elefante.

Se encuentran con frecuencia algunas de un volumen enorme. Yo mismo he visto varias que pesaban alrededor de seiscientos kilos, aunque no recuerdo que ningún navegante haya mencionado esa especie con un peso de más de cuatrocientos kilos. Su aspecto es muy particular e incluso repulsivo. Sus desplazamientos muy lentos, medida, pesada, con el cuerpo que se eleva un pie del suelo o cosa así. Su cuello es largo y sumamente delgado; su cuello es corto y ancho, porque así las he visto cuando tuve ocasión, y posteriormente de capturar algunas gigantescas. Su cabeza tiene un parecido asombroso con la de una serpiente. Pueden vivir sin comer durante tanto tiempo, algo increíble, y ha habido muchos casos en los que tortugas de esa especie han sido echadas en la cala de un barco y allí han permanecido dos años sin tomar ningún alimento, tan gruesas y saludables al expirar ese plazo como en el momento mismo en que las habían dejado en tal sitio.

Por una característica peculiar propia de su organismo, esos singulares animales se parecen al dromedario o camello del desierto. Llevan siempre una provisión de agua en una bolsa en el arranque del cuello. Al matarlas, después de haberlas privado de todo sustento durante un año entero, se han encontrado a veces en la bolsa de algunas de esas tortugas hasta tres litros de agua dulce y fresca. Comen principalmente perejil silvestre y apio con verdolaga, e higos chumbos. Existe en gran cantidad sobre la ladera de las colinas cerca de la costa donde se encuentra el propio animal. Esta tortuga, un alimento excelente y de los más sustanciosos, ha servido, sin duda, para conservar la vida de miles de marinos dedicados a la pesca de la ballena y otras pescas en el Pacífico.

La que tuvimos la suerte de subir a la despensa no era de gran tamaño, y no era, ni voluminosa ni excesivamente pesada. Era hembra, en un estado excelente, muy gruesa, y tenía en su saco más de un cuarto de litro de agua dulce. Esto era un verdadero tesoro, y cayendo de rodillas de modo unánime, dimos fervientes gracias a Dios por aquel socorro tan oportuno.

Resultó ser muy difícil hacer pasar al animal por la abertura, pues luchaba con ferocidad y su fuerza era prodigiosa. Estaba a punto de escaparse de las manos de Peters, y de caer otra vez al agua, cuando Augusto, echándole un nudo corredizo alrededor del cuello, la sostuvo por este medio hasta que hube saltado al agujero junto a Peters para ayudarle a izarla.

Echamos cuidadosamente el agua dentro del cántaro que, como se recordará, habíamos traído antes de la cámara. Hecho esto, rompimos el cuello de una botella, logrando hacer, con el corcho, una especie de vaso, para controlar las medidas. Bebimos cada cual una de aquellas medidas, y decidimos limitarnos a esa cantidad por día mientras durase la provisión.

En los dos o tres días últimos, como el tiempo era seco y había mejorado, las mantas que habíamos sacado de la cámara, así como nuestras ropas, quedaron completamente secas, de modo que pasamos aquella noche (la del 23) con un relativo bienestar, gozando de un reposo tranquilo, después de haber tomado una cena copiosa, en abundancia de aceitunas y jamón, con una pequeña porción de vino. Como temíamos perder algunas de nuestras provisiones por la borda durante la noche, en el caso de que se levantase brisa, las sujetamos lo mejor posible con una cuerda a los restos del cabrestante. A nuestra tortuga, que deseábamos ansiosamente conservar viva el mayor tiempo posible, la pusimos boca arriba, volcada, y la atamos también con todo cuidado.

13

24 de julio.

Aquella mañana nos levantamos sorprendentemente reanimados, surtidos de coraje, llenos de fuerza y valor. No obstante la peligrosa situación en que nos hallábamos, ignorando nuestra posición, muy distante, con seguridad, de la tierra, sin alimento más que para una quincena, aun repartiéndolo con todo cuidado, privados casi por entero de agua y flotando de aquí para allá a merced de todos los vientos, en aquellos inmundos restos de barco, todo ello, nos hacía considerar como un mal menor nuestra situación. Estábamos en una terrible salvación, pero también éramos conscientes que días antes habíamos estado peor. Teníamos precedentes infinitamente más drásticos de los experimentados entonces, y de hecho, si nos habíamos librado de la muerte fue por casualidad, por razones providenciales que ahora constatábamos a tenor de nuestro presente más inmediato.

Al salir el sol comenzamos de nuevo nuestras tareas de recolección de alimentos, como si de una nueva forma natural de procurarse alimento se tratara. Sin embargo, en medio de tales labores, empezó a caer un fuerte chubasco, lo cual, si bien interrumpió nuestro trabajo, por otro lado fue una bendición para aprovechar el agua potable. Recogimos así el agua mediante la misma sábana que utilizamos en otra ocasión con la misma finalidad. Tendimos la sábana como pudimos ayudándonos para ello de los portaobenques de los alrededores. Mientras realizábamos la tarea, escurríamos la sábana haciendo caer el agua dentro de nuestro cántaro. Así estuvimos un rato, hasta que un viento del Norte nos obligó a desistir de tal empeño.

El casco comenzó a dar unos bandazos tan violentos que no podíamos mantenernos en pie. Nos trasladamos entonces a proa, y amarrándonos con fuerza al cabrestante, como habíamos hecho en múltiples ocasiones, esperamos el devenir de los acontecimientos con mucha mayor calma que en pasadas experiencias, al fin y al cabo, estábamos curtidos en la materia.

A mediodía el viento se hizo más fresco, convertido en principio en una brisa para aferrar dos rizos, y por la noche, en un fuerte ventarrón, acompañado de una marejada tremendamente gruesa. No obstante, la experiencia nos había enseñado el mejor método de disponer nuestras ataduras, y soportamos aquella noche con una seguridad aplastante, aunque nos viéramos del todo inundados a cada instante por el mar y con el constante peligro de ser barridos de cubierta. Por fortuna, el tiempo era tan caluroso, que el agua resultaba casi agradable.

* * *

25 de julio.

Esta mañana, la galerna aminoró hasta no ser más que una brisa de diez nudos, y el mar se había calmado tanto, que pudimos mantenernos en un equilibrio sobre el puente. Sin embargo, con gran pesar nuestro, vimos que dos de los tarros de aceitunas, así como todo el jamón, habían sido arrastrados por la borda, a pesar de haberlos atado cuidadosamente.

Decidimos no matar aún la tortuga, y nos contentamos por el momento con tomar de desayuno unas pocas aceitunas y una ración de agua cada uno, mezclada la mitad con vino, lo cual en su justa medida, puede decirse que es una delicia, pues el exceso de alcohol trastorna el cuerpo, pero en una dosis más pequeña, ayuda al metabolismo a engrosarse una cantidad adecuada de calorías.

La marejada todavía no había cesado por completo, así es que era demasiado pronto para reanudar nuestra tarea en busca de provisiones de la despensa.

Durante el día, varios artilugios, sin interés para nosotros en nuestras circunstancias, subieron a la superficie a través de la abertura y fueron arrastrados enseguida por encima de la borda. Observamos también que nuestro casco se escoraba cada vez más, hasta el punto de que no podíamos sostenernos ni un momento en pie sin atarnos, a causa de lo cual pasamos una mañana sujetos a las condiciones climáticas.

Al mediodía, el sol apareció casi vertical, y no tuvimos duda de que aquella larga serie de vientos del Norte y del Noroeste nos habían arrastrado a la proximidad del Ecuador. Al anochecer vimos varios tiburones, y nos alarmó algo la manera osada de acercarse uno de ellos, por cierto, de un enorme tamaño.

En un momento dado, cuando un bandazo hundió el puente muy adentro en el agua, el tiburón pasó por encima casi de nosotros, llegando a forcejear unos minutos sobre la escala misma de la escotilla; luego, golpeó violentamente a Peters con su cola. Un fuerte golpe de mar lo arrastró por la borda, con gran satisfacción nuestra. Y de hecho, si el mar hubiera estado más sereno, seguramente lo hubiéramos capturado sin problema.

* * *

26 de julio.

Esta mañana, el viento se había calmado mucho, y como la mar no era gruesa, decidimos de nuevo bajar hacia la despensa. Después de una desastrosa labor que duró todo el día, vimos que no había nada que esperar por ese lado, porque los tabiques de la despensa habían quedado destrozados durante la noche y su contenido cayó a la cala. Aquella sorpresa, como puede suponerse, nos llenó de desesperación.

* * *

27 de julio.

El mar está casi tranquilo, con un ligero viento, siempre del Norte y del Este. El sol, por la tarde, es hoy abrumador, y calienta de tal manera, con tanta intensidad, que aprovechamos para secar nuestras ropas. Por fortuna, no padecemos sed, y festejamos nuestro alivio y bienestar bañándonos en el mar.

No obstante, somos precavidos, y a pesar de todo, estamos constantemente en alerta por si apareciera algún tiburón, lo cual no es de extrañar, pues durante el día hemos divisado algunos merodeando alrededor del bergantín.

* * *

28 de julio.

Continúa el buen tiempo. El bergantín empezó a inclinarse de costado de una manera tan alarmante que temimos que de un momento a otro llegara a sumergirse en las profundidades del mar. Por ello, tomando precauciones, nos preparamos como pudimos para tal eventualidad. Atamos la tortuga, el cántaro de agua y demás provisiones como nos fue posible, y lo más importante, colocamos los alimentos en dirección a barlovento, e igualmente nos ubicamos en un costado del casco, debajo de los grandes portaobenques. Posteriormente, el mar serenó su ritmo algo violento al principio del día, y poco a poco, quedó tranquilo, y las olas se desplazaban de un lado a otro con sutil serenidad.

* * *

29 de julio.

Tenemos las mismas condiciones climáticas. Sin embargo, para nuestra desgracia, el brazo derecho de Augusto, ha empezado a mostrar evidentes síntomas de gangrena. Sus quejas constantes de un dolor agudo, y de un cierto entumecimiento, así como una sed excesiva, nos alertó rápidamente de ello. Sabíamos de antemano que la infección de sus heridas se había complicado, pero no nos percatamos de que aquel traumatismo pudiera llegar a tal extremo. Poco podríamos hacer para aliviarle, así es que intentamos contribuir a su mejora mediante friegas de vinagre que sacamos del tarro de aceitunas. Desgraciadamente no experimentó ninguna mejoría. A pesar de todo, hicimos todo cuanto estaba a nuestro alcance por proporcionarle cierto bienestar, y triplicamos su ración de agua.

* * *

30 de julio.

Hoy ha sido un día excesivamente caluroso, sin viento. Un enorme tiburón se ha mantenido junto al casco durante toda la tarde. Hemos hecho varias tentativas infructuosas para capturarlo por medio de un nudo corredizo. Augusto está mucho peor, y se debilita paulatinamente, tanto por la escasez de alimentación y de una dieta adecuada, como por la complicación de sus heridas. Suplicaba sin cesar que pusiéramos fin a su sufrimiento, lo único que deseaba era la muerte. Esta noche tomamos nuestras últimas aceitunas, y vimos que el agua de nuestro cántaro estaba tan podrida que no se podía beber, por lo que añadimos una proporción más abundante de vino. Decidimos matar nuestra tortuga para el día siguiente.

* * *

31 de julio.

Después de una noche de ansiedad y de fatigas varias, debidas a la posición del casco, matamos la tortuga y nos dispusimos a despedazarla. Resultó que era mucho menos grande de lo que habíamos supuesto, aunque de buena calidad; toda la cantidad de carne que sacamos fue, desde luego, menor de lo que esperábamos. Con objeto de preservar el mayor tiempo posible una parte de la carne, la cortamos en lonchas delgadas para proporcionalmente dejarla como reserva. Llenamos con ellas los tres tarros de aceitunas que nos quedaban y la botella de vino, que por cierto era lo único que habíamos conservado, y finalmente vertimos encima el vinagre de las aceitunas. De esta manera apartamos para nuestra particular despensa, una parte importante de la carne de tortuga, decididos a no abusar de las proporciones dispuestas en aras de posibles incertidumbres alimenticias. La ración diaria era ínfima, pero insuficiente para nutrir nuestro organismo sin desquites arbitrarios. Calculamos entonces que el total debía durarnos trece días. Un denso chubasco acompañado de relámpagos y de violentos truenos descargó al oscurecer; pero duró tan poco, que no pudimos recoger más que un par de vasos de agua.

De común acuerdo se lo dimos todo a Augusto, que parecía hallarse en delirios moribundos. Bebía el agua en la misma sábana a medida que la recogíamos, sosteniéndola por encima de él, y haciendo que le cayese en la boca, pues no teníamos nada que sirviera para contener el agua, a no ser que sacásemos el vino del garrafón de mimbre o el agua podrida del cántaro. Hubiéramos tenido que recurrir a cualquiera de esos medios de haber durado el chubasco un rato más largo.

A pesar de todo, Augusto parecía obtener poco alivio con la bebida. Su brazo estaba teñido de negro desde la muñeca hasta el hombro, y sus pies parecían de hielo. Esperábamos a cada momento que exhalase el último suspiro. Se había quedado hecho un esqueleto, extremadamente delgado, hasta el punto de que pesaba setenta kilos cuando salimos de Nantucket, y ahora no pesaría más de *cuarenta kilos como máximo*. Tenía los ojos muy hundidos, apenas visibles, y la piel de sus mejillas colgaba tan floja, que le impedía masticar ningún alimento o incluso tragar ningún líquido, como no fuese con gran dificultad.

* * *

1 de agosto.

Continuamos con un tiempo apacible, aunque el sol es sofocante. Sufrimos la escasez de agua, tenemos sed, y el agua del cántaro está podrida por completo, atestada de gusanos. Logramos, a pesar de todo, tragar un poco de ella, mezclada con vino, a despecho de lo cual nuestra sed se calmó un poco. Encontramos un mayor alivio dándonos un chapuzón en el mar; pero no pudimos recurrir a ese medio sino a largos intervalos, a causa de la continua presencia de tiburones.

Vimos entonces con certeza que Augusto no tenía salvación, que se moría sin remedio. No podíamos aliviar sus sufrimientos, que parecían ser atroces. Alrededor de mediodía expiró entre fuertes convulsiones y sin haber podido hablar desde hacía varias horas. Su muerte nos conmovió, nos inundó de los más tristes presentimientos, y tuvo un efecto tan grande sobre nuestros espíritus, que permanecimos inmóviles junto al cadáver durante todo el día, sin dirigirnos la palabra, como no fuese leves murmuraciones para nuestros adentros. Únicamente después de la caída de la tarde tuvimos valor para levantarnos y arrojar el cuerpo por la borda.

El cadáver yacía entonces en un estado de descomposición repugnante, y así era que, Peters, al levantarlo, se quedó con una pierna entera en sus manos. Cuando aquella masa putrefacta se deslizó hacia el agua por encima del costado del barco, la transparencia del agua era tal que descubrimos siete u ocho enormes tiburones, velando alrededor del cadáver, hasta que el crujido de sus poderosos dientes, repartiéndose la presa en pedazos, nos desveló la fuerza devoradora de aquellos monstruos del océano. Aquella escena se gravó en nuestra mente, y nos sentimos horrorizados por un instante.

* * *

2 de agosto.

La misma calma, el mismo calor. El alba nos ha sorprendido en un estado de lamentable abatimiento, así como de una extenuación corporal. El agua del cántaro ha dejado desde luego de ser potable, convertida en una espesa masa gelatinosa, en una mezcla de horrible aspecto de gusanos y cieno. La hemos tirado, y después de haber lavado bien el cántaro en el mar, vertimos dentro un poco del vinagre de las botellas en donde teníamos en adobo la carne de tortuga.

Nuestra sed no se podía ya casi soportar, y procurábamos en vano calmarla con el vino, que parecía más bien aceite echado al fuego y nos excitaba demasiado por su graduación de alcohol, un tanto elevada. Intentamos después aliviar nuestros sufrimientos mezclando el vino con agua del mar; pero esto nos produjo en el acto vómitos y violentas náuseas, de modo que no volvimos a hacer aquella prueba. Durante todo el día hemos acechado con ansiedad una oportunidad para bañarnos, pero sin lograr nuestro objeto, pues el casco estaba ahora rodeado por todos lados de tiburones, los mismos monstruos, sin duda, que habían devorado a nuestro pobre compañero la noche anterior, y que esperaban a cada instante otro festín análogo.

Esta circunstancia nos ocasionó una pesadumbre difícil de llevar, llenándonos de los más deprimentes y melancólicos presentimientos. El baño nos hubiera proporcionado algún alivio muy preciado, y sin embargo, tuvimos que renunciar a este recurso por aquellas malditas bestias que no paraban de acechar. En realidad, no estábamos exentos de un peligro inmediato, pues el menor resbalón, un descuido, o un movimiento en falso, podía arrojarnos al alcance de aquellos voraces escualos, que avanzaban con frecuencia derechos hacia nosotros, nadando a sotavento.

Ni gritos ni movimientos de nuestra parte parecían asustarlos. Y hasta uno de los más voluminosos, que había sido golpeado con un hacha por Peters y gravemente herido, persistió en sus esfuerzos de avanzar hacia donde estábamos. Al oscurecer se extendió una nube; pero, ante nuestra angustia extrema, pasó por encima sin descargar. Es de todo punto imposible concebir nuestros sufrimientos por la sed en aquel momento. Por ello, y por el temor a los tiburones pasamos una noche de completo insomnio.

* * *

3 de agosto.

Ningún horizonte de alivio, el bergantín cada vez más escorado, de modo que no vamos a poder ya mantenernos en pie sobre el puente en absoluto. Nos hemos ocupado en poner en un lugar seguro nuestro vino y la carne de tortuga, para no perderlos en caso de volcar. Hemos arrancado dos fuertes clavos de los portaobenques y por medio del hacha los hemos clavado en el casco a barlovento, a unos dos pies por encima del agua, lo cual no era a mucha distancia de la quilla, pues estábamos sobre el costado. Hemos amarrado a esos clavos nuestras provisiones, que así estaban más seguras que en el otro lado, debajo de las cadenas. Hemos sufrido una gran angustia debido a la sed durante todo el día, sin hallar ocasión alguna de bañarnos a causa de los tiburones, que no nos abandonaron ni un instante. Ha sido imposible dormir.

* * *

4 de agosto.

Un poco antes de amanecer vimos que el casco estaba boca arriba, y nos trasladamos de sitio para evitar ser lanzados por el balanceo. Al principio la vuelta fue lenta y gradual, y logramos trepar a barlovento a duras penas, habiendo tenido la precaución de dejar colgando unos trozos de cuerda de los clavos que sostenían nuestras provisiones.

Pero no habíamos calculado lo suficiente el desplazamiento, pues el giro se hacía demasiado violento para permitirnos ir a la par con él, y antes que tuviéramos tiempo de percatarnos, fuimos arrojados con furia al mar, luchando a varios metros por debajo de la superficie, con el enorme casco sobre nosotros.

Al hundirme en el agua me vi obligado a soltar la cuerda, y notando que me encontraba completamente debajo del barco, con mis fuerzas casi exhaustas, pude apenas hacer un esfuerzo para salvar mi vida y me resigné a morir en unos segundos. Pero incluso en esta resignación volví a equivocarme, por no haber tenido en cuenta el rebote natural del casco a barlovento. El remolino del agua que se elevaba, ocasionado por aquella vuelta parcial, me trajo a la superficie con más violencia aún que al hundirme. Cuando volví a emerger me encontré a varios metros de distancia, intentando calcular con cierta aproximación. Estaba con la quilla al aire, se balanceaba furioso de lado a lado, y el mar a su alrededor aparecía muy agitado y lleno de enormes remolinos.

A Peters no le veía en absoluto. Un barril de aceite flotaba a unos pies de mí, y varios otros objetos que provenían del bergantín estaban esparcidos aquí y allá.

Mi principal terror estribaba en los tiburones, que bien sabía que pululaban a mi alrededor. A fin de alejarlos, si era posible, golpeé vigorosamente con las manos y los pies sobre el agua, mientras nadaba hacia el casco, formando así una masa de espuma.

No me cabe duda de que, gracias a ese medio, por simple que fuese, logré salvarme, pues antes que el bergantín diese la vuelta, en los alrededores del mar estaba plagado de tal modo de aquellos monstruos, que debía de estar y estuve de veras en contacto inmediato con ellos durante mi avance.

Nuevamente, de forma milagrosa, logré alcanzar el costado del barco, sano y salvo, aunque muy debilitado por el excesivo esfuerzo que tuve que hacer. No hubiera conseguido subir a los restos del bergantín, de no haber sido por Peters, que me tiró una cuerda para amarrarme, la misma que con anterioridad habíamos atado a los clavos.

Apenas acabábamos de escapar de aquel peligro, cuando tuvimos ante nosotros otro peligro inminente: el de morir por completa inanición. Todas nuestras provisiones habían desaparecido por la borda, a pesar de nuestro cuidado en ponerlas bajo seguridad, y no viendo ya ninguna posibilidad de proporcionarnos otras, nos entregamos los dos a la desesperación y nos echamos a llorar como unos niños, sin intentar siquiera ninguno dar ánimos al otro.

Apenas se podrá comprender tamaña flaqueza, y los que no se hayan visto nunca en análoga situación la juzgarán, sin duda, irracional; pero debe recordarse que nuestra inteligencia estaba tan trastornada por la larga serie de privaciones y de terrores que nos habían abrumado, que no se nos podía considerar en aquel momento como muy cuerdos para afrontar tan desencadenado número de desgracias. En peligros subsiguientes, casi tan grandes, si no más, he luchado con valentía contra todos los males de mi situación; y Peters, como se verá, demostró una estoica filosofía casi tan increíble como sus actuales rasgos de puerilidad e imbecilidad supinas, y en la comparación, estriba la diferencia.

El vuelco del bergantín, e incluso la pérdida consiguiente del vino y de la tortuga, no habían hecho, en suma, nuestra situación mucho más deplorable que antes, a no ser por la desaparición de las sábanas que nos habían servido hasta entonces para recoger el agua de lluvia, y del cántaro en que la conservábamos, pues encontramos todo el fondo del casco, completamente recubiertas de gruesas lapas que nos proporcionaron un alimento muy nutritivo.

Así el accidente que al principio nos había causado tanto espanto redundaba en beneficio nuestro más que en nuestro perjuicio, en estas dos cosas importantes: nos había descubierto una mina de provisiones que no hubiéramos agotado ni aun abusando de ella sin moderación alguna en un mes, y había contribuido en gran manera a mejorar nuestra situación, ya que nos encontrábamos ahora mucho más a nuestro gusto e infinitamente menos expuestos que antes.

Aun así, la dificultad de obtener agua nos alarmaba en medio de todos los beneficios de nuestro cambio de condición. Para estar en disposición de aprovechar en lo posible cualquier chubasco que pudiese descargar, nos quitamos nuestras camisas, a fin de utilizarlas como habíamos hecho con las sábanas; no esperábamos, naturalmente, de ese modo recoger, ni aun en las circunstancias más favorable, una mínima parte de lo que constituía la medida de un vaso de agua, pero al menos, algo podríamos recoger. Sin embargo, no hubo indicio de que pudiera llover durante el día, y ello era motivo de un insoportable estado de ansiedad. Por la noche Peters logró dormir una hora, pero había demasiada inquietud como para conciliar un sueño profundo. Pero al menos pudo descansar algo, porque lo que es por mi parte, ni siquiera pude cerrar los ojos durante un instante.

* * *

5 de agosto.

Hoy el aire era suave, venía en ráfagas alternativas, y nos complacía hasta el olor que levantaba alrededor de nosotros. Además, nos arrastró gran cantidad de algas, entre las cuales, tuvimos la suerte de encontrar once cangrejitos que nos proporcionaron varias comidas deliciosas. Como sus caparazones eran muy blandos, los comimos enteros, y notamos que irritaban nuestra sed mucho menos que las lapas. No viendo rastro alguno de tiburones entre las algas, nos arriesgamos a bañarnos y permanecimos en el agua cuatro o cinco horas, durante las cuales notamos que la sed se disipaba. Nos sentimos muy reanimados y pasamos la noche mejor que antes, durmiendo ambos un rato.

* * *

6 de agosto.

Este día nos hemos visto favorecidos por una densa y continua lluvia que ha durado desde el mediodía hasta el oscurecer. Por supuesto que echamos de menos la pérdida de nuestro cántaro y de nuestro garrafón, pues, a pesar de la insuficiencia de nuestros pobres medios para recoger el agua, hubiéramos podido llenar uno de ellos, si no los dos.

En fin, logramos calmar los ardores de la sed dejando empapar nuestras camisas y luego retorciéndolas de manera a exprimir el líquido benéfico en nuestras bocas. Hemos pasado el día entero en esta ocupación.

* * *

7 de agosto.

Justo al despuntar el día divisamos ambos al mismo tiempo un velero hacia el Este *¡que se dirigía evidentemente hacia nosotros!* Saludamos aquella gloriosa aparición con un largo, aunque débil grito de socorro y comenzamos desde luego a hacer todas las señales que nos era posible, agitando las camisas en el aire, saltando todo cuanto nuestro débil estado nos lo permitía, e incluso gritando con toda la fuerza de nuestros pulmones, aunque el barco estuviera todavía a una distancia de varios kilómetros.

Sin embargo, seguía acercándose a nuestro casco, y comprendimos que, si continuaba su ruta presente, debía a la postre pasar tan cerca que nos divisaría. Una hora, poco más o menos, después de divisarlo por primera vez, podíamos percibir con claridad la gente en sus puentes. Era una goleta larga y baja, con gavia de aspecto inclinado, una bandera negra en la cofa de trinquete, y una nutrida tripulación, por las trazas.

Nos sentimos entonces amedrentados, pues no podíamos imaginar que no nos viese, aunque nos inquietaba pensar que nos dejase sucumbir donde estábamos, acto de diabólica barbarie que, por increíble que pueda parecer, ha sido perpetrado con frecuencia en el mar, y por seres considerados como pertenecientes a la especie humana*.

---

* El caso del bergantín *Polly*, de Boston, es tan parecido a este de que se trata, y su destino, en muchos puntos, tan notablemente semejante al nuestro propio, que no puedo dejar aquí de aludir a él. Este barco, de ciento treinta toneladas, se hizo a la vela desde Boston con un cargamento de madera y víveres para Santa Cruz el 12 de diciembre de 1811, al mando del capitán

A pesar de todo, en esta caso, estábamos, por misericordia de Dios, destinados, para bien nuestro, a equivocarnos, pues pronto observamos una repentina agitación sobre el puente del barco desconocido, que izó enseguida el pabellón británico, avanzando directamente sobre nosotros. Media hora después nos hallábamos los dos en su cámara. Resultó ser la *Jane Guy*, de Liverpool, mandada por el capitán Guy, que había zarpado para cazar focas y traficar en los mares del Sur y en el Pacífico.

Casneau. Iban a bordo ocho personas, además del capitán: el primer piloto, cuatro marineros y el cocinero, en unión de míster Hunt y de una muchacha negra que le pertenecía. El 15, después de pasar el banco de Georges, se le abrió una vía de agua a causa de una racha de viento del Suroeste, y al final zozobró; pero, al perder el palo mayor, volvió a enderezarse después. Permanecieron en esta situación, sin fuego, con muy pocas provisiones, durante un período de *ciento noventa y un días* (desde el 15 de diciembre al 20 de junio), pasado el cual el capitán Casneau y Samuel Badger, los únicos supervivientes, fueron recogidos de los restos del barco perdido por *La Fama*, de Hull, mandada por el capitán Featherstone, de regreso hacia Río de Janeiro. Cuando los recogieron se hallaban a 28° de latitud Norte y a 13° de longitud Oeste, *¡habiendo recorrido a la deriva cerca de dos mil millas!* El 9 de julio *La Fama* encontró al bergantín *Dromeo*, del capitán Perkins, quien desembarcó a las víctimas en Kennebeck. El relato, del que entresacamos estos detalles, termina con las siguientes palabras:

«Es natural preguntar cómo han podido flotar tan larga distancia por la parte más frecuentada del Atlántico, sin haber sido descubiertos en todo ese tiempo. *Más de doce veleros pasaron cerca de ellos, uno de los cuales se acercó tanto que pudieron ver claramente la tripulación sobre la cubierta y en las jarcias mirándoles fijamente;* pero, para máxima decepción de aquellos hombre que se morían de hambre y de frío, ahogando el sentimiento de piedad, desplegaron velas y los abandonaron cruelmente a su destino.» *(Nota del A.)*

14

La *Jane Guy* era una goleta de exquisita apariencia y de una capacidad de ciento ochenta toneladas. Muy en punta en la parte de proa, y con viento y tiempo bonancible, constituía el más rápido velero que he visto nunca. Sus cualidades, no obstante, como barco mayor y de un calado relativamente ligero, es decir, un barco de trescientas a trescientas cincuenta toneladas. Hubiera debido ir aparejada como un tres palos barca, y en otros aspectos, de ser de construcción diferente a la habitual de los barcos de los mares del Sur.

Debía de haber estado, por fuerza, bien armada, con diez o doce carronadas de a doce, y dos o tres más largas, con trabucos de bronce y compartimientos estancos para cada cofa. Sus anclas y cables hubieran debido ser más fuertes que los que requiere otra clase de servicio, y, sobre todo, su tripulación debía haber sido numerosa y eficiente, cuando menos, para un barco tal como el que he descrito y en número de cincuenta o sesenta hombres fornidos.

La *Jane Guy* tenía una tripulación de treinta a cuarenta hombres, todos marineros aptos, además del capitán y del primer comandante; pero no estaba ni tan bien armada ni tan bien equipada como hubiera deseado un navegante familiarizado con las dificultades y peligros del oficio.

El capitán Guy era un verdadero caballero de gran elegancia en sus maneras y de notable experiencia en el tráfico del Sur, al cual había dedicado gran parte de su vida. Carecía, sin embargo, de energía, y, por consiguiente, de ese espíritu emprendedor que es en la profesión del todo necesario. Estaba investido de poderes discrecionales para cruzar los mares del Sur con cualquier cargamento que pudiese encontrar fácilmente a mano.

Llevaba a bordo, como es costumbre en tales viajes, collares, espejos, yesqueros, hachas, machetes, sierras, azuelas, cepillos, escoplos, gubias, barrenas, limas, rebajadores, escofinas, martillos, clavos, cuchillos, tijeras, navajas de afeitar, agujas, hilo, loza, percales, bisutería y otros artículos semejantes.

La goleta se había hecho a la vela en Liverpool el 10 de julio, cruzando el trópico de Cáncer el 25 a los 20° de longitud Oeste, y el 29, una vez alcanzada Sal, una de las islas de Cabo Verde, había cargado sal y otras provisiones necesarias para la travesía.

El 3 de agosto zarpó de Cabo Verde y se dirigió rumbo al Sureste a toda vela, hacia la costa de Brasil, de manera que cruzó el Ecuador entre los 28° y los 30° de longitud Oeste. Es la ruta seguida de ordinario por los barcos que van desde Europa al Cabo de Buena Esperanza, o más allá, hasta las Indias Orientales. Siguiendo esa ruta, evitan las calmas y las fuertes corrientes contrarias que reinan sin cesar en la costa de Guinea; de modo que, a fin de cuentas, resulta esa senda el camino más corto, puesto que uno tiene la seguridad en todo momento, de encontrar después vientos del Oeste que llevan hasta el Cabo.

El capitán Guy tenía el propósito de hacer su primera escala en la Tierra de Kerguelen, no sé bien por qué razón. El día en que fuimos recogidos por la goleta, estaba el barco a la altura del cabo de San Roque, a 31° de longitud Oeste; de suerte que, cuando nos descubrió, habíamos desplazado probablemente, de Norte a Sur, nada menos que *veinticuatro grados*.

A bordo de la *Jane Guy* fuimos tratados con toda la afabilidad que requería nuestro triste estado. En una quincena de días o cosa así, durante los cuales prosiguieron la ruta hacia el Suroeste con suaves brisas y buen tiempo, ambos, Peters y yo, nos repusimos por completo de los efectos de nuestras recientes privaciones y espantosos sufrimientos, y empezamos a recordar lo sucedido más bien como una pesadilla de la cual habíamos despertado, que como unos sucesos que habían ocurrido en una seria y fría realidad.

He tenido después ocasión de observar que esa especie de olvido parcial es producido, generalmente, por una transición repentina, ya sea de la alegría al dolor, ya sea del dolor a la alegría, dado que el poder del olvido es siempre proporcional a la fuerza del contraste.

Así, en mi propio caso, parecía ahora imposible darme cuenta de todas las miserias que había sufrido durante los días pasados sobre el casco. Los incidentes se recuerdan, pero no los sentimientos que esos incidentes producen en el momento de ocurrir. Sé, nada más, que cuando acontecieron estaba yo *entonces* convencido de que la naturaleza humana era incapaz de soportar una angustia mayor.

Durante algunas semanas continuamos nuestro viaje sin incidente alguno de gran importancia, como no fuese el encuentro casual con los balleneros y, más a menudo, con las propias ballenas blancas o ballenas francas, llamadas así para diferenciarlas de los cachalotes. El 16 de septiembre, cuando estábamos próximos al cabo de Buena Esperanza, la goleta sufrió su primera racha de viento, un tanto violento, desde su partida de Liverpool. En aquellos parajes, pero con mayor frecuencia al sur y al este del promontorio (estábamos al oeste), los navegantes tienen a menudo que luchar contra las tempestades del Norte, que se desencadenan con una furia espantosa.

Producen siempre una mar gruesa, y uno de sus caracteres más peligrosos es el cambio súbito del viento, accidente que tiene lugar casi siempre en lo más intenso de la borrasca. Un verdadero huracán sopla, en un momento dado, del Norte o del Noreste, y un minuto después no corre ninguna ráfaga de viento de ese mismo lado; la tempestad ha saltado al Suroeste con una violencia casi inigualable. Un claro al Suroeste es el seguro precursor del cambio, y los barcos pueden así tomar las oportunas precauciones.

Eran aproximadamente las seis de la mañana cuando el vendaval vino del Norte, como de costumbre, con una ráfaga que ninguna nube había anunciado. A las ocho, el viento había aumentado considerablemente, desatando sobre nosotros una marejada de las más espantosas que jamás he presenciado.

Habíamos aferrado todo lo mejor posible; pero la goleta trabajaba con exceso y mostraba la impotencia para mantenerse bien sujeta y en equilibrio, picando violenta de proa cada vez que descendía sobre la ola y remontando con la mayor dificultad, a riesgo de ser tragada por una nueva ola. Al ir a ponerse el sol, el claro que esperábamos con inquietud apareció al Suroeste, y una hora más tarde nuestra pequeña vela delantera golpeaba descuidada contra el palo.

Dos minutos después éramos, a pesar de todas nuestras precauciones, lanzados de costado como por arte de magia, y un espantoso remolino de espuma venía a romper sobre nosotros al sesgo. Por fortuna, resultó que el vendaval del Suroeste no era más que una ráfaga momentánea, y tuvimos la suerte de enderezarnos sin haber perdido ni una verga. Una mar gruesa y contraria nos causó una gran inquietud hasta algunas horas después; pero hacia la mañana nos encontramos, poco más o menos, en tan buen estado como antes del vendaval. El capitán Guy opinó que el habernos librado de una catástrofe era poco menos que milagroso.

El 13 de octubre divisamos la isla del Príncipe Eduardo, a los 46° 35' de longitud Sur y a los 37° 46' de longitud Este. Dos días después nos hallábamos cerca de la isla de la Posesión, y pasamos pronto las de Crozet, a los 42° 59' de longitud Sur y a los 48° de longitud Este. El 18 llegamos a la de Kerguelen o de la Desolación, en el Océano Índico del Sur, y echamos el ancla en Christmas Harbor.

Esta isla, o más bien este grupo de islas, está situado al suroeste del cabo de Buena Esperanza, del que dista aproximadamente a ochocientas leguas. Fue descubierta en 1772 por el barón de Kergulen o Kerguelen, un francés que, pensando que esa tierra formaba parte de un extenso continente del Sur, trajo al regreso a su patria un informe sobre ello que produjo gran sensación en su tiempo. El Gobierno, interviniendo en la cuestión, envió allí al barón al año siguiente, con objeto de que hiciese un examen crítico de su descubrimiento, y entonces fue cuando quedó patente el error.

En 1777 el capitán Cook arribó al mismo lugar y dio a la principal el nombre de isla de la Desolación, nombre que está bien merecido. Al acercarse a tierra, el navegante podría, con todo, equivocarse y suponer lo contrario, pues las laderas de la mayor parte de las colinas, desde septiembre hasta marzo, están revestidas de un brillante verdor. Este aspecto ilusorio lo produce una pequeña planta, parecida a las saxífragas, y que abunda allí, creciendo en amplias parcelas sobre una especie de musgo blando.

Aparte de esa planta, hay escasos vestigios de vegetación en la isla, si se exceptúa cerca del puerto, algo de césped vulgar y espeso, algunos líquenes y un arbusto que se asemeja a una col llegada a la madurez, y que tiene sabor amargo y acre.

El aspecto de aquella tierra es montañoso, aunque ninguna de sus colinas pueda llamarse alta. Sus picos están cubiertos de nieves perpetuas. Hay varios puertos, y Christmas Harbor resulta el más apropiado. Es el primero que se encuentra del lado este de la isla, una vez doblado el cabo de François, que señala el lado norte, y que sirve, por su forma peculiar, para distinguir el puerto. Se proyecta por su extremo sobre una roca muy elevada, en la cual se abre un gran agujero que forma un arco natural. La entrada está a los 48° 40' de latitud Sur y a los 60° 6' de longitud Este.

Cuando se traspasa esta localización, se puede encontrar un buen fondeadero al abrigo de unos cuantos islotes que protegen lo suficiente contra todos los vientos del Este. Avanzando hacia el Este, a partir de ese fondeadero, se encuentra Wasp-Bay a la entrada del puerto. Es una pequeña dársena completamente cerrada por la tierra, en la cual se puede entrar con cuatro brazas de agua y encontrar de diez a tres para el anclaje, con un fondo de légamo compacto. Un barco puede permanecer allí todo el año, con su mejor ancla de proa, sin peligro. A la entrada de Wasp-Bay, al Oeste, corre un pequeño arroyo de agua excelente, que puede uno utilizar con facilidad.

Se encuentran en la isla de Kerguelen algunas focas de las especies de piel y pelo, y abundan los elefantes de mar. Hay aves en gran número. Los pingüinos son numerosos, y existen de cuatro clases diferentes.

El pingüino real, llamado así a causa de su tamaño y bello plumaje, es el mayor. La parte superior de su cuerpo es habitualmente gris, de un tono lila a veces; la parte inferior es del blanco más puro que pueda imaginarse. La cabeza es de un negro lustroso y muy brillante, así como las patas. La principal belleza del plumaje consiste en dos anchas rayas color oro que bajan desde la cabeza hasta la pechuga. El pico es largo, algunas veces rosado y otras de un rojo vivo. Estos pájaros caminan muy erguidos, con un paso majestuoso. Llevan la cabeza muy alta, con las alas colgantes, parecidas a dos brazos, y como la cola se proyecta fuera del cuerpo sobre la misma línea que las patas, la semejanza con la figura humana es, en efecto, chocante y podría engañar al espectador que lanza una ojeada en la oscuridad de la noche. Los pingüinos reales que encontramos en la tierra de Kerguelen eran un poco más gruesos que ocas. Los otros géneros son el *macaroni*, el *jackass* y el pingüino *rookery*. Son mucho más pequeños, de plumaje menos bello y diferentes en otros aspectos.

Además del pingüino se encuentran muchas otras aves, entre las cuales se pueden citar el pájaro bobo, el petrel azul, la cerceta, el ánade, la gallina de Port Egmon, el cuervo marino, el pichón de El Cabo, el *nelly*, la golondrina de mar, la gaviota, el pollo Mother Careys, el ganso Mother Careys o gran petrel y, finalmente, el albatros.

El gran petrel es tan grueso como el albatros común, y además carnívoro. A menudo se denomina a este pájaro quebrantahuesos o águila osífraga. Estas aves no son del todo salvajes, y una vez convenientemente aderezadas, constituyen un alimento sabroso. A veces, al volar, rozan desde muy cerca la superficie del agua con las alas extendidas sin parecer moverlas o utilizarlas en absoluto.

El albatros es una de las más gruesas y de las más rápidas aves de los mares del Sur. Pertenece a la especie de las gaviotas y caza su presa al vuelo, sin posarse nunca en tierra más que para ocuparse de las crías.

A esta ave y al pingüino los liga la amistad más singular. Sus nidos están constituidos con una materia muy uniforme, según un plan convenido entre ambas especies, el del albatros se halla colocado en el centro de un pequeño cuadrado formado por los nidos de cuatro pingüinos. Los navegantes han convenido en llamar a esta especie de asociación o a tales campamentos una *rookery*, o lugar donde procrean las aves marinas o las focas. Estas especies de colonias han sido descritas infinidad de veces, pero como no todos mis lectores pueden haber visto esas descripciones, y como tendré ocasión de hablar del pingüino y del albatros, no me parece inoportuno decir algo de su manera de construir su nido y de vivir.

Cuando llega la época de la incubación, esta aves se reúnen en gran número y durante varios días parecen deliberar sobre el plan más apropiado a seguir. Por último, se deciden a la acción. Eligen un lugar nivelado de una extensión conveniente, que comprende, por regla general, tres o cuatro acres, situado lo más cerca posible del mar, aunque siempre fuera de su alcance. Escogen el sitio en relación con la fisura de la superficie, y prefieren el que está menos obstruido de piedras.

Una vez solucionada esta cuestión, los pájaros se dedican, de común acuerdo y como movidos de una sola voluntad, a hacer, con una exactitud matemática, un cuadrado u otra clase de paralelogramo, como mejor requiere la naturaleza del terreno, de un tamaño suficiente para congregar a todas las aves, y nada más, pareciendo en este punto que es su intención cerrar la entrada a todo vagabundo que no haya tomado parte en la labor del campamento. Uno de los lados del sitio corre paralelo a la orilla del agua y queda abierto para la entrada o salida de las aves.

Habiendo trazado los límites de la *rookery*, la colonia comienza a desembarazarla de toda clase de desechos, recogiendo piedra por piedra, y llevándolos fuera, pero muy cerca del recinto, de manera que llegan a levantar una muralla sobre los tres lados que dan a la tierra. Contra ese muro, y por dentro, forman una avenida perfectamente llana y lisa, de una anchura de seis a ocho pies, que se extiende alrededor del campamento, sirviendo así de paseo general.

La operación siguiente consiste en dividir todo el área en pequeñas parcelas de un tamaño exactamente igual. Hacen, para lograr esa división, senderos estrechos, alisados a la perfección y que cruzan en ángulos rectos por toda la extensión de la *rookery*.

En cada intersección se encuentra un nido de albatros, y en el centro de cada cuadrado, un nido de pingüinos, de modo que cada pingüino está rodeado de cuatro albatros, y cada albatros, de un número igual de pingüinos. El nido del pingüino consiste en un agujero abierto en la tierra, a una profundidad suficiente como para impedir que ruede su huevo único. El albatros adopta una disposición un tanto más compleja, y levanta un pequeño montículo de un pie de altura por dos de anchura, aproximadamente. Esto lo hace con tierra, algas y conchas. En lo alto construye su nido.

Las aves ponen un cuidado especial en no dejar nunca los nidos desocupados, mientras dura toda la incubación, e incluso hasta que la progenie es bastante fuerte para valerse por sí misma. Durante la ausencia del macho, que ha ido al mar en busca de alimento, la hembra se queda dedicada a sus funciones, y sólo al regreso de su compañero se permite salir. Los huevos no dejan nunca de ser incubados; cuando un pájaro abandona el nido, otro anida allí a su vez.

Esta precaución es indispensable a causa de la tendencia a la rapacidad que prevalece en la *rookery,* ya que sus habitantes no tienen escrúpulos en robarse unos a otros los huevos cuando se presenta una buena ocasión.

Aunque existen algunas *rookeries* en las que el pingüino y el albatros forman la única población, se encuentra en la mayoría de ellas una gran variedad de aves oceánicas que gozan de todos los privilegios del ciudadano, esparciendo sus nidos aquí y allá, en todas partes donde pueden encontrar sitio, pero sin usurpar jamás los puestos ocupados por las especies mayores.

El aspecto de tales campamentos, cuando se ven desde lejos, es sumamente singular. Toda la atmósfera, justo encima de la agrupación, está oscurecida por una multitud de albatros, mezclados con especies más pequeñas, que se ciernen de continuo sobre la *rookery*, ya sea porque van hacia el océano o ya sea porque vuelven al hogar. Al mismo tiempo se observa una multitud de pingüinos, algunos de lo cuales van y vienen por las estrechas callejuelas, mientras otros marchan, con ese solemne paso militar que los caracteriza, a lo largo del gran paseo general que da la vuelta a la ciudad.

En definitiva, de cualquier modo que se considere la cuestión, nada hay más sorprendente que el espíritu de reflexión, revelado por esos seres emplumados, y nada hay más propicio para suscitar la meditación de la inteligencia humana, que este tipo de análisis.

A la mañana siguiente de nuestra llegada a Christmas Harbor, el primer comandante a bordo, el señor Patterson, arrió los botes para ir en busca de focas, dejando al capitán y a un joven pariente suyo en un lugar de la orilla del Oeste, pues tenían que hacer algo importante en la isla, de lo cual, no tuve ocasión de averiguar.

El capitán Guy se llevó consigo una botella, dentro de la cual había una carta sellada, y se dirigió desde el punto donde desembarcó hacia uno de los picos más elevados del lugar. Es probable que tuviese el propósito de depositar la carta en aquella altura para algún barco que esperaba llegase después de él. Tan pronto como le perdimos de vista, pues Peters y yo íbamos en la barca del primer comandante, empezamos a explorar la costa en busca de focas. Con esta tarea estuvimos ocupados alrededor de tres semanas, examinando con gran cuidado cada escondrijo y cada rincón no únicamente de la tierra de Kerguelen, sino de las otras islas cercanas. Nuestros trabajos, sin embargo, no obtuvieron el provecho que esperábamos.

Vimos una gran cantidad de focas de piel; pero eran sumamente desconfiadas, y al final, después de muchos esfuerzos, únicamente pudimos recoger unas trescientas cincuenta pieles en total. Los elefantes marinos abundaban, sobre todo en la costa este de la isla principal; pero no matamos más de una veintena, y eso con mucha dificultad. En los islotes descubrimos una buena cantidad de focas de pelo, pero no las acosamos.

El 11 volvimos a la goleta, donde encontramos al capitán Guy y a su sobrino, que nos dieron muy malos informes del interior de la isla, representándolo como una de las comarcas más insólitas y más yermas del mundo. Habían permanecido dos noches en la isla, debido a un malentendido con el segundo comandante, y por lo que no fue enviado un bote desde la goleta a su debido tiempo.

15

El 12 nos hicimos a la vela desde Christmas Harbor, volviendo por nuestra ruta hacia el Oeste y dejando a babor la isla Marion, una de las del archipiélago Crozet. Pasamos después la isla del príncipe Eduardo, dejándola también a nuestra izquierda; luego, dirigiéndonos al Norte, llegamos en quince días a las islas de Tristán da Cunha, a los 37° 8' de latitud Sur y a los 12° 8' de longitud Oeste.

Este archipiélago, ahora tan bien conocido y que se compone de tres islas circulares, fue descubierto por los portugueses, visitado después por los holandeses en 1643 y por los franceses en 1767. Las tres islas forman juntas un triángulo y distan unas de otras escasos kilómetros, formándose en sus proximidades anchos pasillos para navegar. La costa en todas ellas es muy elevada, sobre todo en la llamada propiamente Tristán da Cunha. Es la más grande del grupo y tiene quince kilómetros de circunferencia, y una altura tal que, con tiempo claro, se la puede divisar a una distancia de ochenta o de noventa kilómetros. Una parte de la costa hacia el Norte se eleva en perpendicular sobre el mar a más de mil metros.

A esta altura existe una meseta que se extiende casi hasta el centro de la isla, y de esa meseta parte un cono semejante al pico de Tenerife. La mitad inferior de ese cono está revestida de árboles de un grosor indescriptible; pero la región superior es un roca desnuda, en general oculta por las nubes y cubierta de nieve durante la mayor parte del año.

No hay en los alrededores de la isla ni altos fondos ni peligros de ninguna clase; las costas son singularmente claras y atrevidamente recortadas, y sus aguas son profundas. Sobre la costa del Noroeste se encuentra una bahía, con una playa de arena negra a la que una barca puede arribar sin obstáculo, con tal que tenga una brisa del Sur favorable. Se encuentra allí sin excesiva dificultad agua en abundancia, y se pesca con anzuelo y caña, el bacalao y otros peces.

La siguiente isla más grande, además de la descrita, es la denominada la Inaccesible, cuya posición se encuentra muy al Oeste. Su localización exacta está a los 37° 7' de latitud Sur y a los 12° 24' de longitud Oeste. Tiene siete u ocho kilómetros de circunferencia, y se presenta por todos los lados bajo un aspecto repelente y escarpado. La cumbre es perfectamente lisa, y toda la región, estéril; en ella no crece nada, excepto unos arbustos raquíticos.

La isla Nightingale, la más pequeña y las más al Sur, está situada a los 37° 26' de latitud Sur y a los 12° 12' de longitud Oeste. A lo largo de extremidad Sur se encuentra un arrecife bastante alto formado por islotes rocosos; se ven también algunos otros de aspecto similar al Noroeste. El terreno es estéril e irregular, y un profundo valle lo divide parcialmente. Es una tierra abrupta, sin apenas vegetación.

En las costas de estas islas abundan, en determinada estación, leones y elefantes marinos, focas de piel y de pelo, además de una gran variedad de pájaros oceánicos. Las ballenas abundan también en sus cercanías. La facilidad con la cual capturaban antes estos cetáceos hizo que ese grupo fuese, desde su descubrimiento, visitado con frecuencia. Los holandeses y los franceses vinieron a ella en muchas ocasiones y desde los primeros tiempos.

En 1790, el capitán Patten, que mandaba el barco *Industria*, de Filadelfia, hizo un viaje a Tristán da Cunha, donde permaneció siete meses, exactamente desde agosto de 1790 a abril de 1791, con objeto de recoger pieles de foca. Durante ese tiempo recogió no menos de cinco mil seiscientas, y afirmó que no le hubiera costado trabajo cargar de aceite en tres semanas un barco grande. A su llegada no encontró cuadrúpedos, a excepción de unas cuantas cabras monteses; ahora la isla abunda de toda una variedad de valiosos animales domésticos, los cuales han sido introducidos por ulteriores navegantes.

Creo que fue poco tiempo después de la expedición del capitán Patten cuando el capitán Colquhoun, del bergantín americano *Betsey*, topó con la más grande de las islas en aras de procurarse alimento. Plantó cebollas, patatas, coles y una gran cantidad de otras legumbres, que aún ahora se encuentran allí en abundancia.

En 1811 el capitán Haywood, en el *Nereus,* visitó Tristán. Encontró allí a tres americanos que habían permanecido en las islas para preparar aceite y pieles de foca. Uno de aquellos hombres se llamaba Jonathan Lambert, y se nombró a sí mismo soberano de la comarca. Había roturado y cultivado alrededor de sesenta acres de tierra, y dedicaba entonces todos sus cuidados a introducir allí el cafetal y la caña de azúcar que le había suministrado el ministro americano en Río de Janeiro.

Finalmente, aquel establecimiento fue abandonado, y en 1817 el Gobierno inglés envió un destacamento desde el cabo de Buena Esperanza para tomar posesión de las islas. Sin embargo, aquellos nuevos colonos no permanecieron allí mucho tiempo; pero después de la evacuación de la comarca como posesión de la Gran Bretaña, dos o tres familias inglesas establecieron en ella su residencia, independientemente del Gobierno.

El 25 de marzo de 1824, el *Berwick*, del capitán Jeffrey, partió de Londres con destino a la Tierra de Van Diemen, llegó a la isla, donde encontró a un inglés llamado Glass, ex cabo de la artillería inglesa. Se proclamó gobernador supremo de las islas, y tenía bajo su mando veintiún hombres y tres mujeres. Dio un informe muy favorable de la salubridad del clima y de la naturaleza productiva del suelo. Aquella pequeña población se dedicaba en particular a recoger pieles de focas y aceite de elefante marino, con las cuales traficaba en el cabo de Buena Esperanza, pues Glass era propietario de una pequeña goleta.

En la época de nuestro arribo, el gobernador residía aún allí; pero la pequeña comunidad se había multiplicado: había en Tristán da Cunha sesenta y cinco individuos, sin contar una colonia secundaria de siete personas en la isla de Ninghtingale. No encontramos ninguna dificultad para el avituallamiento de todo tipo de género, desde carneros, cerdos, bueyes, conejos, volatería, cabras, pescado de diversas clases y legumbres, hasta otro tipo de productos de la tierra. Echamos el ancla muy cerca de la isla grande, con dieciocho metros de profundidad, y embarcamos muy convenientemente a bordo todo cuanto necesitábamos.

El capitán Guy compró también a Glass quinientas pieles de focas y cierta cantidad de marfil. Permanecimos allí una semana, durante la cual reinaron siempre los vientos del Noroeste, con un tiempo bastante brumoso. El 5 de diciembre nos hicimos a la vela hacia el Suroeste para efectuar una exploración entre un grupo de islas llamadas las Auroras, sobre cuya existencia se han emitido las opiniones más diversas.

Estas islas, según dicen, fueron descubiertas a principios de 1762 por el comandante del barco *Aurora*. En 1790, el capitán Manuel de Oyarudo, en el barco *Princesa*, perteneciente a la Real Compañía de Filipinas, navegó, según sus confirmaciones, directamente entre ellas. En 1794, la corbeta española *Atrevida* partió con el propósito de determinar su situación exacta, y en un infome publicado por la Real Sociedad Hidrográfica de Madrid en el año 1809, se emplea la siguiente afirmación respecto a la expedición: «La corbeta *Atrevida* efectuó, en su inmediata vecindad, desde el 21 al 27 de enero, todas las observaciones necesarias y midió con cronómetros la diferencia de longitud entre esas islas y el puerto de Soledad en las Manilas. Estas islas son tres; están casi en el mismo meridiano; la del centro, un poco más abajo, y las otras dos son visibles a nueve leguas de distancia.»

Las observaciones hechas a bordo de la *Atrevida* dieron los siguientes resultados con respecto a la situación exacta de cada isla. La más al Norte se halla a 52° 37' 24" de latitud Sur, y a 47° 43' 15" de longitud Oeste; la del medio, a 53° 2' 40" de latitud Sur y a 47° 55' 15" de longitud Oeste, y la más al Sur, a 53° 15' 22" de latitud Sur y a 47° 57' 15" de longitud Oeste.

El 27 de enero de 1820, el capitán James Weddel, de la Armada británica, se hizo a la vela desde Staten Land en busca también de las Auroras. Informó que, habiendo realizado una exploración minuciosa y pasado no solo inmediato a los lugares indicados por el comandante de la *Atrevida*, sino en todas direcciones, por las cercanías de esos lugares no pudo encontrar indicio alguno de tierra.

Estos informes, contradictorios a otros navegantes a la búsqueda de dichas islas, y las conclusiones son ciertamente extrañas. Mientras algunos navegaban, han recorrido cada pulgada del mar donde suponían que podían encontrarlas, otros, y no precisamente pocos, afirman terminantemente que las han visto, e incluso que han estado muy próximos a sus costas. El capitán Guy tenía la intención de hacer todos los esfuerzos a su alcance para decidir la cuestión tan singularmente debatida*.

Continuamos nuestra ruta, entre el Sur y el Oeste, con tiempo variable, hasta el 20 del mismo mes, en que estuvimos presentes ante el controvertido terreno, hallándonos a 53° 15' de latitud Sur y a 47° 58' de longitud Oeste; es decir, casi en el sitio indicado como situación de la más meridional de las islas del grupo. No divisando señal alguna de tierra, continuamos hacia el Oeste en el paralelo 53° de latitud Sur, hasta el meridiano a los 50° de longitud Oeste.

---

* Entre los barcos que han pretendido en varias épocas haber encontrado las Auroras, pueden mencionarse el *San Miguel*, en 1769; el *Aurora*, en 1774; el bergantín *Pearl*, en 1779, y el *Dolores*, en 1790. Todos ellos concuerdan respecto a la latitud, 53° de latitud Sur. *(Nota del A.)*

Entonces subimos hacia el Norte, hasta el paralelo 52° de latitud Sur, luego viramos hacia el Este y nos mantuvimos en nuestro paralelo por doble altura mañana y noche, y por las alturas meridionales de los planetas y de la Luna.

Al desplazarnos hacia el meridiano Este hasta la costa Oeste de Georgia, seguimos ese meridiano hasta hallarnos de nuevo en la latitud de donde habíamos partido. Hicimos entonces varias rutas diagonales por toda la extensión del mar circunscrito, manteniendo un vigía constante en el tope de gavia y repitiendo nuestro examen por espacio de tres semanas durante las cuales gozamos de un tiempo muy agradable, sin nieblas ni brumas. Naturalmente, constatamos lo que ya intuimos. Si habían existido en una época anterior islas en aquellas comarcas, no restaba vestigio alguno de ellas en la actualidad.

Despues de regresar a mi hogar he sabido que la misma ruta ha sido seguida de nuevo con igual cuidado por el capitán Johnson, de la goleta americana *Henry*, y por el capitán Morrell, en la goleta, también americana, *Waps*, habiendo obtenido en ambos casos el mismo resultado que nosotros.

16

El deseo del capitán Guy era, después de haber explorado toda la zona de las Auroras, avanzar por el estrecho de Magallanes y seguir la costa occidental de la Patagonia; pero un informe recibido en Tristán da Cunha le hizo cambiar de opinión. Así se dirigió al Sur, con la esperanza de explorar algunos islotes que según las habladurías, decían que su localización exacta estaba en el paralelo 60° de latitud Sur y a los 41° 20' de longitud Oeste.

En caso de no descubrir esas tierras, se proponía, con tal que la estación fuese favorable, avanzar hacia el polo. Por consiguiente, el 12 de diciembre nos hicimos a la vela en esa dirección. Y el 18 nos encontramos en la situación indicada por Glass, y cruzamos durante tres días por aquellas cercanías sin encontrar rastro alguno de las islas.

El 21, como el tiempo era excepcionalmente favorable, nos hicimos a la vela hacia el Sur, decididos a avanzar por aquella ruta lo más lejos posible. Antes de entrar en esta parte de mi relato, tal vez sea adecuado, para instrucción de los lectores que hayan prestado poca atención al progreso de los descubrimientos en esas regiones, dar una breve explicación de las escasas tentativas realizadas hasta ahora para llegar al polo Sur.

La del capitán Cook es la primera de la cual tenemos una información concreta. En 1772 se hizo a la vela en el *Resolución*, acompañado del teniente Furneaux, que mandaba el *Aventura*. En diciembre se encontraba en el 58° paralelo de latitud Sur, a los 26° 57' de longitud Este. Allí tropezó con unos estrechos bancos de hielo de un espesor de ocho a diez pulgadas, aproximadamente, que se extendían al Norte y Sureste. Se trataban de Icebergs, grandes masas de hielo que eran tan frecuentemente encontrados en el camino, que había bastante dificultad para abrirse paso.

En esa época supuso el capitán Cook, por el gran número de pájaros que se veían y por otros indicios, que se hallaba en la proximidad de alguna tierra. Siguió hacia el Sur, con una temperatura casi gélida, hasta llegar al 64° paralelo, a los 38° 14' de longitud Este. Allí encontró una temperatura más benévola, con brisas suaves durante cinco días, marcando el termómetro 36°. En enero de 1773 los barcos atravesaban el círculo antártico; pero no conseguían penetrar más lejos, pues llegados a los 67° 15' de latitud, vieron su avance interrumpido por un inmenso conglomerado de hielo que se extendía a todo lo largo del horizonte Sur hasta donde podía alcanzar la vista. Se trataba de grandes glaciares, un espectáculo majestuoso cuando se observaba aquella masa voluminosa de hielo caer y desplomarse en el mar. Los glaciares tenían una extensión enorme y formaban una masa compacta, levantándose a dieciocho o veinte metros sobre el agua. El capitán Cook no tenía muchas probabilidades de éxito para bordear aquellos gigantescos obstáculos, y así era la situación, por lo que bastante desilusionado, decidió volver de nuevo hacia el Norte.

En el mes de noviembre siguiente se repitió su exploración por el Antártico. A los 59° 40' de latitud encontró una fuerte corriente que iba hacia el Sur.

En diciembre, cuando los barcos estaban a 67° 31' de latitud y a 142° 54' de longitud Oeste, el frío era difícil de soportar, con furiosos vendavales y nieblas. Allí también abundaban los pájaros, especialmente el albatros, el pingüino y el petrel. A los 70° 23' de latitud encontraron algunos bloques de hielo, y un poco más lejos observaron que las nubes hacia el Sur eran de una blancura nívea, que indicaba de nuevo la proximidad de los bancos de hielo. A los 71° 10' de latitud y a los 106° 54' de longitud Oeste, los navegantes se vieron paralizados de nuevo exactamente por el mismo motivo que meses anteriores. Una gigantesca extensión helada se levantaba en el horizonte, y bloqueaba por completo el acceso Sur. El lado Norte de aquella extensión apuntaba idéntica situación. Los bordes eran abruptos, dentados, irregulares, pero la masa de hielo era igualmente compacta, y por lo mismo, difícil de franquear. Su extensión llegaba cerca de un kilómetro rodeando hasta la zona Sur.

Más allá la superficie helada era relativamente lisa hasta cierta distancia, acabando, en su último término, en una hilera de gigantescas montañas de hielo, sobresaliendo unas sobre otras. El capitán Cook dedujo e insistió de forma sistemática que aquella mole de hielo se extendía hasta el polo Sur, y que en última instancia, llegaría a fundirse con un continente. Por otro lado, el Señor J. N. Reynolds, que con perseverancia y empeñó logró organizar una gran expedición a nivel nacional, y cuyo motivo se justificaba precisamente en explorar aquellas regiones insólitas, dice al respecto lo siguiente y a própósito de la tentativa del barco *Resolución*: «No nos sorprende que el capitán Cook no haya podido llegar más allá de los 71° 10', pero nos asombra que haya podido alcanzar ese punto del meridiano a los 106° 54' de longitud Oeste. La Tierra de Palmes está situada al Sur de las islas Shetland, a los 64° de latitud, y se extiende hacia el Sur y el Oeste más allá de donde ha penetrado nunca ningún navegante. Cook se dirigía hacia esa Tierra cuando su avance tuvo que ser paralizado debido a la inmensa mole de hielo que encontraron, cuestión que sin duda se volverá a tropezar siempre, teniendo en cuenta la estación de que se trata máxime tratándose de unas fechas tan invernales como el 6 de enero. Por tanto, no es de sorprender que una parte de los glaciares mencionados, se unan al núcleo principal de la Tierra de Palmes, o a alguna otra parte de tierra situada más allá hacia el Sur y el Oeste.»

En 1803, los capitanes Kreutzenstern y Lisiausky fueron enviados por Alejandro de Rusia con objeto de circunnavegar el globo. En sus esfuerzos por avanzar hacia el Sur no pudieron traspasar más allá de los 59° 58' de latitud y los 70° 15' de longitud Oeste. Allí encontraron fuertes corrientes que se dirigían hacia el Este. Abundaban las ballenas, pero no vieron hielos.

Con relación a este viaje, el señor Reynolds observa que, si Kreutzenstern hubiese llegado allí en una estación distinta, hubiera encontrado igualmente los bloques de hielo; fue en marzo cuando alcanzó la latitud indicada. Los vientos dominantes del Sur y del Oeste habían arrastrado los bancos ayudados por las corrientes, hacia esa región de hielos limitada al Norte por Georgia, al Este por la Tierra de Sandwich, al Sur por las Orkneys y al Oeste por las islas Shetland del Sur.

En 1822, el capitán James Weddel, de la Armada británica, con dos barcos muy pequeños, penetró hacia el Sur más lejos que ningún navegante anterior, e incluso sin encontrar excesivamente muchas dificultades. Refiere que, aunque en más de una ocasión se encontró rodeado frecuentemente de hielos *antes* de alcanzar el paralelo 72°, una vez llegado allí no volvió a ver ni un solo témpano, y que tras avanzar hasta los 74° 15' de latitud, no vio tierra, sino únicamente tres islas de hielo.

Es bastante significativo que, a pesar de haber visto grandes bandadas de pájaros y otros indicios habituales de tierra, y aunque al Sur de las Shetland el vigía señalase costas desconocidas hacia el Sur, Weddel desecha la idea de la existencia de una tierra en las regiones polares del Sur.

El 11 de enero de 1823, el capitán Benjamín Morrell, de la goleta americana *Waps*, se hizo a la vela desde la Tierra de Kerguelen con el propósito de adentrarse lo más posible hacia el Sur. El 1 de febrero se encontraba a 64° 52' de latitud Sur, y a 118° 27' de longitud Este. El siguiente pasaje describe de forma pormenorizada lo que encontró en su travesía, y son citas textuales de su diario: «El viento es ahora más frío, convirtiéndose en una brisa de once nudos; aprovechamos la ocasión para dirigirnos hacia el Este, convencidos, además, de que cuanto más avanzáramos hacia el Sur, pasados los 64°, menos tendríamos que temer los hielos; navegamos un poco hacia el Sur, hasta cruzar el círculo antártico y estar a 69° 15' de latitud Este. En esta latitud *no había extensiones de hielo*, ni tampoco islas de hielo a la vista.»

Con fecha 14 de marzo encuentro también esta anoración: «El mar no está libre por completo de bancos de hielo, y no hay más que una docena de islas de hielo a la vista. Al mismo tiempo, la temperatura del aire y del agua era lo menos 13° más elevada (más suave) que la que habíamos encontrado entre los paralelos Sur 60° y 62°. Estábamos entonces a 70° 14' de latitud Sur; la temperatura del aire era de 47° Fahrenheit, y la del agua, de 44° Fahrenheit. En esta situación vi que la variación era de 14° 27' al Este, por acimut... He pasado varias veces el círculo antártico por diferentes meridianos y he observado constantemente que la temperatura, tanto la del aire como la del agua, se hacía cada vez más templada a medida que avanzaba más allá de los 65° de latitud Sur, y que la variación decrecía en la misma proporción. Mientras estaba al Norte de esa latitud, es decir, entre los 60° y 65°, el barco encontraba una gran dificultad para abrirse paso entre las inmensas y casi innumerables islas de hielo, algunas de las cuales tenían de uno a dos kilómetros de circunferencia y se elevaban a más de quinientos metros sobre la superficie del agua.»

Encontrándose casi desprovisto de combustible y de agua y sin los instrumentos apropiados, y estando muy avanzada la estación, el capitán Morrell se vio obligado entonces a retroceder, sin intentar avanzar más hacia el Oeste, aunque un mar completamente abierto se extendía ante él. Expresó la opinión de que si aquellas consideraciones predominantes no le hubiesen obligado a retroceder, podía haber penetrado, si no hasta el polo mismo, al menos hasta el paralelo 85°.

He expuesto las anteriores ideas sobre este tema con alguna extensión para que el lector pueda tener ocasión de ver hasta qué punto han sido corroboradas por mi experiencia subsiguiente.

En 1831, el capitán Briscoe, por cuenta de los señores Enderby, armadores balleneros de Londres, se hizo a la vela en el bergantín *Lively* hacia los mares del Sur, acompañado por el cúter *Tula*. El 28 de febrero, hallándose a 66° 30' de latitud Sur y a 47° 31' de longitud Este, divisó tierra y «descubrió claramente entre la nieve los negros picos de una hilera de montañas que se extendían al Este-Sureste».

Permaneció en aquellas cercanías durante todo el mes siguiente; pero no pudo acercarse a la costa más que a diez leguas, a causa del estado borrascoso del tiempo. Viendo que era imposible hacer ningún nuevo descubrimiento durante aquella estación, se volvió hacia el Norte para invernar en la Tierra de Van Diemen.

A comienzos de 1832 se dirigió de nuevo hacia el Sur, y el 4 de febrero vio tierra al Sureste, a los 67° 15' de latitud y a los 69° 29' de longitud Oeste. Se encontró con que era una isla situada cerca de la parte avanzada de la comarca que había descubierto primero.

El 21 de ese mes logró desembarcar en esta última, y tomó posesión de ella en nombre de Guillermo IV, llamándola isla de Adelaida en honor a la reina inglesa. Estos detalles llegaron a conocimiento de la Real Sociedad Geográfica de Londres, la cual pudo deducir que «había una vasta área de tierra que se extendía desde los 47° 30' de longitud Este hasta los 69° 29' de longitud Oeste, hacia el paralelo, entre los 66° y los 67° de latitud Sur». Respecto a esta conclusión, el señor Reynolds observa: «No podemos conformarnos en absoluto con su exactitud, y los descubrimientos de Briscoe no justifican tal deducción. Dentro de esos límites avanzó Weddel hacia el Sur, siguiendo un meridiano al Este de Georgia, de la Tierra de Sandwich, de las Orkney del Sur y de las islas Shetland.» Mi propia experiencia, como se verá, atestigua más directamente la falsedad de la conclusión a que ha llegado la Sociedad.

Estas son las principales tentativas realizadas para penetrar hasta una alta latitud Sur, y hoy por hoy se plasma que quedaban, antes del viaje de la *Jane*, cerca de trescientos grados de longitud en los que no se había atravesado ni por asomo el círculo antártico. Por supuesto, existía un vasto campo por descubrir ante nosotros, y oí con un sentimiento del más intenso interés al capitán Guy expresar su resolución de avanzar audazmente hacia el Sur.

17

Seguimos nuestra ruta durante cuatro días hacia el Sur, después de haber renunciado a la busca de las islas Glass, sin encontrar placas de hielo en ningún lugar. El 26, a mediodía, nos hallábamos a 63° 23' de latitud Sur y a 41° 25' de longitud Oeste. Vimos entonces varias grandes islas de hielo y un banco que no era, por cierto, de mucha extensión. Los vientos soplaban, en general, del Sureste o del Norte, pero no eran de gran consideración, eran más bien flojos. Cuando teníamos viento del Oeste, lo cual era raro, iba acompañado siempre de fuertes borrascas. Nevaba más o menos a diario. El 27, el termómetro marcaba 35°.

* * *

1 de enero de 1828.

En este día hemos descubierto que estábamos rodeados de placas de hielo, y nuestras perspectivas eran, en verdad, muy poco optimistas. Un fuerte vendaval sopló durante toda la tarde del Noreste, empujando contra el casco y el timón grandes icebergs a la deriva, y con tal violencia, que en varias ocasiones el barco ha sido sacudido con violencia. Hacia la noche, el vendaval soplaba con mayor atropello; un ancho banco justo enfrente de nosotros se fragmentó de tal manera, que pudimos, con mucho cuidado, abrirnos paso entre los icebergs más pequeños hasta más allá del mar abierto. Conforme nos acercábamos a aquel espacio, fuimos arriando gradualmente las velas, y cuando al fin logramos vernos liberados, avanzamos con el trinquete llevando un solo rizo.

* * *

2 de enero.

Tenemos ahora un tiempo bastante bueno. Al mediodía nos hallábamos a 69° 10' de latitud Sur y a 42° 20' de longitud Oeste, habiendo cruzado el círculo antártico. Vimos muy pocos bloques de hielos al Sur, aunque tuviéramos vastos bancos detrás de nosotros. Este día hemos fabricado una especie de sonda con un gran cacharro de hierro de una capacidad de veinte galones y un cabo de doscientas brazas. Encontramos una corriente dirigiéndose hacia el Norte, a una velocidad de un cuarto de milla por hora. La temperatura del aire era hoy de unos 33°. Hemos visto que la variación era de 14° 28' hacia el Este, por acimut.

* * *

5 de enero.

Continuamos avanzando hacia el Sur sin grandes dificultades. Esta mañana, no obstante, situados a 73° 15' de latitud Sur y a 42° 10' de longitud Oeste, tuvimos que detenernos ante una inmensa extensión de hielo sólido. Hemos divisado, no obstante, una franja de mar abierto hacia el Sur, y no dudamos ni un instante en que acabaríamos por llegar hasta el final. En la trayectoria hacia el Este a lo largo del banco de hielo, llegamos, por último, a un pasaje un tanto estrecho de anchura aproximadamente, por el cual logramos abrirnos camino al ponerse el sol. El mar en el cual nos encontrábamos entonces estaba por entero cubierto de islas de hielo; pero no había ya bancos, y avanzamos con extrema rapidez y al mismo ritmo que días precedentes. Las temperaturas parecían no decrecer demasiado, aunque no cesaran los temporales de nieve y de cuando en cuando arreciaran rachas de granizo de gran violencia. Inmensas bandadas de albatros han volado hoy sobre la goleta, con rumbo del Sureste al Noroeste.

* * *

7 de enero.

El mar sigue estando en calma y abierto, de modo que proseguimos nuestra ruta sin dificultad. Vimos hacia el Oeste algunos icebergs de un tamaño increíble, y por la tarde pasamos muy cerca de uno, cuya cúspide no tendría menos de cuatrocientos metros sobre el nivel del océano.

Su perímetro era, igualmente inmenso sobre la base, y entre las grietas de sus costados, corrían varias corrientes. Aquel gigante de hielo, permaneció ante nosotros durante dos días, y después, únicamente una intensa bruma que se abría ante nosotros, nos hizo perder de vista la monumental mole de hielo.

* * *

10 de enero.

Esta mañana temprano hemos tenido la desgracia de perder un hombre por la borda. Era un americano llamado Peters Vredenburgh, natural de Nueva York, y uno de los mejores marineros de a bordo de la goleta. Al pasar sobre la serviola resbalaron sus pies y cayó entre dos masas de hielo desapareciendo de inmediato. Al mediodía de hoy estábamos a 78° 30' de latitud y 40° 15' de longitud Oeste. El frío es ahora excesivo, y padecemos sin casi interrupción ráfagas de granizo próximas del Norte y del Este.

En esta orientación hemos visto también varios inmensurables icebergs, que se desdoblaban a lo largo del horizonte hacia el Este, obstruyendo de esta forma toda la zona y alternándose en hileras de hielo todas estas y grandes montañas gélidas. Durante la noche vimos algunos bloques de madera flotantes a la deriva, y por encima, una gran cantidad de pájaros que revoloteaban, entre los cuales había *nellies*, petreles, albatros y un voluminoso pájaro de un brillante plumaje azul. La variación aquí, por acimut, era menor que la precedente cuando atravesábamos el círculo antártico.

* * *

12 de enero.

Nuestra carrera hacia el Sur vuelve a tornarse como poco provechosa, pues únicamente vemos en dirección al polo, un despliegue de bancos de hielo, adosados como verdaderas montañas con dentelladas en sus curvaturas, sobresaliendo una de ellas y dando una enigmática forma a toda aquella silueta. Hemos navegado hacia el Oeste hasta el 14, con la esperanza de encontrar algún paso.

* * *

14 de enero.

Esta mañana hemos llegado al extremo Oeste del banco que nos obstruía el paso, y cuando lo hemos doblado, hemos desembocado en el mar abierto, sobre el que afortunadamente no se vislumbraba el reflejo de ningún tímpano de hielo en los alrededores. Luego, sondando con un cabo de doscientos metros, dimos con una corriente en dirección Sur y a una velocidad de aproximadamente un kilómetro por hora. La temperatura del aire era de 47°; la del agua, de 34°. Nos hicimos a la vela hacia el Sur, sin encontrar ningún impedimento durante el día, hasta que el día 16 de enero, volvimos a encontrar otra corriente. Al mediodía estábamos a 81° 21' de latitud y a 42° de longitud Oeste. Entonces, volvimos a echar la sonda, y fue cuando encontramos la corriente en dirección Sur, con una velocidad de más o menos quinientos metros por hora. La variación por acimut había disminuido, y la temperatura del aire era suave y templada; el termómetro marcaba ya 51°. En esta época no se veía ni un trozo de hielo. Toda la tripulación por aquel entonces se cerciora de la situación y piensan con absoluta seguridad en haber alcanzado finalmente el polo.

* * *

17 de enero.

El día ha estado lleno de incidentes. Numerosas bandadas de pájaros volaban hacia el Sur, y hemos logrado cazar algunos de ellos desde el puente; de todos ellos, un pelícano, me ha resultado especialmente sabroso, y me siento satisfecho de tan delicioso almuerzo. Alrededor del mediodía el vigía pudo divisar un pequeño banco de hielo que flotaba en la parte de la proa, justo en el costado de babor, y lo más sorprendente es que un enorme animal reposaba sobre la placa. Como el tiempo era agradable y además favorable para nosotros, el capitán Guy ordenó que bajaran dos botes en aras de averiguar de qué animal se trataba. Dick Peters y yo acompañábamos al primer comandante en el más grande.

Una vez llegados al banco de hielo, vimos que estaba ocupado por un oso polar gigantesco, pero cuyo tamaño excedía con creces a cualquier otro oso visto nunca. Disponíamos de armamento, así es que no dudamos en atacarle, desde luego. Se dispararon varios tiros sucesivamente, la mayoría de los cuales lo alcanzaron, al parecer, en la cabeza y en el cuerpo. El animal, no obstante, sin llegar a sucumbir en el acto, se arrojó al agua desde el hielo, y nadando, con las fauces abiertas, se dirigió hacia el bote donde estábamos Peters y yo.

A causa de la confusión que se promovió a continuación entre nosotros ante el inesperado giro de la aventura, nadie pudo calibrar el peligro, preparando un nuevo tipo de antemano, así es que el animal logró apoyar la mitad de su corpulenta mas al sesgo sobre nuestra borda y agarrar a uno de los hombres por los riñones antes de poder reaccionar premeditadamente por parte de nosotros para hacer frente a la fiera. En semejante situación lo que nos salvó de la muerte, fue la presteza y celeridad de Peters, que saltó sobre el lomo de la enorme fiera, y hundió la hoja de su cuchillo por detrás del cuello, alcanzando de un golpe la médula espinal. La bestia finalmente se desfalleció y cayó al mar muerta, al mismo tiempo que arrastró a Peters. De nuevo, se reaccionó pronto, y habiéndose recobrado, le arrojamos una cuerda para poder remolcar su cuerpo hasta el bote. Del mismo modo, tan pronto como Peters subió al bote, igualmente remolcamos al oso, llevándolo hasta la goleta y ogullosos de nuestro trofeo. Este oso, después de medido, resultó tener casi dos metros en su máxima longitud.

Su pelaje era todo blanco, muy áspero, rizado por completo. Los ojos eran de un rojo sangre, más grandes que los del oso ártico; el hocico, también más redondeado, de gran semejanza al de un perro *bull-dog*. La carne era tierna, pero un tanto agria, y con sabor a pescado, aunque los hombres la devoraron con avidez y afirmaron que era un alimento excelente.

Apenas habíamos izado nuestra presa a bordo, cuando el vigía lanzó el alegre grito de «¡Tierra a estribor!». Todos estuvimos en alerta, y gozando de repente de una brisa que muy oportunamente se acababa de levantar del Noreste; pronto, nos encontramos cerca de la costa. Resultó ser un islote muy abrupto, lleno de rocas, y más o menos de un kilómetro de circunferencia. En cuanto a la naturaleza, la vegetación era bastante escasa, y lo más significativo tal vez, fue encontrar una pequeña higuera en el interior. Al acercarnos por el Norte, pudimos observar un abismal arrecife que se precipitaba hacia el mar. Su silueta era significativa, y tenía un gran parecido con una bala de algodón encordelada. Siguiendo este arrecife hacia el Este había una pequeña bahía, en cuyo fondo nuestros botes pudieron amarrar con comodidad.

La visita a cada uno de los parajes de la isla fue cosa de una hora, realmente había tan poco que explorar, que no encontramos nada medianamente interesante que observar. En el extremo Sur recogimos cerca de la orilla, medio sepultado en un montón de piedras esparcidas, un trozo de madera que parecía haber formado la proa de una canoa. Habían intentado hacer algunas incrustaciones en ella, además de tallar algo de forma algo primitiva. En este sentido, el capitán Guy creyó descubrir la figura de una tortuga en la madera. Desde mi punto de vista, y en mi humilde opinión, su afirmación no me convenció en absoluto y el parecido con la tortuga era algo irrisorio. Salvo aquella proa, en el caso de que realmente lo fuera, no descubrimos por los alrededores ningún indicio de vida humana, ni siquiera parecía que algún ser hubiera con anterioridad habitado allí. Por otro lado, alrededor de la costa pudimos ver algunos trozos de hielo, pero escasos. En cuanto a la localización exacta del islote, bautizado a partir de entonces por el capitán como la isla de Bennet, en honor de su asociado y copropietario de la goleta, era de 82° 50' de latitud Sur y de 42° 20' de longitud Oeste.

Habíamos avanzado ahora hacia el Sur ocho grados más allá que cualquier navegante de otros tiempos, y realmente estábamos ilusionados, pues el mar se extendía ante nosotros libre de obstáculos. Notábamos también que la variación disminuía uniformemente a medida que avanzábamos, y que la temperatura del aire, y después la del agua, se suavizaba.

El tiempo podía decirse que era agradable, y a pesar de tener una brisa constante, era apacible, y soplaba siempre con una orientación Norte tal y como marcaba la brújula. El cielo estaba, por lo general, despejado; de cuando en cuando un vapor ligero y tenue aparecía en el horizonte Sur aunque siempre era de breve duración. Únicamente dos dificultades se presentaban a nuestra vista: estábamos escasos de combustible y se habían manifestado ya síntomas de escorbuto entre varios hombres de la tripulación.

Estas consideraciones comenzaban a influir en el capitán Guy, porque se le instaba a menudo, sobre la necesidad de retornar, y de hecho, mediaba entre nosotros para que así fuera. Por lo que a mí respecta, confiado como estaba en que íbamos a encontrar enseguida una tierra de alguna importancia siguiendo siempre la misma ruta, y teniendo toda clase de razones para creer, por las presentes apariencias, que no encontraríamos el suelo estéril de las altas latitudes árticas, insistí concienzudamente al capitán sobre la conveniencia de continuar, al menos durante unos días, en la dirección que habíamos seguido hasta entonces.

Una ocasión tan tentadora de resolver el gran problema relativo a un continente antártico no era algo común en la vida de un marino, y confieso que me ponía malhumorado, cada vez que oía sensatas resoluciones que pretendían nuestra vuelta de inmediato, especialmente las sugerencias hechas por el comandante. Así es que, mi forma de reaccionar fue intentar influir en la medida de lo posible sobre el criterio del capitán, subrayando tímidamente sobre lo adecuado de proseguir el viaje, donde por hecho que encontraríamos una tierra fértil digna de habitar y explorar. Hoy, a veces lamento de todo corazón aquel ímpetu de mi curiosidad, que nos conllevó a experimentar tristes y sangrientos sucesos que más adelante ocurrieron debido a mis perseverantes consejos. Pero desde luego, también hoy experimento una extraña satisfacción, porque por encima de todo, he podido servir a favor de la ciencia, de un nuevo descubrimiento, y en definitiva, de los secretos de la humanidad que más han absorvido la atención del mundo para las postrimerías de consiguientes siglos.

18

18 de enero.

Esta mañana* proseguimos hacia el Sur, con el mismo tiempo, tan agradable como antes. El mar estaba en absoluta calma, el viento del Noreste era ciertamente cálido, y la temperatura del agua, de 53°. Volvimos a efectuar nuestra operación de sondeo, y con un cabo de ciento cincuenta metros, encontramos la corriente en dirección al polo con una velocidad de un kilómetro por hora. Esta constante tendencia del viento y de la corriente hacia el sur, daba origen a diversas conclusiones, e incluso a cierta alarma entre algunos tripulantes de la goleta, y vi a las claras que había causado no poca impresión en el ánimo del capitán Guy.

Sin embargo, él mismo era consciente de sus ridículas inquietudes, y logré, por último, que no diera importancia a la alarma que le causaban sus preocupaciones. La variación era ahora muy leve. En el curso del día vimos varias grandes ballenas de la especie llamada franca, e innumerables bandadas de albatros pasaron sobre el barco. Pescamos también un arbusto, lleno de bayas rojas, parecidas a las del acerolo, y el cuerpo de

---

* Los términos *mañana* y *noche*, de que hago uso para evitar, hasta donde sea posible, confusiones en mi relato, no deben, naturalmente, ser tomados en su sentido ordinario. Desde hacía ya largo tiempo no teníamos noche en absoluto, pues la luz del día era continua. Todas las fechas están ajustadas al tiempo náutico, y los rumbos deben sobreentenderse por la brújula. Quiero hacer notar aquí que no pretendo, en la primera parte de lo que va escrito, presentar una estricta exactitud con respecto a las fechas, latitudes o longitudes, ya que no he llevado un diario con regularidad hasta pasado el período de que trata esa primera parte. En muchos casos me he fiado solo de mi memoria. *(Nota del A.)*

un animal de una extraña semejanza con los de tierra. Tenías tres pies de largo, y desproporcionalmente más alto, con cuatro patas muy cortas, y las pezuñas armadas de largas garras de un color escarlata brillante muy parecido al coral. El cuerpo estaba cubierto de un pelo liso y sedoso, completamente blanco, y la cola era afilada como la de una rata, así como de una longitud significativa. La cabeza recordaba la de un gato, a excepción de las orejas, que eran colgantes como las de un perro. Los dientes eran del mismo escarlata brillante que las garras.

* * *

19 de enero.

Hoy, estando a 83° 20' de latitud y a 43° 5' de longitud Oeste, contemplábamos el color magistral del mar, estaba de un color azul oscuro verdaderamente cautivador. Hemos vuelto a ver tierra desde el mastelero mayor, y después de un examen pormenorizado, ha resultado ser una isla de un grupo de otras muy grandes. La costa era escarpada, y el interior parecía bien arbolado, circunstancia que nos ha causado una gran alegría. A las cuatro horas, aproximadamente, de divisar a golpe de vista nuestro primer descubrimiento del islote, echábamos el ancla, con diez metros y fondo arenoso, a un kilómetro de la costa, pues una violenta resaca, con fuertes remolinos aquí y allá, hacía el arribo un tanto incómodo e inseguro. Se nos ordenó entonces echar al agua las dos canoas mayores, y un grupo bien armado, en el cual nos encontrábamos Peters y yo, se encargó de buscar un abertura en el arrecife que parecía circundar la isla. Después de explorar el terreno durante un rato, descubrimos una ensenada, en la cual entrábamos ya, cuando vimos cuatro grandes canoas salir de la orilla, llenas de hombres que parecían bien armados. Dejamos que transcurriera el episodio, para saber algo más y tener más información, y pronto entramos en conversaciones.

El capitán Guy izó entonces un pañuelo blanco en la punta de un remo, cuando los extranjeros se detuvieron de golpe, y comenzaron de repente a farfullar muy fuerte, formando al mismo tiempo un importante griterío, entre los cuales podíamos distinguir las palabras *Anamoo-moo!* y *Lama-lama!* Continuaron así lo menos media hora, durante la cual tuvimos una buena ocasión de observar su aspecto.

En las cuatro canoas, habría un centenar por lo menos de autóctonos del lugar. Su estatura era la ordinaria de los europeos, pero con una constitución más musculosa y de musculatura más apretada. Su tez era de un negro azabache, con el pelo tupido, largo y lanoso. Iban vestidos con pieles negras de un animal desconocido, espesas y sedosas, ajustadas al cuerpo con cierta habilidad, con el pelaje hacia adentro, excepto alrededor del cuello, las muñeas y los tobillos. Sus armas consistían principalmente en palos, de una madera oscura y al parecer muy pesada. Sin embargo, vimos algunas lanzas entre aquellas, con la punta de pedernal, y algunas hondas. El fondo de las canoas estaba lleno de piedras negras que tendrían el tamaño aproximado de un huevo grande.

Cuando hubieron terminado su arenga, uno de ellos, que parecía ser el jefe, se irguió en la proa de su canoa y nos hizo señas de que avanzásemos nuestros botes a lo largo del suyo. Simulamos no entender, pensando que lo más sensato era mantener, dentro de lo posible, la distancia entre nosotros, pues su número era cuatro veces mayor que el nuestro. Adivinando este propósito, el jefe ordenó a las otras tres canoas que permaneciesen detrás, mientras él avanzaba hacia nosotros en la suya. Tan pronto como llegó, saltó a bordo de la mayor de nuestras canoas, y se sentó al lado del capitán Guy. Señaló al mismo tiempo la goleta, repitiendo las palabras *Anamoo-moo!* y *Lama-lama!* Volvimos entonces hacia el barco, con las cuatro canoas siguiéndonos a poca distancia.

Al llegar al costado, el jefe manifestó su satisfacción y deleite, haciendo unos gestos un tanto sorprendentes, palmoteando, golpeándose los muslos y el pecho y riendo con estrépito. Sus seguidores se unieron a su deleite, y en pocos minutos el alboroto fue tan excesivo, que era ensordecedor. Tranquilo al fin por hallarse de nuevo en el barco, el capitán Guy mandó izar los botes, como precaución necesaria, y dio a entender al jefe, cuyo nombre, como descubrimos bien pronto, era Too-wit, que no podía admitir más de veinte hombres en el puente simultáneamente.

Pareció él del todo satisfecho con aquel arreglo, y dio algunas órdenes a las canoas, una de las cuales se acercó, quedando las otras a unas cincuenta yardas en alta mar. Veinte de los salvajes subieron a bordo y se pusieron a dar vueltas por todas partes en cubierta, trepando por el aparejo, comportándose como si estuvieran en su casa y examinando cada objeto con gran curiosidad.

Era evidente que no habían visto nunca seres de la raza blanca, cuyo cutis parecía, en realidad, repugnarles. Creían que la *Jane* era una criatura viva, y parecían temer inquietar su sosiego con las puntas de sus lanzas, que volvían cuidadosamente. Nuestra tripulación se divirtió mucho con la conducta de Too-wit desde el principio. El cocinero estaba partiendo leña cerca de la entrada de la cocina, y por casualidad clavó su hacha en el puente, abriendo una grieta de notable profundidad.

El jefe acudió allí enseguida, y echando al cocinero hacia un lado de modo bastante brusco, inició un semiquejido, semiaullido, para mostrar de un modo enérgico la simpatía con que consideraba los sufrimientos de la goleta, poniéndose luego a acariciar y a alisar la grieta con sus manos y a lavarla con un cubo de agua de mar que estaba al lado. Todo ello revelaba un grado de ignorancia para el que no estábamos preparados, y por mi parte, no pude impedir el pensar que en toda aquella parafernalia, había un sentido oculto de cinismo y fingimiento.

Cuando los visitantes hubieron satisfecho hasta donde pudieron su curiosidad con respecto a nuestros enseres y nuestra embarcación, fueron conducidos abajo, donde su asombro superó todos los límites. Su estupefacción parecía ahora demasiado profunda para ser expresada con palabras, pues permanecían en silencio, que únicamente rompían con exclamaciones en voz baja.

Las armas les proporcionaron extenso motivo de reflexión, y se les permitió que las examinasen a su gusto. Creo que no abrigaban la menor sospecha sobre su actual uso y que más bien las tomaban por ídolos, viendo el cuidado que teníamos de ellas y la atención con que acechábamos sus movimientos mientras las manejaban. Los grandes cañones colmaron su atención. Se acercaron a ellos con todos los signos del más profundo respeto y temor, pero se abstuvieron de examinarlos minuciosamente. Había allí dos anchos espejos, y esto hizo que llegase al colmo su sorpresa. Too-wit fue el primero en acercarse a ellos: había llegado ya al centro de la cámara, dando frente a uno de ellos, y volviendo la espalda al otro, antes de haberlos visto de veras.

Al levantar los ojos y verse reflejado en la luna, creía que el salvaje iba a volverse loco; pero cuando se volvió con brusquedad para batirse en retirada y se contempló otra vez en la dirección opuesta, temía que expirase allí, en el sitio. No hubo manera de persuadirle a que se mirase otra vez; se arrojó al suelo, ocultó su cara entre las manos y permaneció así hasta que nos vimos obligados a transportarle sobre el puente.

Todos los salvajes fueron recibidos de esta manera a bordo, en grupos de a veinte; a Too-wit se le permitió permanecer allí todo el tiempo. No vimos en ellos ninguna insinuación por querer robar, ni comprobamos la desaparición de ningún objeto después de haberse marchado. Mientras duró su visita, mostraron las maneras más amistosas. Había, con todo, algunos detalles en su conducta que nos fue imposible comprender; por ejemplo, no pudimos nunca hacerles acercarse a algunos objetos inofensivos, tales como las velas de la goleta, un huevo, un libro abierto o un cuenco de harina. Intentamos averiguar si poseían algunos artículos que pudieran ser objeto de tráfico; pero encontramos una gran dificultad en hacernos entender.

Sin embargo, nos enteramos con el mayor asombro de que abundaba en las islas esa gruesa especie de tortuga de las Galápagos, una de las cuales vimos en la canoa de Too-wit. Vimos también alguna *biche de mer* (corza de mar) en manos de uno de los salvajes, que la devoraba con avidez en su estado natural. Estas anomalías —o lo que considerábamos como tales en relación a la latitud— indujeron al capitán Guy a realizar una exploración de la comarca, con la esperanza de obtener una provechosa especulación con su descubrimiento.

Por mi parte, deseoso como estaba de conocer algo más de aquellas islas, lo único en que pensaba era en proseguir sin otra demora el viaje hacia el Sur. Teníamos entonces buen tiempo; pero nada nos decía cuánto iba a durar, y nos encontrábamos ya en el 84° paralelo con un mar libre del todo ante nosotros, una corriente que llevaba veloz hacia el Sur y un viento eficaz; no podía prestar atención a cualquier proposición de detenernos más que lo absolutamente necesario para que la tripulación recobrase la salud, para avituallarnos y para embarcar un repuesto de combustible y provisiones frescas.

Dije al capitán que nos sería fácil atracar en aquel grupo de islas a nuestro regreso, y hasta pasar allí el invierno en caso de que los hielos nos dejasen bloqueados. A la postre, se unió a mi opinión, pues sin saberlo, había adquirido cierta influencia para él. Por último, quedó resuelto que, aun en el caso de que encontrásemos la *biche de mer*, solo permaneceríamos allí una semana para abastecernos, y luego nos dirigiríamos hacia el Sur mientras fuera posible.

Hicimos, por consiguiente, los preparativos necesarios, y habiendo dirigido según las indicaciones de Too-wit la *Jane* por entre los arrecifes sin avería alguna, echamos el ancla a un kilómetro, aproximadamente de la costa, en una bahía excelente, bien cerrada por la tierra, al Sureste de la isla principal, y con diez metros de agua y un fondo de arena negra. En el extremo de aquella bahía corrían tres limpios arroyos, conforme nos dijeron, de agua potable, y vimos abundantes bosques en las cercanías.

Las cuatro canoas nos seguían, conservando, por supuesto, una respetuosa distancia. Too-wit permanecía a bordo, y cuando echamos el ancla, nos invitó a acompañarle a tierra y a visitar su aldea en el interior. A lo cual el capitán Guy accedió, y habiendo dejado diez salvajes a bordo como rehenes, un grupo de nosotros, doce en total, se preparó a seguir al jefe. Tuvimos cuidado de armarnos bien, aunque sin demostrar desconfianza.

La goleta había puesto sus cañones en posición de tiro, izado las redes de abordaje y se habían tomado todas las precauciones adecuadas para defenderse de cualquier sorpresa. Se recomendó al primer comandante que no admitiese a nadie a bordo durante nuestra ausencia, y que en el caso de que no reapareciésemos al cabo de doce horas, enviase el cúter con una colisa, en busca nuestra, alrededor de la isla.

A cada paso que dábamos por aquella tierra adquiríamos la forzosa convicción de que nos encontrábamos en una comarca esencialmente diferente de las que habían sido visitadas antes por hombres civilizados. Nada de lo que veíamos nos era familiar.

Los árboles no se parecían a ninguno de los que crecían en las zonas tórridas, en las templadas o en las frías del Norte, y que se diferenciaban mucho de los que acabábamos de encontrar en las latitudes inferiores meridionales. Las propias rocas eran nuevas para nosotros por su consistencia, textura, color y su estratificación; y las corrientes mismas, por increíble que esto pueda parecer, tenían tan poca relación con las de otros climas, que dudábamos sobre beber o no de ellas, e incluso nos era difícil creer que sus cualidades eran puramente naturales.

En un pequeño arroyo que cruzaba nuestro camino, el primero que encontramos, Too-wit y sus seguidores se detuvieron para beber. A causa del carácter singular de aquel agua, nos negamos a probarla, suponiendo que estaba corrompida, y únicamente después de un rato logramos comprender que era aquel el aspecto de las corrientes en todo el archipiélago. No sé cómo arreglármelas para dar una idea de la naturaleza de aquel líquido, ni puedo hacerlo sin emplear muchas palabras. Aunque aquel agua corriese con rapidez por todas las pendientes, como cualquier corriente de agua normal, no tenía nunca, excepto cuando caía como una cascada, el acostumbrado aspecto de *transparencia*. Era, no obstante, en realidad, tan límpida como cualquier agua calcárea existente, y la diferencia solo estribaba en el aspecto.

A primera vista, y sobre todo en los casos en que el declive era poco sensible, se parecía, en cuanto a su consistencia, a una densa disolución de goma arábiga en agua común. Pero esta característica, era la menos singular de sus extraordinarias cualidades. No era incolora, no tenía tampoco un color uniforme cualquiera, y al correr ofrecía a la vista todas las variedades posibles de la púrpura, como los matices de una seda tornasolada.

Esta variación en el matiz se efectuaba de una manera que produjo en nuestros espíritus un asombro tan profundo como los espejos en el espíritu de Too-wit. Recogiéndola en un recipiente y dejándola asentarse y recobrar su nivel observamos que la masa entera del líquido estaba formada por cierto número de venas distintas, cada una de un color especial; que estas venas no se mezclaban, y que su cohesión era perfecta en relación con las moléculas con que las formaban, e imperfecta en relación con las venas próximas. Pasando la hoja de un cuchillo a través de las venas, el agua se cerraba detrás de ella inmediatamente, y al sacarlo, todas las huellas del paso del cuchillo quedaban al instante borradas.

Sin embargo, cuando la hoja pasaba con exactitud entre dos venas se operaba una perfecta separación, que la fuerza de cohesión no rectificaba enseguida. El fenómeno de este agua constituyó el primer eslabón definido de aquella vasta cadena de aparentes milagros por los que estaba yo destinado, en fin, a verme envuelto.

19

Tardamos cerca de tres horas en llegar a la aldea, que estaba a más de tres kilómetros en el interior, y el camino atravesaba una región escarpada. Mientras caminábamos, el grupo de Too-wit, los cerca de cien salvajes, en total, de las canoas, fueron incorporándose cada cierto tiempo a otros destacamentos, constituidos por diferente número de individuos, y que se unían como de forma casual a lo largo del sendero. Había en aquella conducta como un propósito sistemático que no pude dejar de mirar con recelo, y entonces hablé de mis inquietudes al capitán Guy.

Pero era demasiado tarde para retroceder, y convinimos, finalmente, en que nuestra mejor seguridad estaba en demostrar una confianza perfecta en la buena fe de Too-wit. En consecuencia, seguimos adelante, conservando los ojos muy abiertos ante cualquier maniobra por parte de los salvajes y sin permitir dividir nuestras filas por los empujones repentinos. Cuando cruzamos un desfiladero escabroso, llegamos luego a un grupo de viviendas que, según nos dijeron, eran las únicas existentes en la isla. Cuando estábamos frente a ellas, el jefe lanzó un grito, repitiendo con frecuencia la palabra *Klock-Klock*, que supusimos sería el nombre de aquella aldea, o quizá el genérico empleado allí para todas las aldeas.

Las casas eran de un aspecto miserable y desolador como se puede imaginar, y de hecho, mucho más desvencijadas que cualquier otro tipo de vivienda de etnias perdidas a lo largo de la historia de la Humanidad, y no estaban construidas siguiendo un plan uniforme. Algunas de ellas pertenecían a los *Wampoos* o *Yampoos*, los grandes personajes de la isla, y consistían en un árbol cortado a unos cuatro pies de la raíz, con una gran piel negra colocada por encima, que caía en blandos pliegues sobre la tierra.

Allí debajo moraba el salvaje. Otras estaban hechas con ramas de árboles, conservando aún su follaje seco, colocadas de modo que se apoyasen inclinadas en un ángulo de cuarenta y cinco grados, sobre un banco de barro amontonado sin la menor preocupación de forma regular, a una altura de cinco o seis pies. Otras eran simples agujeros abiertos perpendicularmente en la tierra y recubiertos de ramaje semejante, que el habitante de la vivienda tenía que apartar para entrar, y que debía después volver a colocar. Algunas estaban hechas con las ramas ahorquilladas de los árboles, tal como crecían, estando las ramas superiores cortadas a medias y cayendo sobre las inferiores, de tal manera que formaban un cobijo más espeso contra el mal tiempo. La mayor parte, sin embargo, consistía en pequeñas y poco profundas cavernas cavadas, al parecer, en la superficie de una áspera pared de piedra negra, semejante a la tierra de batán, con que estaban circundados tres de los lados de la aldea.

A la entrada de cada una de aquellas cavernas primitivas había una pequeña roca, que el morador colocaba cuidadosamente ante la abertura cada vez que abandonaba su vivienda —no pude saber con qué propósito—, pues la piedra no era nunca del suficiente tamaño para cerrar más que una tercera parte de la abertura.

Esta aldea, si es que merece ese nombre, estaba situada en un valle de cierta profundidad, al cual no se podía llegar sino por el Sur, pues la escabrosa pared de piedra de que he hablado ya, cortaba todo acceso en otras direcciones. Por en medio del valle corría un arroyo de la misma mágica agua que he descrito. Observamos también, alrededor de las viviendas, algunos extraños animales que parecían todos perfectamente mansos. Los más gruesos recordaban a nuestro cerdo vulgar, tanto en la estructura del cuerpo como en la jeta; el rabo, no obstante, era peludo, y las patas, delgadas como las del antílope. El paso del animal era indeciso y torpe, y no le vimos nunca intentando correr. Encontramos también algunos animales de aspecto análogo, aunque más largos de cuerpo, y cubiertos de una lana negra. Había una gran variedad de aves domésticas que se paseaban por los alrededores, y que parecían constituir el principal alimento de los nativos.

Con gran asombro nuestro, vimos entre aquellas aves albatros negros, domesticados por completo, que iban periódicamente al mar en busca de alimento, pero volviendo siempre a la aldea como a su hogar, y utilizando solo la orilla Sur, que estaba muy próxima, como lugar de incubación. Allí, según costumbre, estaban asociados con sus amigos los pingüinos; pero no había ningún pingüino en la aldea, pues nunca llegaban hasta allí.

Entre las otras aves domésticas había patos que no diferían mucho del *canvas-bak* (pato marino) de nuestra tierra, bubias negras y un grueso pájaro bastante parecido al boharro o gallinazo, pero no carnívoro. Parecía abundar allí el pescado.

Vimos durante nuestra visita una gran cantidad de salmones secos, bacalaos, delfines azules, caballas, lizas, congrios, elefantes marinos, múgiles, lenguados, escaros, alcotanas, merluzas, rodaballos y otras variedades innumerables. Observamos que se parecían en su mayor parte a las que se encuentran en los parajes del archipiélago de Lord Auckland, a los 51° de latitud Sur. La tortuga galápago abundaba también mucho. Vimos pocos animales salvajes, y ninguno de gran tamaño o de alguna especie que nos fuera familiar. Una o dos serpientes de formidable aspecto atravesaron nuestro camino; pero los nativos ignoraron por completo su presencia, lo cual nos esclareció el hecho de no ser venenosas.

Cuando nos acercábamos a la aldea con Too-wit y su partida, una gran multitud se precipitó a nuestro encuentro, lanzando fuertes gritos, entre los cuales solo distinguíamos los eternos *Anamoo-moo!* y los *Lama-lama!* Nos sorprendió mucho ver que los recién llegados iban, a excepción de uno o dos, totalmente desnudos, pues las pieles eran usadas únicamente por los hombres de las canoas. Todas las armas de la comarca parecían también estar en poder exclusivo de estos últimos, pues no veíamos ninguna en manos de los aldeanos. Había allí también una gran cantidad de mujeres y de niños. Las primeras no carecían de lo que se puede llamar belleza personal. Eran erguidas, altas, bien hechas y dotadas de una gracia y de una libertad de porte que no se encuentran en la sociedad civilizada. Sus labios, además, como los de los hombres, eran gruesos y feos de línea, hasta el punto de que ni aun al reír dejaban ver nunca los dientes. Su cabello era de clase más fina que el de los hombres.

Entre todos aquellos aldeanos desnudos podían encontrarse diez o doce hombres vestidos con pieles negras, como los de la partida de Too-wit, y armados con lanzas y pesadas cachiporras. Parecían tener una gran influencia sobre los otros, quienes no les hablaban nunca sin honrarlos con el título de *Wampoo*. Eran los mismos hombres que habitaban los famosos palacios de las pieles negras. La morada de Too-wit se ubicaba justo en el centro de la aldea, y era de dimensiones más grandes y de mejor calidad, tanto por su construcción como por los mismos materiales. El árbol que formaba su base había sido cortado a una distancia muy próxima de la raíz, y debajo del corte justamente habían dejado algunas ramas que servían como cubierta de la vivienda y le impedían golpear contra el tronco. Esa techumbre, formada por cuatro grandes pieles extendidas y unidas entre sí por cañas de madera, estaba sujeta por la parte inferior con pequeñas estacas que la atravesaban y se hundían en la tierra. El suelo estaba rebosado de una gran cantidad de hojas secas colocadas como si se tratara de una alfombra.

Fuimos conducidos a aquella cabaña con gran solemnidad, y detrás de nosotros se agrupó una multitud de nativos que seguían nuestros pasos. Too-wit se sentó sobre las hojas y nos hizo señas de que siguiéramos su ejemplo. Obedecimos, y nos encontramos entonces en una situación especialmente incómoda, o más bien realmente crítica. Estábamos sentados sobre el suelo y éramos doce, en comparación con los salvajes, que eran unos cuarenta; sentados, y haciendo hueco, nos encontramos todos en nuestro alrededor, muy apretados y encogidos, y esta cuestión era harto peligrosa. De hecho, si hubiera acaecido algún alboroto, hubiera sido imposible hacer uso de nuestras armas e incluso ponernos en pie, pues estábamos constreñidos en el suelo. Las apreturas no eran únicamente en el interior de la tienda, sino fuera, donde, por lo visto, se hallaba cada habitante de la isla entera; solo los incesantes esfuerzos y vociferaciones de Too-wit impedían que la multitud nos aplastase.

Nuestra principal seguridad estaba, sin embargo, en la presencia de Too-wit entre nosotros, y viendo que era aquella la única probabilidad de resolver aquel dilema, decidimos apretarnos junto a él, resueltos a inmolarle tan pronto como surgiera la primera manifestación de hostilidad.

Después de algún rato fue posible conseguir cierta tranquilidad, y entonces el jefe nos dirigió un discurso de gran extensión, y que se parecía mucho al que nos dedicó desde las canoas, salvo que los *Anamoo-moos!* eran más vigorosamente acentuados que los *Lamas-lamas!* Escuchamos atentamente, respetando un profundo silencio hasta que terminó su monólogo; entonces el capitán Guy respondió asegurando al jefe su eterna amistad y buena voluntad, concluyendo su réplica con la ofrenda de algunos regalos, tales como collares de abalorios azules y un cuchillo. Al coger los primeros, y ante nuestra gran sorpresa, el reyezuelo levantó las cejas con cierta expresión de desprecio; sin embargo, el cuchillo le causó gran satisfacción, e inmediatamente ordenó que sirvieran la cena.

Cenamos en la tienda por encima de las cabezas de los asistentes, y consistía en las entrañas palpitanes de un animal desconocido, probablemente de uno de aquellos cerdos de patas delgadas que habíamos observado al acercarnos a la aldea. Viendo que no sabíamos cómo arreglárnoslas, comenzó él por darnos ejemplo, devorando aquel atrayente alimento sin cesar, hasta que no pudimos, con toda sinceridad, soportar más tiempo semejante espectáculo, y manifestamos tales náuseas, tal ardor de estómago, que su majestad mostró ante ellas un asombro no menor que el que le habían causado los espejos. Nos negamos, con todo, a compartir aquellas exquisiteces que nos ponían delante, y nos esforzamos por hacerle comprender que no teníamos ningún apetito, pues acabábamos precisamente de tomar un sustancioso *déjeuner*.

Cuando el monarca finalizó su comilona, empezamos a hacerle una especie de interrogatorio, de la manera más ingeniosa y original que pudimos, con la intención de descubrir cuáles eran los principales productos de la comarca, y si existían algunos de los que pudiéramos sacar provecho. Finalmente, se percató perfectamente de lo que queríamos decir, y se ofreció a acompañarnos hasta un determinado lugar carca de la costa, en el que por lo visto, y así nos lo aseguró, señalando un ejemplar de aquel animal, había infinidad de *biches de mer* que queríamos encontrar.

Aprovechamos, encantados, aquella oportunidad para librarnos de la opresión de la multitud, y manifestamos nuestra impaciencia por ponernos en marcha. Salimos, pues, de la tienda, y acompañados por la población entera de la isla seguimos al jefe hacia el extremo Sureste de la misma, no muy lejos de donde estaba anclado nuestro barco. Esperamos allí cosa de una hora, hasta que las cuatro canoas fueron transportadas por algunos de los salvajes hasta el lugar donde nos habíamos detenido. Todo nuestro grupo embarcó en una de ellas, y fuimos conducidos a remo a lo largo del arrecife que mencioné anteriormente, y luego hacia otro más alejado, donde observamos que había una enorme cantidad de *biches de mer*, mayor que el que pueda haber visto el más anciano de nuestros marineros en otros archipiélagos de latitudes inferiores, y que asiduamente han sido comentadas en un sinfín de artículos de comercio.

Permanecimos junto a aquellos arrecifes el suficiente tiempo para convencernos de que hubiéramos podido fácilmente cargar una docena de barcos con aquel animal, en caso necesario, y luego subimos a bordo de la goleta y nos despedimos de Too-wit, después de hacerle prometer que nos traería, en el plazo de veinticuatro horas, tantos *convas-back* (o patos marinos) y tortugas galápagos como pudieran cargar sus canoas. Durante toda esta aventura no vimos nada en la conducta de los nativos que pudiese suscitar sospechas con la única excepción de que habían reforzado el número de hombres de forma sistemática desde el primer encuentro, y muy especialmente en nuestra incursión desde la goleta a la aldea.

20

El jefe cumplió su palabra, y fuimos abastecidos con abundancia de provisiones frescas. Nos proporcionó también las tortugas, que eran deliciosas, las más exquisitas que jamás probamos; de la misma forma, nos trajo unos patos que superaban con creces nuestras mejores especies de aves silvestres, pues eran sumamente tiernos, jugosos y de un sabor excelente.

Además los salvajes nos acercaron hasta nuestra goleta otros manjares similares, como gran cantidad de apio moreno, de coclearia, así como una canoa cargada de pescado fresco y otras especies de pescado en salazón. El apio fue, en realidad, un delite, y la coclearia un beneficio incalculable para curar a aquellos de nuestros hombres que presentaban síntomas de escorbuto. En muy poco tiempo curamos absolutamente a todo individuo de la tripulación que padecía esta enfermedad. Nos dieron también otros víveres frescos, entre los cuales puedo mencionar una especie de mariscos parecidos en su forma a los mejillones, pero con el sabor de las ostras. Nos dieron asimismo camarones, langostinos, cangrejos de mar, y huevos de albatros y otras aves, de cascarones oscuros. Embarcamos también una carga completa de carne del famoso cerdo que Too-wit nos ofreció en la aldea.

Muchos de nuestros hombres concluyeron que tenía un sabor delicioso, pero en su opinión, me pareció que tenía un excesivo sabor a pescado y por tanto, desagradable al paladar. A cambio de aquellas buenas cosas, ofrecimos a los nativos abalorios y todo tipo de adornos con incrustaciones de piedras color añil, utensilios de cobre, clavos, cuchillos, y así un sinfín de artilugios varios que parecían satisfacer los atisbos de trueque de los nativos. Establecimos los engranajes de un típico cambalache, organizando un mercado regular justamente bajo los cañones de la goleta. Toda actividad comercial que intercambiábamos y todo trueque que realizamos, parecía estar dentro de un orden bien entendido y parecía satisfacer las ambiciones de ambos. De hecho, todo daba una apariencia de buena fe sin suspicacia por ningún lado.

Las cosas marcharon así muy amistosamente varios días, durante los cuales grupos de nativos acudían con frecuencia a bordo de la goleta, y otros de nuestros hombres hacían largas excursiones por el interior, sin ser molestado de ningún modo. Viendo la facilidad con la que podía ser cargado el barco de *biche de mer*, gracias a la amistosa disposición de los isleños y la ayuda que ellos nos prestaban a la hora de cogerlas, el capitán Guy decidió entrar en negociaciones con Too-wit para la construcción de unos almacenes destinados a preparar aquel artículo, puesto que sería provechoso para ambos durante el tiempo que estuviéramos allí, antes de proseguir el viaje hacia el Sur.

Cuando comentó su proyecto al jefe, le pareció muy bien, y dispuesto a concertar un acuerdo. Quedó estipulado un pacto, enormemente provechoso para ambas partes, por el cual se decidió que, después de realizar los preparativos necesarios, tales como la señalización de terrenos apropiados, la construcción de una parte de aquellos almacenes y algunas otras obras, para las cuales nuestra tripulación entera sería utilizada, la goleta reanudaría su ruta, dejando tres de sus hombres en la isla para vigilar el cumplimento del proyecto y enseñar a los nativos a curar la *biche de mer*.

En cuanto a las cláusulas del pacto, dependían de la actividad de los salvajes en nuestra ausencia. Debían ellos recibir una cantidad de ofrendas estipuladas, un número determinado de abalorios, cuchillos y demás, a cambio de un peso determinado de *biches de mer* concretado en un número de *picules*, recogidos y preparados antes de nuestro regreso en la goleta.

Una descripción de la naturaleza de ese importante artículo de comercio y del modo de prepararlo puede ofrecer algún interés a mis lectores, y no veo momento más adecuado que el de a continuación, para dicha descripción. La explicación que transcribo a continuación, referente a ese animal, está tomada de un relato moderno de un viaje a los mares del Sur:

«Se trata de ese molusco de los mares de la India que se conoce en el comercio con el nombre de *biche de mer* (un delicado bocado de mar). Si no me equivoco mucho, el famoso Cuvier lo llama *gasteropoda pulmonifera*. Se coge en abundancia en las costas de las islas del Pacífico, y especialmente para el mercado chino, donde se cotiza a un alto precio, tal vez al mismo precio que ciertos nidos comestibles tan renombrados, que están, al parecer, hechos de una materia gelatinosa recogida por una especie de golondrina que picotea para utilizar como material de su nido, la carne de los moluscos. No tienen ni concha ni patas, ni ninguna parte prominente, excepto dos órganos opuestos, uno de *absorción* y otro de *excreción*; pero, gracias a sus anillos elásticos, parecidos a los de las orugas o gusanos, se arrastran hacia las aguas poco profundas, donde, cuando baja la marea, pueden ser descubiertas por una clase de golondrinas cuyo agudo pico, clavándose en el blando animal, extrae una sustancia gelatinosa y filamentosa que, al secarse, sirve al ave para solidificar las paredes de su nido. De aquí el nombre de *gasteropoda pulmonifera*.

»Este molusco es oblongo y de diferentes tamaños, desde tres a ocho pulgadas de largo; he visto algunos que tenían no menos de dos pies. Son casi redondos, ligeramente aplastados por un lado, el que está más contiguo al fondo del mar, y su grosor es de una a ocho pulgadas. Se arrastran hacia las aguas bajas en determinadas épocas del año, probablemente para reproducirse, pues es el momento del apareamiento, y retozan en parejas. Cuando el sol cae con más fuerza sobre el agua, templándola, es cuando se acercan a la costa, y suelen ir a sitios tan poco profundos que, al retirarse la marea, se quedan en seco, expuestos al calor del sol. Pero no engendran sus crías en aguas bajas, pues no hemos visto allí nunca ninguna de su especie, y cuando se los ha observado remontando las aguas profundas, habían alcanzado siempre su pleno desarrollo. Se alimentan principalmente de esa clase de zoófitos que reproducen el coral.

»La *biche de mer* se coge, generalmente, a tres o cuatro pies de profundidad, después de lo cual es llevada a la costa y abierta por un lado con un cuchillo, siendo la incisión de una pulgada o más según el tamaño del molusco. Apretando por esa abertura, se sacan las entrañas, que se parecen mucho a las de los otros pequeños habitantes de las profundidades. Se lava entonces el animal, y luego se le cuece a cierta temperatura media, ni muy elevada ni muy baja. Después, se esconde bajo tierra durante cuatro horas y luego, se cuece de nuevo un poco; después de estos procedimientos, se pone a secar, ya sea al fuego o al sol. Los curados al sol son los mejores; pero mientras de esta forma obtengo un *picul*, puedo hacer secar treinta *picules* por medio del fuego. Cuando están convenientemente curados, se pueden conservar en un sitio seco durante dos o tres años sin peligro alguno; pero hay que examinarlos pasados unos meses, o, mejor dicho, cuatro veces al año, para ver si la humedad los ha atacado y echado a perder.

»Los chinos, como antes se ha dicho, tienen a la *biche de mer* por un exquisito manjar, creyendo que es un alimento altamente nutritivo y fortalecedor, y que reanima los organismos descuidados por las voluptuosidades desmedidas. Los de primera calidad alcanzan un precio elevado en Cantón, y se venden a noventa dólares el *picul*; los de segunda calidad, de setenta a ochenta dólares; los de tercera, a cincuenta dólares; los de cuarta, a treinta dólares; los de quinta, a veinte dólares; los de sexta, a doce dólares; los de séptima, a ocho dólares, y los de octava, a cuatro dólares. Algunos pequeños cargamentos, no obstante, se dirigen a otros mercados como los de Manila, Singapur y Batavia.»

Llegamos a conformar un acuerdo, y desembarcamos inmediatamente todo lo necesario para construir pequeños almacenes y desbrozar el terreno. Coleccionamos el terreno, y finalmente elegimos un espacio llano cerca de la costa Este de la bahía, donde había agua y madera en abundancia, y a una distancia conveniente de los arrecifes principales donde podía recogerse la *biche de mer*. Nos pusimos todos manos a la obra con el firme propósito de trabajar duro y empecinados en lograr nuestra aspiración. Tal era nuestro empeño, que los nativos, atónitos de la enorme cantidad de árboles que derribamos en poco tiempo, no podían creer nuestra eficacia en su medio natural. Tan pronto como cortamos la madera, fijamos los entramados de los almacenes, y al cabo de dos o tres días a lo sumo, los trabajos estuvieron lo suficientemente adelantados, como para poder entregar con toda confianza el resto de la obra a los tres hombres que nos proponíamos asignar como responsables de la obra en nuestra ausencia. Estos eran John Carson, Alfred Harris y Peterson, todos ellos naturales de Londres, según creo, los cuales se ofrecieron voluntariamente para desarrollar aquel cometido.

Al final del mes teníamos hechos todos los preparativos para la partida. Habíamos convenido, sin embargo, en efectuar una visita solemne a la aldea, y Too-wit insistió con tanta tenacidad en que mantuviéramos aquella promesa, que no creíamos conveniente correr el riesgo de ofenderle, después de tanta cordialidad, con una negativa.

Creo que ninguno de nosotros tenía en aquel momento ni la más ligera sospecha sobre la buena fe de los salvajes. Su comportamiento se había plasmado durante todo aquel transcurrir, con la más absoluta corrección, ayudándonos con afán de cooperar en nuestra obra, y ofreciéndonos sus mercancías gratuitamente. Jamás se contabilizó ni un solo hurto a bordo del barco, y por mucho que valoraran nuestros enseres y adorno, manifestadas por continuas demostraciones extravagantes y de alegría ante cada presente que les hacíamos, jamás robaron nada. Las mujeres, sobre todo, eran muy serviciales en todo, y en resumen, no teníamos motivo ninguno para mostrar desconfianza, y el haber recelado de ellos por un instante, no tenía justificación alguna puesto que todo el grupo étnico nos trataba muy bien y con suma generosidad.

Nos bastó poco tiempo para convencernos de que aquella disposición de amabilidad aparente era el resultado de un plan concienzudamente estudiado para nuestra destrucción, y de que los isleños, que nos habían inspirado tan excesivos sentimientos de estima, pertenecían a la etnia más sanguinaria y temeraria de la faz de la tierra. A ello se añadía un agudo sentido de la perspicacia, pues realmente eran más astutos de lo que imaginábamos.

Fue el 1 de febrero cuando bajamos a tierra con objeto de visitar el pueblo. Aunque, como ya he dicho antes, por aquel entonces, no desconfiábamos ni un ápice, no por ello dejamos de tomar serias precauciones. Seis hombres permanecieron a bordo de la goleta con orden de no dejar acercarse a los salvajes, durante nuestra ausencia, bajo ningún pretexto, y de estar constantemente sobre el puente. Se izaron las redes de empalletado, los cañones recibieron una doble carga de metralla y los pedreros fueron cargados con botes de metralla y balas de fusil.

El barco estaba atracado con ancla a pico, a un kilómetro poco más o menos de la costa, y ninguna canoa podía acercarse a él, desde la dirección que fuese, sin ser vista con claridad y sin exponerse de lleno en el acto al fuego de nuestros pedreros.

Aparte de los seis hombres que deliberadamente dejamos a bordo, nuestro destacamento se componía de treinta y dos personas en total. Estábamos armados hasta los dientes con fusiles, pistolas y machetes; además, cada uno llevaba una especie de largo cuchillo de marinero, algo parecido al cuchillo de monte tan usado ahora en nuestras provincias del Oeste y del Sur.

Un centenar de guerreros con pieles negras vino a nuestro encuentro al desembarcar, para acompañarnos por el camino. Tengo que decir, por cierto, con sorpresa, que iban todos por completo desarmados; y cuando interrogamos a Too-wit sobre aquel detalle, él contestó simplemente que *«Mattee non we pa pa si»*, lo cual significa que no necesitaban armas donde todos eran hermanos. Tomamos esto en el buen sentido y seguimos avanzando.

Habíamos pasado el manantial y el riachuelo de que he hablado antes, y entrábamos ahora en una estrecha garganta que serpenteaba por la cadena de colinas de esteatita, en medio de las cuales estaba situada la aldea. Aquella garganta era muy rocosa y desigual, hasta el punto de que, a raíz de nuestra primera visita a *Klock-klock*, solo con mucha dificultad pudimos franquearla.

La barranca en toda su extensión podría tener un kilómetro y medio o dos. Hacía un montón de ondulaciones en todas las direcciones por las colinas, y de forma milenaria incluso se había formado alguna cavidad en el curso del torrente, que maximizaba todavía más el zigzag del terreno. Estoy seguro de que las laderas de aquel valle se elevaban, por término medio, a una altura elevadísima y perpendiculares en toda su extensión; seguramente, en algunos sitios aquellas paredes se alzarían a una altura indescifrable, oscureciendo tanto cualquier recodo, que dificultaría mucho la penetración de la luz del día. El camino era muy angosto, y en determinados lugares, el sendero llegaba a estrecharse tanto que nos obligaba a desfilar de uno en uno.

En una palabra, no podía haber lugar en el mundo más adecuado para llevar a efecto una emboscada, y era muy natural que examinásemos con todo cuidado nuestras armas al entrar en aquella garganta. Cuando ahora pienso en nuestra temeraria aventura, mi principal motivo de asombro es que pudiéramos aventurarnos en aquellas circunstancias, abandonándonos tanto, y dejarnos a nosotros mismos al arbitraje de unos desconocidos, hasta el punto de permitirles marchar detrás de nosotros en nuestra marcha por la barranca.

Aun así, tal fue la orden que seguimos sin oposición alguna, que nos fiamos ciegamente en la fuerza de nuestro destacamento, en la situación inerme de Too-wit y de sus hombres, y en la segura eficacia de nuestras armas de fuego (cuyos efectos aún constituían un secreto para los nativos), y más que nada, en la única amistad largo tiempo mantenida por aquellos infames miserables. Cinco o seis de ellos iban delante, enseñándonos el camino, afanados ostensiblemente en apartar las grandes piedras y los desechos que obstruían el paso.

A continuación marchaba nuestro grupo. Caminábamos muy apretados unos con otros, teniendo cuidado de evitar toda separación. Detrás seguía el cuerpo principal de los salvajes, decorosamente ordenados y guardando unas maneras aparentemente muy respetuosas.

Dick Peters, un hombre llamado Wilson Allen y yo, marchábamos a la derecha de nuestros compañeros, examinando a lo largo de la ruta las singulares estratificaciones del precipicio suspendido sobre nosotros. Una grieta en una roca blanquecina atrajo nuestra atención. Era lo bastante ancha para que pudiese pasar una persona sin comprimirse, y se extendía dentro de la montaña a unos dieciocho o veinte metros en línea recta, torciendo luego a la izquierda.

La altura de aquella abertura, hasta donde podía alcanzar nuestra vista en la garganta principal, era de una altura mucho más elevada proporcionalmente. Crecían entre las hendiduras dos o tres arbustos raquíticos, con aspecto de avellanos, que tuve la curiosidad de examinar; me adelanté rápidamente con ese objeto y arranqué cinco o seis nueces de un racimo, retirándome luego a toda prisa. Cuando me volví, Peters y Allen me habían seguido. Les rogué que retrocediesen, pues no había sitio para que pasasen dos personas, y les dije que les daría algunas de mis nueces. Mientras retrocedían, estando Allen cerca del borde de la hendidura, sentí de repente una sacudida muy brusca, que no se parecía en nada a lo que yo había experimentado en toda mi vida, y me inspiró algo así como una vaga idea, si es que realmente pude entonces pensar algo elocuente. El caso es que pensé en una especie de terremoto, y en definitiva, que había llegado el día de la destrucción universal.

21

Tan pronto como pude recobrar el sentido común, me encontré casi al borde de la asfixia, arrastrándome en una oscuridad completa entre una masa de tierra desprendida que caía sobre mí pesadamente por todos lados, amenazando con sepultarme por entero. Alarmado hasta el horror ante esta idea, me esforcé por asentar de nuevo el pie, y al cabo de un rato lo conseguí.

Permanecí entonces inmóvil durante algunos momentos, intentando comprender lo que me había sucedido y dónde me encontraba. Pronto oí un gemido junto a mi oído, y poco después la voz de Peters pidiéndome auxilio en nombre de Dios. Me arrastré uno o dos pasos hacia adelante y caí derecho sobre la cabeza y los hombros de mi compañero, el cual, tuvo la desgracia de caer sepultado bajo una masa desprendida de tierra hasta la mitad del cuerpo. Aparté la tierra alrededor de él con toda la energía que me quedaba, y por fin logré sacarle de allí.

No bien nos recobramos lo suficiente de nuestro accidente y de nuestro fatal susto, y fuimos capaces de conversar racionalmente, llegamos ambos a la conclusión de que las murallas de la fisura en la que nos habíamos aventurado se habían, por alguna convulsión de la Naturaleza, o caso por su propio peso, derrumbado desde lo alto, y de que, por tanto, al encontrarnos bajo tierra estábamos perdidos para siempre.

Durante largo rato nos quedamos absortos, sintiendo una intensa angustia y una horrorosa sensación de agobio. Teníamos demasiada experiencia en vivir con la amenaza constante de una muerte trágica como para saber que nos encontrábamos de nuevo en peligro, y tal situación nos desesperaba. Creo de buena fe que ninguno de los incidentes que pueden ocurrir en el curso de la existencia humana es tan apropiado para inspirar el sumo dolor físico y moral como este caso nuestro, viéndonos enterrados vivos. La oscuridad de las tinieblas que envuelven a la víctima, la terrorífica opresión sobre los pulmones, las emanaciones sofocantes de la tierra húmeda, se unen a la aterradora consideración de hallarse más allá de los confines remotos de la esperanza, y de que compartimos así el estado de los *muertos*.

Por último, Peters propuso que intentáramos conocer exactamente la extensión de nuestra desdicha, tanteando alrededor de nuestra prisión, pues no era imposible, y así sentenció, que pudiéramos encontrar alguna abertura por donde escapar. Me acogí ansiosamente a esta ilusión, y reuniendo mi energía, intenté abrirme camino entre la tierra desprendida.

Apenas había avanzado un paso, cuando un rayo de luz se hizo lo bastante perceptible para convencerme de que en todo caso no pereceríamos inmediatamente por falta de aire. Nos sentimos un poco reanimados y procuramos alentarnos uno a otro con la esperanza de que todo mejoraría. Habiendo trepado sobre un banco de escombros que impedía nuestro paso en dirección a la luz, encontramos menos dificultad para avanzar, y experimentamos también algún alivio a la pasajera opresión de hacía unos segundos y que atormentaba nuestros pulmones. Pronto pudimos distinguir los objetos a nuestro alrededor, y descubrimos que estábamos cerca del borde de la parte de la fisura que se desplazaba en línea recta allí donde torcía hacia la izquierda. Unos esfuerzos más y llegamos a la vuelta, en la que apareció una grieta o separación que se extendía a una gran distancia, aproximadamente con un ángulo de unos 45°.

No podíamos ver toda la extensión de la abertura; pero penetraba allí la suficiente luz para que no tuviésemos la menor duda de que en lo alto de aquella, si es que podíamos llegar por algún medio a lo alto, encontraríamos un pasaje que diese al aire libre. Recordé entonces que éramos tres los que habíamos entrado en la fisura desde la garganta principal, y que nuestro compañero Allen continuaba perdido aún; decidimos volver enseguida sobre nuestros pasos para buscarle.

Después de una larga pesquisa, con el gran peligro de que se desplomase sobre nosotros la masa superior de tierra, Peters me gritó que acababa de asir uno de los pies de nuestro compañero, y que todo su cuerpo estaba tan profundamente enterrado debajo de los escombros, que no había posibilidad de extraerlo de allí. No tardé en comprobar que lo que decía era demasiado cierto, y que, por consiguiente, su vida debía de haberse extinguido hacía mucho tiempo. Con el corazón afligido abandonamos, por tanto, el cuerpo a su destino y nos abrimos paso de nuevo hacia el recodo. La anchura de la grieta era apenas suficiente para permitirnos pasar, y después de uno o dos infructuosos esfuerzos para subir, empezamos a desesperarnos.

Los lados de la hendidura por la que intentábamos ahora trepar eran de roca blanda, y tan escurridizos por su fisura que nuestros pies apenas podían afirmarse sobre las paredes menos escabrosas; en algunos sitios, cuando el ascenso era casi perpendicular, las dificultades se agravaban naturalmente, y, en realidad, creímos a veces que iban a ser insuperables.

Sin embargo, hallamos valor en la desesperación, y a fuerza de tallar escalones en la piedra blanda con nuestros cuchillos de monte, colgándonos, con riesgo de matarnos, de unas prominencias formadas por una especie de roca pizarrosa más dura que sobresalían aquí y allá de la masa general, logramos llegar a una plataforma natural, desde la cual se divisaba un retazo de cielo azul al extremo de una sima muy arbolada.

Mirando entonces hacia atrás con un poco más de sosiego, a lo largo del pasaje por el cual habíamos avanzado, vimos a las claras, por el aspecto de sus paredes, que era de reciente formación, y de ello inferimos que la sacudida, de la naturaleza que fuese, que nos había sepultado tan de súbito, había abierto al mismo tiempo aquel camino de salvación. Estábamos agotados por el esfuerzo y, en realidad, tan débiles, que apenas podíamos mantenernos en pie o articular una palabra, Peters propuso entonces que intentásemos pedir socorro a nuestros compañeros disparando las pistolas que colgaban aún de nuestros cinturones, pues los fusiles y los machetes los habíamos perdido entre la tierra desprendida que cayó al fondo del abismo. Los sucesos subsiguientes probaron que, de haber disparado, nos hubiéramos arrepentido con amargura; pero, por fortuna, surgió en mi mente una vaga intuición, y sospechaba que se trataba de una infame jugada, y nos abstuvimos de dar a conocer a los salvajes el sitio donde nos encontrábamos.

Después de haber descansado durante una hora, o cosa así, nos deslizamos despacio hacia la parte alta de la barranca; no habíamos caminado mucho, cuando oímos una serie de tremendos aullidos. Alcanzamos al fin lo que podría llamarse la superficie del suelo, pues nuestra senda hasta entonces, desde que dejamos la plataforma, había serpenteado por debajo de un bóveda de altas rocas y de follaje, a gran distancia de nuestras cabezas.

Con suma cautela nos arrastramos hacia un estrecho orificio, por el que se divisaba una amplia vista de la comarca cirundante, y todo el espantoso secreto de aquella conmoción se nos reveló en un momento y de una sola ojeada.

El sitio desde donde mirábamos no estaba lejos de la cumbre del pico más elevado en la hilera de montañas de esteatita. La garganta en que había entrado nuestro destacamento de treinta y dos hombres corría a cincuenta pies a nuestra izquierda. Pero en una extensión basante amplia, la cañada o lecho de aquella garganta estaba repleta de las ruinas caóticas de más de un millón de toneladas de tierra y de piedras que habían sido volcadas en ella de un modo artificial.

El medio por el cual aquella enorme masa había sido precipitada era tan sencillo como evidente, pues quedaban aún claras huellas de aquella obra mortífera. En varios sitios de la cresta, al lado este de la sima (estábamos entonces al Oeste), podíamos ver estacas de madera clavadas en el suelo. En esto sitios la tierra no había cedido; pero a lo largo de la superficie del precipicio desde el cual había caído la masa, resultaba evidente por las señales dejadas en el suelo, parecidas a esas que deja la perforación en las rocas minadas, que unas estacas semejantes a las que veíamos aún, habían sido clavadas, de forma racional, a una distancia unas de otras de forma premeditada y con una alineación controlada.

Fuertes ligamentos de vides estaban adheridos todavía a las estacas subsistentes sobre la colina, y era evidente que unas cuerdas semejantes habían sido atadas a cada una de las otras estacas. He hablado ya de la singular estratificación de aquellas colinas de esteatita, y la descripción que acabo de hacer de la estrecha y profunda grieta por la cual nos habíamos librado de ser enterrados vivos debe proporcionar una idea más completa de su naturaleza. Era tal, que casi cualquier conmoción natural debía con toda seguridad hender el suelo en capas perpendiculares o crestas paralelas unas a otras y que un esfuerzo muy moderado sobre el artificio era bastante para conseguir el mismo propósito.

Los salvajes se habían servido de aquella estratificación para realizar su traidora finalidad. No cabe duda de que había tenido lugar una ruptura parcial del suelo, por medio de aquella línea seguida de estacas, probablemente, a una profundidad de uno o dos pies, y que un salvaje, tirando desde el extremos de cada una de esas cuerdas (cuerdas que estaban atadas a la punta de las estacas y extendiéndose desde el borde del risco), había conseguido una enorme potencia de palanca capaz de lanzar, a una señal dada, la pared entera de la colina al fondo del abismo.

La suerte de nuestros pobres compañeros no se podía esperar con un desenlace alentador. Seguramente, sólo nosotros, habíamos escapado de la conmoción de aquella aniquiladora destrucción.

22

Nuestra situación, tal como entonces nos sobrevino, era más o menos igual a cuando creímos estar enterrados para siempre. Ante nosotros no veíamos otras perspectivas que las de ser sacrificados por aquellos deleznables salvajes, o la de arrastrar una mísera existencia, como cautivos, entre ellos. Podíamos, por otro lado, ocultarnos durante algún tiempo entre la escabrosidad de las colinas, o, como recurso postrero, en la sima de donde acabábamos de salir; pero debíamos perecer de frío y de hambre durante el largo invierno polar, o ser descubiertos únicamente en nuestro esfuerzo por lograr la salvación.

La comarca entera estaba plagada de esos bichos mugrientos y salvajes, cuyas multitudes, que ahora percibíamos, habían llegado de las islas del Sur en balsas llanas, con el propósito indudable de prestar ayuda en la captura y saqueo de la *Jane*.

El barco permanecía aún tranquilamente anclado en la bahía, pues los hombres de abordo no se daban cuenta en absoluto de que los amenazase ningún peligro. ¡Cómo ansiamos en aquel momento estar con ellos, bien para llevar a cabo la fuga, o bien perecer juntos intentando defendernos! No veíamos posibilidad de advertirles del peligro sin provocar nuestra muerte inmediata, sin tener siquiera la remota esperanza de hacerles un beneficio. Un pistoletazo habría bastado para advertirles de que había ocurrido algo malo: pero este aviso no era del todo seguro para que comprendieran que su única perspectiva de salvación consistía en levar el ancla enseguida, que no existía ningún principio de honor que conlleva por añadidura la obligación de permanecer allí, puesto que sus compañeros no se encontraban entre los vivos. Aunque oyesen el disparo, no por ello iban a encontrarse mejor preparados de lo que estaban y de lo que habrían estado siempre para enfrentarse con el enemigo, dispuesto al ataque. Ninguna ventaja podía resultar de nuestro disparo, y sí un daño infinito, así es que, tras una larga reflexión, nos abstuvimos de hacerlo.

Se nos ocurrió después la idea de precipitarnos hacia el barco, apoderarnos de una de las cuatro canoas amarradas a la entrada de la bahía y abrirnos paso a la fuerza hasta la goleta. Pero la absoluta imposibilidad de lograr éxito en aquella desesperada tarea se nos apareció pronto evidente. La comarca, como he dicho antes, hormigueaba materialmente de isleños acechando entre los arbustos y escondrijos de las colinas, de manera que no podían ser vistos desde la goleta.

Sobre todo en nuestra inmediata vecindad, y obstruyendo el único paso por el cual podíamos esperar alcanzar la orilla, estaba apostada la banda entera de los guerreros de pieles negras, con Too-wit a su cabeza, quienes, al parecer, esperaban algún refuerzo para emprender el abordaje de la Jane. También las canoas amarradas a la entrada de la bahía estaban tripuladas por salvajes, desarmados, es cierto, pero que tenían, sin duda, armas a su alcance. Nos vimos obligados, por tanto, pese a nuestra buena voluntad, a quedarnos en nuestro escondrijo, somo simples espectadores del combate que pronto se inició.

Al cabo de una media hora vimos sesenta o setenta balsas, o barcas planas, con balancines, llenas de salvajes, que doblaban la punta Sur de la bahía. No parecían tener más armas que unas porras cortas y piedras amontonadas en el fondo de las balsas.

Acto seguido, otro destacamento, todavía más numeroso, se acercó en dirección opuesta y con armas semejantes. Las cuatro canoas se llenaron también rápidamente de isleños que salían de entre los arbustos e iban hacia la entrada de la bahía avanzando con celeridad para unirse a las otras partidas. Así, en menos tiempo del que he tardado en contarlo, y como por arte de magia, la *Jane* se encontró cercada por una inmensa multitud de bandidos resueltos, por lo visto, a apresarla a toda costa.

No podíamos dudar ni un instante de que iban a conseguir su propósito. Los seis hombres que dejamos en el barco, por decididos que estuvieran a luchar en su defensa, eran muy pocos para atender a la maniobra de los cañones o para sostener un combate en tales circunstancias de desigualdad.

Me costaba trabajo imaginar que opusieran ellos resistencia alguna; pero en esta última consideración me equivocaba, pues vi muy pronto que se acoderaban, presentando el costado de estribor, de modo que toda la andanada cayese sobre las canoas que estaban entonces a tiro de pistola, hallándose las balsas como a quinientos metros de barlovento. Debido a alguna causa desconocida, pero muy probablemente a la agitación de nuestros pobres amigos viéndose en tan desesperada situación, la descarga falló por completo. Ni una canoa fue alcanzada, ni un salvaje herido, pues al quedarse el tiro corto, la carga rebotó sobre sus cabezas. El único efecto que produjo en ellos fue asombro ante la inesperada detonación y ante el humo; asombro tan excesivo, que por unos momentos creí que iban ellos a renunciar de lleno a su propósito y volverse a la orilla. Y hubiera sido tal como pensé al principio, si nuestros hombres hubieran proseguido una descarga de armas cortas, ya que así, estando las canoas tan próximas a ellos, hubieran causado alguna baja, suficiente, al menos, para impedir que aquella banda avanzase más, hasta que ellos hubiesen largado otra andanada sobre las balsas. Pero, sin embargo, dejaron a los hombres de las canoas que se recobrasen de su pánico y, mirando a su alrededor, comprobasen que no habían sufrido ningún daño, mientras ellos corrían a babor para prepararse contra las balsas.

La descarga de babor produjo el más terrible efecto. La metralla y la doble carga de los cañones de gran calibre cortaron por la mitad siete u ocho balsas, matando quizá a treinta o cuarenta salvajes en el acto, mientras un centenar se precipitó al agua, la mayor parte de ellos atrozmente heridos.

Los restantes, perdiendo por completo la cabeza, iniciaron una inmediata retirada, sin esperar siquiera a recoger a sus compañeros mutilados, que nadaban alrededor en todas direcciones, lanzando gritos y aullidos de socorro. Este gran triunfo llegó, sin embargo, demasiado tarde para salvar a nuestros infelices camaradas. Las bandas de la canoa estaban ya a bordo de la goleta en número de más de ciento cincuenta hombres, la mayoría de los cuales había logrado trepar por las cadenas y por las redes de empalletado, incluso antes que las mechas hubieran sido aplicadas a los cañones de babor. Nada podía resistir su rabia brutal. Nuestros hombres fueron enseguida derribados, aplastados, pisoteados y hechos pedazos en un instante.

Observando el fenómeno, los salvajes de las balsas se recobraron de su pavor y acudieron en manada al saqueo. En cinco minutos la *Jane* fue escenario lamentable de una devastación y de un saqueo sangriento. Los puentes fueron hundidos y entreabiertos; el cordaje, las velas y todas las cosas movibles sobre el puente, demolidos como por arte de magia.

Mientras tanto, a fuerza de empujarla por la popa, remolcándola por los lados, pues nadaban a miles alrededor del barco, los miserables lograron al cabo del tiempo hacerla encallar en la orilla (la amarra había sido soltada), y la entregaron a los buenos oficios de Too-wit, quien, durante todo el combate, como un experto general, había permanecido en su puesto de seguridad y de observación en las colinas; pero ahora que la victoria era completa, como él deseara, condescendió a acudir abajo, con sus guerreros de la negra piel, y a participar en el saqueo.

El descenso de Too-wit nos permitió abandonar nuestro escondite y hacer un reconocimiento por la colina en las cercanías del abismo. A cincuenta metros, poco más o menos, de la boca de este, vimos un pequeño manantial, en el que apagamos la sed que nos consumía. No lejos de aquel manantial descubrimos varios avellanos que he mencionado antes. Probando sus frutos, los encontramos de un sabor bastante parecido al de la avellana común inglesa. Llenamos de ellas nuestros sombreros, los depositamos en la barranca y volvimos en busca de más.

Mientras nos ocupábamos tenazmente de recoger los frutos, un crujido entre los arbustos nos alarmó, y cuando estábamos a punto de escabullirnos hacia nuestro escondite, un gran pájaro negro de la especie de los alcaravanes se elevó lenta y pesadamente de los arbustos. Me sentí tan sobrecogido, que no sabía qué hacer, pero Peters tuvo la suficiente presencia de ánimo para alcanzarle antes que pudiera escapar y agarrarle por el cuello. Sus forcejeos y gritos eran tan tremendos, y pensábamos ya soltarlo, temiendo que el ruido diese la alarma a algunos salvajes, que podían estar emboscados en las cercanías.

Sin embargo, al final, un certero golpe asestado con el cuchillo de monte le derribó, y le arrastramos al barranco, felicitándonos de haber, en todo caso, conseguido una provisión alimenticia que nos bastaría para una semana.

Salimos de nuevo para explorar a nuestro alrededor, y nos aventuramos a una distancia considerable por la ladera Sur de la colina; pero no encontramos nada más que pudiera servirnos de alimento. Así es que recogimos una gran cantidad de madera seca, y regresamos, viendo una o dos bandas de isleños encaminándose hacia la aldea, cargados con el botín del barco, y que podían, como nos temíamos, descubrirnos al pasar al pie de la colina.

Consagramos nuestros cuidados inmediatos a hacer nuestro escondite lo más seguro posible, y con ese objeto colocamos algunas matas sobre la abertura de que he hablado antes, aquella por la que habíamos visto un retazo de cielo azul cuando, al remontar de la sima, llegamos a la plataforma. No dejamos más que un pequeño agujero lo bastante ancho como para que pudiésemos ver la bahía sin correr el riesgo de ser descubiertos desde abajo. Una vez realizadas estas cuestiones importantes para nuestra seguridad, nos felicitamos recíprocamente de la seguridad de nuestro paradero, pues durante todo el tiempo que quisiéramos permanecer en el barranco, sin aventurarnos a salir fuera de la colina, estaríamos por completo a cubierto de ser observados.

No vimos rastros de que los salvajes hubiesen estado antes en aquel agujero; pero considerándolo mejor, cuando reflexionamos en que la fisura a través de la cual habíamos llegado allí estaba formada recientemente por la caída de la vertiente opuesta, y en que no podíamos descubrir ningún otro camino para llegar a ella, nos sentimos menos regocijados con la seguridad de nuestro cobijo que aterrados ante la idea de que no había en absoluto medio de descender. Decidimos explorar a conciencia la cumbre de la colina hasta que tuviéramos una mejor ocasión. Entre tanto, acechábamos los movimientos de los salvajes a través de nuestra tronera.

Habían ya devastado por completo el barco, y ahora se disponían a prenderle fuego. En un momento vimos la humareda subir en enormes nubes de la escotilla principal, y poco después una densa masa de llamas brotó del castillo de proa. El aparejo, los mástiles y todo lo que quedaba de las velas se incendió enseguida, y el fuego se propagó, rápido, a lo largo de los puentes. Todavía una gran multitud de salvajes permanecía en sus puestos alrededor del barco, golpeando con gruesas piedras, hachas y balas de cañón los pernos y, sobre todo, los herrajes y cobres.

En la playa, a bordo de las canoas y balsas, habría en la inmediata proximidad de la goleta no menos de diez mil nativos en total, además de las bandas de los que volvían cargados de botín hacia el interior o hacia las islas vecinas. Preveíamos entonces una catástrofe, y no quedamos defraudados. Primero hubo una viva sacudida (que sentimos muy bien, como si hubiésemos sufrido una ligera descarga de pila voltaica), aunque no fue seguida por señales de una explosión.

Los salvajes se quedaron, sin duda, sobrecogidos, e interrumpieron durante un momento su tarea y sus aullidos. Estaban a punto de reanudarla, cuando de repente una masa de humo brotó de los puentes, parecida a una negra y pesada nube cargada de electricidad, y acto seguido, como saliendo de sus entrañas, se elevó una larga columna de fuego, cuya altura podría alcanzar casi cuatrocientos metros sin exagerar; después hubo una súbita expansión circular de la llama, luego toda la atmósfera quedó mágicamente henchida, en un instante, de un ardiente caos de madera, metal y miembros humanos, y, por último, se produjo en toda su furia la conmoción, que nos derribó, impetuosa, mientras los ecos de las colinas multiplicaban el tumulto, y una densa lluvia de menudos fragmentos de los restos, caían con profusión en todas las direcciones alrededor nuestro.

El estrago entre los salvajes superó nuestra mayor expectación, y ellos cosecharon en realidad entonces los frutos maduros y perfectos de su traición. Quizá un millar de hombres perecieron por la explosión, mientras un número igual, por lo menos, quedó de mala manera mutilado.

Toda la superficie de la bahía estaba cubierta de aquellos miserables, luchando y ahogándose, y en la orilla las cosas fueron aún peor. Parecían aterrados a más no poder por lo repentino y total de su derrota, y no hacían esfuerzos para socorrerse unos a otros. A la postre observamos un cambio radical en su conducta. De un estupor absoluto parecieron de pronto pasar al más alto grado de excitación, y se precipitaron de un modo enloquecido, corriendo hacia cierto lugar de la bahía y huyendo con las más extrañas expresiones de horror, de rabia y de intensa curiosidad pintadas en sus rostros, y gritando con toda la fuerza de sus pulmones: «*Tekeli-li! Tekeli-li!*»

Pronto vimos un nutrido grupo retirarse por las colinas, de donde salieron al poco rato acarreando estacas de madera. Las llevaron al sitio donde la multitud estaba más apiñada, y que entonces se separó como para revelarnos el objeto de toda aquella excitación. Percibimos algo blanco que yacía sobre la tierra; pero no pudimos saber desde luego lo que era.

Al cabo de un rato, vimos que era la osamenta del extraño animal de dientes y garras escarlata que la goleta había recogido del mar el día 18 de enero. El capitán Guy había hecho conservar el cuerpo con intención de disecar la piel en Inglaterra. Recuerdo que me dio algunas instrucciones acerca de ello, precisamente antes de nuestro arribo a la isla, y que llevamos aquello a la cámara y lo guardamos en una de las alacenas. Acababa de salir despedido hasta la orilla por la explosión; pero no sabíamos el por qué causaba tanta inquietud entre los salvajes, era algo que superaba nuestra comprensión.

Aunque se amontonasen alrededor de los restos, a poca distancia de ellos, ninguno parecía querer acercarse del todo. Pronto los hombres de las estacas las clavaron alrededor de los restos, y no bien terminaron aquel arreglo, la entera y enorme multitud se precipitó hacia el interior de la isla entre aquellos fuertes gritos de «*Tekeli-li! Tekeli-li*».

23

Durante toda una semana estuvimos en alerta por lo que pudiera ocurrir, permanecimos en nuestro escondite de la colina, saliendo únicamente para recoger provisiones y abastecernos de agua y frutos secos. Por supuesto, tomábamos las mayores precauciones, pues ni siquiera entonces estábamos exentos del peligro.

Hicimos una especie de cobertizo sobre la plataforma, formando un lecho de hojas secas como habíamos aprendido en los habitáculos de la aldea. De igual manera pusimos tres anchas piedras aplastadas, cuya utilidad era valiosa para el apoyo de nuestros objetos e incluso para servirnos de ello como mesa y chimenea. De manera primitiva, frotamos dos trozos de madera seca para encender el fuego, y allí cocinamos el ave que habíamos atrapado y que nos proporcionó un excelente alimento aunque su carne dejara mucho que desear en cuanto a calidad, pues era algo correosa y difícil de tragar. No era un pájaro oceánico, sino una especie de alcaravanes, con un plumaje negro azabache y grisáceo, y alas diminutas en proporción a su tamaño. Vimos después tres de la misma especie en las proximidades de la barranca que parecían buscar al que habíamos capturado; pero como no se posaron, no tuvimos ocasión de cazarlos.

Mientras duró aquel alimento no tuvimos que sufrir por nuestra situación; pero ahora lo habíamos consumido por completo, y se hizo absolutamente necesario pensar en nuestras provisiones. Las avellanas no satisfacían nuestro estómago, a pesar de ser un alimento rico en proteínas y que nos beneficiaba sin duda alguna. Pero el exceso de este tipo de frutos secos, no es buena para el organismo, ni suficiente para paliar el hambre. Habíamos visto tortugas grandes cerca de la orilla, al Este de la colina, y observamos que podríamos cogerlas fácilmente si lográbamos llegar allí sin ser descubiertos por los nativos. Decidimos, por tanto, realizar la escapada. Comenzamos por descender a lo largo del declive Sur, que parecía prestar menos dificultades; pero no habíamos avanzado cien metros cuando nuestra marcha se interrumpió por un imprevisto propio del terreno natural. Desde la cumbre de la colina no nos percatamos de un extenso ramal en la garganta, que era precisamente el lugar donde nuestros amigos habían perecido. Pasamos a lo largo del borde de aquel ramal, recorriendo unos doscientos metros, y de repente, nos vimos de nuevo detenidos por un precipicio de una inmensa profundidad; y como nos era imposible abrirnos camino a lo largo de su pared, nos vimos forzados a volver sobre nuestros pasos por la barranca principal.

Nos dirigimos luego hacia el Este; desafortunadamente no conseguimos de nuevo nuestros propósitos. Después de una hora de gatear, con riesgo de rompernos el cuello, descubrimos que habíamos descendido simplemente a una amplia sima de granito negro, cuyo fondo estaba cubierto de un fino polvo y desde la cual no había otra salida que el camino escarpado por donde acabábamos de bajar. Volvimos a remontar aquel camino, y luego probamos el borde Norte de la montaña.

Allí tuvimos que ser muy cautos y sigilosos, pues cualquier movimiento brusco o derrumbe repentino, nos descubriría. Así es que tomamos todas las precauciones posibles para no exponernos a la vista de aquellos salvajes, los cuales, pululaban en los alrededores de la aldea. Nos arrastramos, por consiguiente, sobre nuestras manos y rodillas, y algunas veces nos veíamos obligados a echarnos de bruces, arrastrando entonces nuestro cuerpo y agarrando los arbustos. Siendo tan cautelosos no había forma de avanzar más rápido, así que el trecho que nos quedaba era bastante extenso. Al ir avanzando, nos encontramos de nuevo con un precipicio abismal, mucho más grande y pendiente de cualquiera que habíamos visto hasta ahora. Conducía directamente a la garganta principal, así que vimos nuestros temores plenamente confirmados, y nos hallamos aislados y sin acceso posible a la comarca de abajo. Estábamos extenuados por aquellos esfuerzos, y retrocedimos de nuevo por el camino; cuando llegamos, nos arrojamos ambos al mismo tiempo sobre el lecho de hojas, y dormimos durante algunas horas un apacible y profundo sueño.

Después de aquella búsqueda infructuosa, nos ocupamos durante varios días de explorar por todas partes la cumbre de la colina con objeto de saber cuáles eran sus actuales recursos. Vimos que resultaba imposible encontrar ningún alimento, a excepción de las nocivas avellanas y de una especie de coclearia agria que crecía sobre un pequeña parcela de varios metros cuadrados, y la verdad es que era un alimento adecuado para el uso diario, y terminaría por agotarse. El 15 de febrero, por lo que puedo recordar, no quedaba ya ni una pizca, y las avellanas empezaban a escasear; por eso nuestra situación no podía ser más deplorable*. El 16 volvimos a recorrer los muros de nuestra prisión, con la esperanza de hallar alguna posibilidad de escape; pero en vano. Bajamos también de nuevo al socavón en el que habíamos sido sepultados, con la débil esperanza de descubrir por aquel pasadizo alguna abertura que diese a la garganta principal. Y allí también nos quedamos defraudados, aunque encontramos un fusil que lo incorporamos a nuestras escasas posesiones.

El 17 nos dispusimos a realizar una pequeña exploración más detallada del abismo de granito negro en el cual habíamos entrado a raíz de nuestra primera expedición en busca de víveres. Recuerdo que en aquella ocasión, no tuvimos tiempo para inspeccionar nada, así que lo único que hicimos fue dar un simple vistazo a través de las grietas que surcaban la pared del abismo. Ahora nos urgía realmente explorar aquel surco, a pesar de no salvaguardar esperanza alguna de descubrir una salida.

Pudimos llegar sin casi dificultad al fondo de aquella cavidad, como anteriormente hicimos, pero no fue fácil examinar todos los detalles con paciencia y tranquilidad. Era, en realidad, uno de los sitios más genuinos de la tierra, y era difícil concebir que su magnífica construcción respondiera a una de esas casualidades que llegan a surgir puramente de la Naturaleza. El abismo tenía, desde el extremo Este hasta el extremo Oeste, unos quinientos metros de longitud, suponiendo alineados de punta a punta todas las sinuosidades; en cuanto a la distancia de Este a Oeste en línea recta, no sería más de cuarenta a cincuenta metros relativamente, pues para calcular estas distancias carecía de utensilios adecuados de medición. Al comienzo de nuestro descenso, es decir, en el trayecto más o menos de cincuenta metros desde la cumbre de la colina, las paredes del precipicio tenían poca semejanza una con otra, y no parecían haber estado nunca unidas; una de las superficies era de esteatita, y la otra de marga, granulada con no sé qué sustancia metálica.

La anchura media, o intervalo entre las dos murallas, era a veces de unos veinte metros; más abajo, sin embargo, pasado el límite de que he hablado, el intervalo se contraía rápidamente, y los lados empezaban a ser paralelos, aun siendo a mayor distancia, diferentes en su materia y en la

* Este día resultó notable, pues observamos del lado Sur varias de esas enormes espirales de vapor grisáceo de las que he hablado antes. *(Nota del A.)*

forma de la superficie. Al llegar a quince metros del fondo, comenzaba una regularidad perfecta. Los lados eran uniformes por completo en su textura, color y dirección lateral, ya que la materia consistía en un granito muy negro y brillante, y el intervalo entre los dos lados, que chocaban uno frente a otro con regularidad, seguía siendo de veinte metros. La forma precisa del abismo puede comprenderse mejor por medio de un dibujo tomado sobre el terreno, pues afortunadamente llevaba conmigo un cuaderno y un lápiz, que he conservado con cuidado a través de la larga serie de posteriores incidentes en el devenir de esta historia.

Esta figura (véase fig. 1) ejemplifica el esquema general de la sima, sin contar con las numerosas cavidades menores, y que a su vez, correspondían a una serie de resaltos opuestos. El fondo del abismo estaba cubierto al menos con tres centímetros de grosor, por una sustancia polvorienta casi intangible, y más abajo todavía quedaba encajada una prolongación del granito negro. A la derecha, en la extremidad inferior, se atisbaba un leve indicio de una diminuta y casi imperceptible abertura; se trataba de la fisura aludida anteriormente y cuyo reconocimiento, mucho más meticuloso que el anterior, era precisamente el motivo de nuestra segunda visita. Nos atrevimos entonces a abrirnos camino por aquella grieta con mucho entusiasmo, aunque no sin esfuerzo, porque rasgar las ramas de las zarzas que colapsaban nuestro camino, no era desde luego tarea fácil para nadie. Tuvimos también que apartar un puñado de piedras que obstruían nuestra ruta, y debo mencionar que tenían cierto parecido a las puntas de las flechas. Por otro lado, si algo nos sobraba era fervor en toda esta historia, pues era para nosotros importantísimo este cometido; y finalmente, gracias a nuestra vehemencia y habilidad, logramos ver un pequeño resquicio de luz al otro lado. Durante un trecho de varios metros nos abrimos camino reptando sin apenas espacio para movernos, y pron-

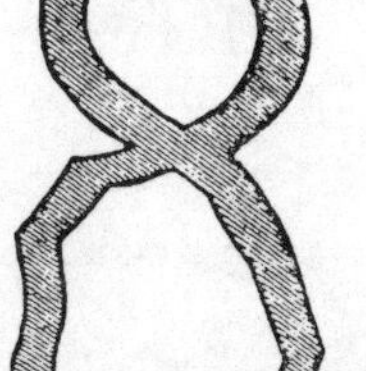

Figura 1

to descubrimos que aquella abertura comprendía una bóveda baja y de forma irregular, cuyo fondo era del mismo polvo indescifrable que el del abismo principal. Una luz muy intensa casi nos cegó de repente, y al intentar evadirla, nos apartamos por un estrecho recodo que sorprendentemente daba a parar a un socavón bastante elevado; era muy parecido en todos los aspectos, menos en su forma longitudinal, al que acabábamos de franquear. Doy aquí su forma general (véase fig. 2).

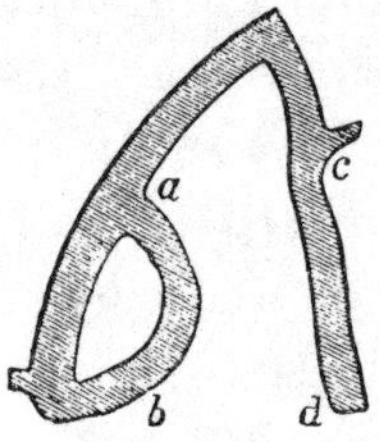

Figura 2

La longitud total de esta sima, comenzando en la abertura *a* y dando la vuelta por la curva *b*, hasta el extremo *d*, era de quinientos metros más o menos. En la parte *c* descubrimos una pequeña abertura semejante a aquella por la cual habíamos salido del otro abismo, y aquel punto se encontraba obstruido así mismo por zarzas, ramas, y por un montón de piedras en forma de flecha, como igualmente nos encontramos antes. Nos abrimos camino entre aquellos escollos y vimos que, a una distancia de metro y medio, se entraba en una tercera sima. Era muy parecida, si no igual, que la primera, salvo en su forma longitudinal, que aparecía así (véase fig. 3).

Vimos que la longitud total de la tercera sima era de trescientos metros. En el punto *a* había una abertura de unos dos metros de ancho que se abría hasta posiblemente seis metros a través de la roca, y ahí terminaba en una capa de marga; más allá no había otro abismo, como en un principio sospechábamos. Estábamos a punto de abandonar aquella fisura, en la que entraba muy poca luz, cuando Peters se quedó pasmado, dirigiendo su

Figura 3

mirada hacia un punto fijo; miré hacia donde apuntaba y entonces descubrí una hilera de dentellones de singular aspecto. Se distribuían a lo largo de la superficie manga que conformaba la terminación del *cul-de-sac* (o callejón sin salida). Con un ligero esfuerzo de imaginación, uno de los dentellones que se situaba más al Norte y a la izquierda de los restantes, podía ser tomado por una deliberada, aunque primitiva, representación de una figura humana en pie, con un brazo extendido. Los restantes tenían también alguna semejanza con los caracteres alfabéticos, y Peters deseaba creer por encima de toda aquella conjetura. Le convencí, por último, de su error dirigiendo su atención hacia el suelo de la grieta, donde, entre el polvo, recogimos, trozo por trozo, varios gruesos fragmentos de marga que habían saltado hasta allí, sin duda, por efecto de alguna convulsión en la superficie donde se encontraban los dentellones, y que presentaban puntos salientes que encajaban exactamente en los dentellones; así es que la prueba científica testimoniaba sin lugar a dudas que el fenómeno era obra de la madre naturaleza. La figura 4 muestra una copia exacta del conjunto.

Figura 4

Después de convencernos de que aquellas originales cavernas no nos proporcionaban ningún medio para escapar de nuestra prisión, volvimos sobre nuestros pasos, desalentados y abatidos, hacia la cumbre de la colina. Nada digno de comentar ocurrió posteriormente, durante las restantes veinticuatro horas siguientes, nada excepto que al examinar el terreno al Este del tercer abismo, descubrimos dos agujeros triangulares de una gran profundidad, cuyas paredes eran también de granito negro. No pensamos que valiera la pena intentar descender por ellos, pues carecían de salida y ofrecían el aspecto de simples pozos naturales. Tenían cada uno veinte metros de circunferencia, y su forma, así como su posición con respecto a la tercera sima, aparecen indicadas también en la figura 5.

Figura 5

24

El 20 de aquel mes, siendo conscientes que nos era totalmente imposible subsistir más tiempo a base de avellanas, cuyo consumo habitual y abusivo nos causaba importantes dolores de cabeza, decidimos hacer una tentativa desesperada para bajar por la ladera Sur de la colina. La pared del precipicio era en esa zona de un mineral blando, mucho más que la esteatita; por otro lado, este precipicio era casi perpendicular en toda su extensión, a una profundidad de unos seiscientos metros, y con salientes en algunos sitios. Después de una larga búsqueda, descubrimos un estrecho reborde a ocho metros aproximadamente, por debajo de la orilla de la sima. Peters consiguió saltar con la ayuda que pude prestarle amarrado a los pañuelos que ambos atamos tan fuerte como pudimos. Con alguna mayor dificultad bajé yo también, y vimos entonces que existía la posibilidad de descender todo el camino por el mismo procedimiento que habíamos empleado para subir del abismo en que nos sepultó el derrumbamiento de la colina y la encerrona de la que fuimos víctimas. Cavamos unos pequeños huecos con nuestros cuchillos, que nos servían de escalones, y la tarea no fue difícil pues la esteatita es un mineral ciertamente blando y fácil de trabajar. Lo difícil consistía, no obstante, en descender por aquellas paredes, pues nos arriesgábamos a caer rodando por el precipicio, pero no había otro recurso, así que decidimos intentarlo.

Sobre el reborde en que estábamos situados crecían algunos avellanos, y a uno de ellos atamos nuestra soga creada mediante pañuelos. De esta forma, Peters pudo descender lo bastante para ir al mismo tiempo cavando un hueco en el que fijarse. De este modo abrió un hoyo algo más profundo que los que hicimos hasta entonces, de modo que le permitiese fijar mediante la culata de su pistola una clavija que sirviera de picaporte. El hueco que horadó en la roca era de tres o cuatro centímetros de profundidad y sin duda nos sería muy útil. Entonces, ayudado por la soga hecha con pañuelos, se levantó como pudo e hizo un nuevo agujero clavando así mismo otra clavija.

Todo aquel aparejo le serviría cómodamente de apoyo para sus pies y sus manos. Desaté luego los pañuelos del arbusto y le arrojé la punta, la cual, ató a la clavija del agujero superior, dejándose después deslizar con suavidad hasta más abajo.

Allí abrió el otro agujero, fijando una nueva clavija. Después, repitiendo la operación, ascendió un poco, aunque esta vez por sí mismo. En esta ocasión, no obstante, tuvo que desatar el pañuelo de la clavija superior, con intención de fijarlo en la segunda, ya que había cometido el error de horadar los agujeros a una distancia exagerada uno de otro.

Sin embargo, después de una o dos infructuosas y arriesgadas tentativas para llegar al nudo, teniendo que sujetarse con su mano izquierda mientras con la derecha procuraba desatarlo, cortó la cuerda finalmente dejando un trozo bastante amplio sujeto a la clavija. Después de atar los pañuelos a la segunda clavija, descendió un trecho por debajo de la tercera, con cuidado de no dejarse caer demasiado. Gracias a este procedimiento, el cual nunca se me hubiera ocurrido y cuyo artífice fue Peters, cuyo ingenio y talento quedó demostrado, Peters logró por fin, ayudándose en ocasiones por los salientes de la pared, llegar al fondo sin ningún percance. Necesité algún tiempo a fin de poder reunir el valor suficiente para seguirle; pero, por último, lo intenté.

Peters se había quitado su camisa antes de descender y, uniéndola a la mía, alargó un tanto la soga para facilitar el descenso. Después de retirar el fusil que encontramos en el abismo, sujeté la cuerda a las zarzas y descendí tan deprisa como pude, intentando disipar el temblor de mi cuerpo por el nerviosismo, con bruscos y decisivos movimientos que dominaron mis temores. En el primer tramo, esa maniobra que llevé a cabo tuvo muy buen resultado, sin embargo, a partir de entonces me volví a poner nervioso y me sentí pusilánime pensando en la enorme profundidad de la pendiente. Sentía una enorme aprensión y evité como pude dirigir la mirada hacia el precipicio; era una lucha que duró algunos minutos pero que entonces me parecieron horas. En vano me esforzaba por apartar aquellos pensamientos y por mantener mis ojos fijos sobre la lisa superficie del abismo que tenía delante. Cuanto con más ansiedad luchaba por *no pensar*, más intensas se hacían mis visiones, más claramente palpables.

A la postre llegó la situación crítica en la que nos traiciona la imaginación, situación en la cual, poseídos por fantasmagóricas sensaciones, empezamos a experimentar por anticipado la sensación de *que debemos* caer, imaginándonos la enfermedad, el vértigo, la lucha postrera, el semidesmayo, y, por último, la amargura de la caída brutal y precipitada. Y comprendía que aquellas visiones no me beneficiaban, sino que incidían en mis reflejos para hacerse realidad en contra de mi voluntad, y sin embargo, no podía hacer nada. Sentí que mis rodillas chocaban una contra otra con violencia, mientras mis dedos soltaban gradual, pero evidentemente, su presa.

Tenía un zumbido en mis oídos, y me decía: «¡Es mi propio toque de difunto!» Y ahora me consumía un deseo irresistible de mirar hacia abajo. No podía ni quería fijar la mirada hacia el abismo, pero cómplice yo mismo de mi propia autodestrucción, mitad con horror y mitad con alivio, dirigí mis ojos hacia la sima. Por un momento mis dedos se agarraron, convulsos, a la soga, y sin embargo, dejándome llevar por la inercia, en un intento desesperado y temerario de librarme de un represivo sometimiento, se desplegó por mi mente y por mi alma entera, un exacerbado anhelo que ansiosamente me pedía dejarme llevar por los instintos, caerme sin más hacia el vacío. Solté por un instante la mano de la clavija, y girando el cuerpo con media vuelta, todavía sujeto a la tierra, vacilé unos instantes ante aquella opción que me carcomía.

Pero entonces se produjo una rotación en mi cerebro: una voz con un timbre profundo y penetrante como a la vez fantasmagórico y de ultratumba, me gritaba cerca de mis oídos. Una figura de color tan negro como el azabache, y diabólica de expresiones, se irguió justo por debajo de mi sombra; suspiré por un instante y sentí cómo mis entrañas empezaban a quebrarse, y de esa forma me desvanecí, desplomándome en sus brazos.

Me había desmayado, y fue Peters el que me había librado de la muerte, asiéndome justo en el momento en el que caía. Había observado mis movimientos desde el principio, y se percató perfectamente del vértigo que sufría y que me haría caer inevitablemente. Aunque yo no recordaba casi nada, dado el trastorno de mi mente, durante toda la peripecia se empeñó insistentemente en inspirarme valor por todos los medios, dirigiéndome palabras gratificantes para infundirme coraje. Por supuesto, y como digo, no pude darme cuenta de lo que me decía en ese momento.

Por fin, viéndome vacilar, se apresuró a subir en mi auxilio, y llegó a tiempo para salvarme. Si me hubiera desplomado, sin duda alguna, la soga hecha con los pañuelos de lino, se hubiera roto de forma ineludible y me hubiese precipitado en el abismo; gracias a Peters, que me recogió con cuidado, permanecí suspendido sin peligro hasta que pude reanimarme. Así fue después de cinco minutos o cosa así. Al recobrar el conocimiento, mi temblor había desaparecido por completo; me sentí fuerte otra vez, como si hubiera renacido, y con una pequeña ayuda de mi compañero llegué al fondo sano y salvo.

Nos encontramos no lejos de la garganta que se había convertido en la tumba de nuestros amigos y hacia el Sur de la zona donde la colina se había derrumbado. El lugar presentaba una particular devastación, y su aspecto me recordaba las descripciones que hacen los viajeros de esas insólitas y aterradoras regiones que marcan el emplazamiento de la ruinosa Babilonia.

Sin hacer referencia a los escombros del destrozado risco, que formaba una barrera caótica hacia el Norte, la superficie del terreno en todas las demás direcciones estaba sembrada de enormes túmulos, que parecían constatar las ruinas de los antepasados enterrados en gigantescas construcciones artísticas, aunque observando con detalle, nada se palpaba de apariencia artística. Abundaban las escorias, formadas de canteras de bloques de granito y que se mezclaban con otros de marga*, ambos veteados de metal. Hasta donde podía alcanzar la vista, no había rastro de vegetación alguna en toda la extensión de aquella superficie desolada. Vimos algunos inmensos escorpiones y varios reptiles que no se encuentran, además, en las altas latitudes.

Como el alimento era nuestra primera necesidad inmediata, decidimos encaminarnos hacia la costa, que estaba a un kilómetro, con el propósito de cazar tortugas, algunas de las cuales habíamos divisado desde nuestro escondite de la colina. Tras avanzar unos cien metros, deslizándonos con todo cuidado entre las enormes rocas y túmulos, al torcer en un pequeño recodo, nos dimos de bruces con cinco salvajes que se lanzaron sobre nosotros desde una pequeña caverna, derribando a Peters de un mazazo.

En cuanto cayó, la banda entera se precipitó sobre él para rematarle, dándome tiempo para reflexionar sobre qué hacer. Tenía todavía el fusil; sin embargo, el cañón había quedado tan estropeado en su caída al precipicio, que lo aparté como inútil, prefiriendo confiar en mis pistolas, que había yo conservado cuidadosamente en buen funcionamiento. Avancé con ellas hacia mis asaltantes, disparándolas una tras otra en rápida suce-

* La marga era también negra; realmente, no vimos en la isla materia de ninguna clase que tuviese un color claro. *(Nota del A.)*

sión. Cayeron dos salvajes, y otro que iba ya a atravesar a Peters con su lanza saltó sobre sus pies sin llevar a cabo su propósito.

Al verse libre mi compañero no tuvimos ya grandes dificultades. Conservaba también sus pistolas; pero juzgó prudente no utilizarlas confiando en su gran fuerza por naturaleza, que superaba con creces a la de cualquier otra persona que he conocido nunca. Apoderándose de la maza de uno de los salvajes que había caído, saltó la tapa de los sesos a cada uno de los restantes salvajes que quedaban, dando muerte a cada uno de ellos con un único golpe. Era magistral en este tipo de luchas frente a frente.

Estos sucesos ocurrieron con tal rapidez, que apenas podíamos creer en su realidad, y permanecimos sin dar crédito a lo ocurrido, aturdidos mientras contemplábamos estupefactos los cadáveres que yacían ante nosotros. Fue entonces cuando escuchamos a lo lejos toda una amalgama de chillidos lujuriosos que nos recordaba la cruda realidad de las hordas de los nativos. Los disparos habían alarmado al resto de los salvajes y teníamos pocas probabilidades de no ser descubiertos. Para volver a la sima hubiera sido necesario ir precisamente en el mismo sentido de donde procedía el griterío, e incluso de haber logrado alcanzar nuestra base, no habríamos podido volver a subir sin ser vistos.

Nuestra situación era delicada, y desde luego peligrosa. No sabíamos qué dirección tomar, y mientras vacilábamos sobre la resolución a tomar, uno de los salvajes contra el que yo mismo había disparado y que aparentemente parecía muerto, saltó enérgicamente e intentó darse a la fuga. Sin embargo, tuvimos los suficientes reflejos como para prenderle, y cuando nos disponíamos para matarle, Peters sugirió que como rehén, tal vez obtuviéramos mayor beneficio. Así que decidimos emprender nuestra fuga con su compañía, y aunque tardamos algún tiempo en hacerle comprender que si ofrecía resistencia acabaríamos con él, pronto sucumbió a nuestras indicaciones, quedando sometido a nuestras órdenes. A los pocos minutos, como digo después de un pequeño forcejeo para hacerle comprender nuestro poder y superioridad en aquel momento, se deslizó a nuestro lado mientras avanzábamos entre las rocas con dirección a la costa.

Hasta entonces las irregularidades del terreno que habíamos recorrido ocultaron, salvo un par de ocasiones, el mar a nuestra vista y al verlo claramente por primera vez, calculamos que estaba a unos doscientos metros de distancia. Cuando salimos al descubierto en la bahía, divisamos espantados una inmensa multitud de isleños que acudían desde la aldea y desde otros lugares adyacentes de la isla, dirigiéndose hacia nosotros con gesticulaciones coléricas, con gritos de guerra, y con aullidos provocadores que anunciaban la contienda.

Ibamos a volver sobre nuestros pasos para intentar ponernos a cubierto entre la espesura de la vegetación y los recovecos del accidentado terreno, cuando descubrimos las proas de dos canoas sobresaliendo por detrás de un macizo rocoso que se prolongaba dentro del agua. Corrimos hacia ellas a toda velocidad y, no bien las alcanzamos, vimos que estaban desocupadas, sin más carga que tres tortugas galápagos y provistas de los remos necesarios para sesenta bogadores. Tomamos posesión sin demora de una de ellas, obligando a embarcar a nuestro cautivo, y nos lanzamos mar adentro con toda la energía de la que disponíamos.

Sin embargo, no nos habíamos alejado más de cincuenta metros de la orilla cuando, recobrada la suficiente calma, comprendimos el gran error en que habíamos incurrido dejando la otra canoa en poder de los salvajes, quienes, durante ese tiempo, no se encontrarían muy lejos de nosotros intentando darnos alcance. Además, aquellos salvajes eran magistrales en el uso de aquel transporte, por no mencionar que nos superarían en número, lo que equivale a decir que no tardarían mucho en alcanzarnos. No había tiempo que perder, pues, así que contando únicamente con una esperanza casi desesperada, regresamos con el própósito de alcanzar la otra canoa.

Resultaba bastante dudoso que, aun haciendo un esfuerzo supremo, pudiésemos llegar con la suficiente antelación para apoderarnos de la canoa; pero existía una probabilidad. Si lo conseguíamos, llegaríamos a salvarnos, mientras que, de no realizar la tentativa, no nos quedaría otra que resignarnos a morir degollados.

Nuestra canoa estaba construida con una proa y un popa muy parecidas y en lugar de virar, cambiamos simplemente de postura para remar. Tan pronto como los salvajes se dieron cuenta de ello, redoblaron el escandaloso sonido de sus aullidos, así como aceleraron sus pasos, acercándose con una rapidez extraordinaria. Aun así, nosotros remábamos con toda la fuerza que nace de situaciones tan desesperadas y, al llegar al sitio disputado, únicamente uno de los innumerables nativos lo había alcanzado. Este hombre pagó cara su agilidad superior; Peters le disparó un tiro en la cabeza tan pronto como se acercó a la orilla.

Los más adelantados de los restantes estaban, probablemente, a una distancia de veinte o treinta pasos cuando nos apoderamos de la canoa. Nos esforzamos en principio por empujarla hacia dentro del agua, fuera del alcance de los salvajes; pero viendo que estaba encallada a fondo y que no había tiempo que perder, Peters, de un par de vigorosos golpes, que los ejecutó con la culata del fusil, logró romper una extensa parte de la proa y uno de los costados. Entonces la empujamos mar adentro.

Durante este tiempo, dos de los nativos se habían agarrado a nuestra barca, negándose con obstinación a soltarla, hasta que nos vimos obligados a despacharlos con nuestros cuchillos. Ahora teníamos cierta ventaja, y era el momento en el que teníamos que avanzar con prontitud mar adentro. El grupo principal de los salvajes, al llegar a la canoa medio quebrada, lanzó los más tremendos aullidos de rabia y desaliento que pueden imaginarse.

En verdad, por lo que he podido saber de aquellos miserables, se me aparecen como la raza más malvada, hipócrita, vengativa, sanguinaria y del todo diabólica que se encuentra en la superficie del globo. Era evidente que no hubiéramos podido esperar misericordia de haber caído en sus manos.

Hicieron un desatino, poseídos por su rabia enloquecida, siguiéndonos a duras penas en la canoa averiada; pero viendo que estaba inservible, exhalaron de nuevo su rabia en una serie de vociferaciones espantosas y se precipitaron hacia las colinas.

Estábamos, pues, libres de sus garras, del peligro de morir a manos de aquellos crueles asesinos, sin embargo nuestra situación no estaba todavía exenta de alarma, pues los salvajes eran numerosos y quedaban otras embarcaciones que ahora recordábamos. Sabíamos que cuatro canoas de aquella clase estuvieron en un determinado momento en poder de los salvajes, e ignorábamos el hecho, que nos fue corroborado después por nuestro prisionero, de que dos de ellas habían quedado destrozadas por la explosión de la *Jane Guy*. Calculamos, por tanto, que seríamos, con todo, perseguidos tan pronto como nuestros enemigos pudiesen dar la vuelta a la bahía, distante a unos tres kilómetros, donde las barcas se hallaban habitualmente amarradas.

Temiendo esta posibilidad, nos empleamos a fondo para dejar la isla atrás, y avanzamos veloces sobre el agua, obligando al prisionero a coger un remo. Al cabo de una media hora, cuando habríamos recorrido acaso cinco o seis kilómetros hacia el Sur, vimos una espectacular flota de canoas, surgir de la bahía con el evidente propósito de perseguirnos. Sin embargo, al cabo de un rato, parecieron retornar de nuevo, pues era difícil alcanzarnos.

25

Nos encontramos entonces en el inmenso y desolado Océano Antártico, a una latitud que excedía de los 84°, en una frágil canoa y sin más provisiones que las tres tortugas. El largo invierno polar, además, no podía considerarse lejano, y era necesario deliberar sobre la ruta a seguir. Teníamos seis o siete islas a la vista, pertenecientes al mismo grupo y distantes unas de otras cinco o seis kilómetros, poco más o menos; pero no abrigábamos la menor intención de aventurarnos en ninguna de ellas.

Al llegar del Norte en la *Jane Guy*, habíamos dejado gradualmente detrás de nosotros las más rigurosas regiones de hielos, y aunque tal descripción no va acorde con los conocimientos admitidos sobre el Antártico, era evidente que el hecho empírico de haber experimentado por nosotros mismos las aventuras a bordo de la *Jane Guy*, sobrepasaba cualquier legitimación hecha por cualquier organismo oficial o por cualquier científico. Por tanto, intentar volver el retorno hacia el Norte era algo incongruente, mucho más teniendo en cuenta la estación en la que estábamos. Así que la única ruta que podíamos tomar era en dirección Sur, lugar por el que tal vez descubriéramos otras tierras con un clima más benigno y otra gente más benévola.

Hasta entonces no habíamos encontrado el Antártico, así como el Océano Artico, libres en particular de borrascas violentas y de sacudidas de marejada; pero nuestra canoa era, todo lo más, de frágil estructura, aunque grande, y nos pusimos manos a la obra, con objeto de hacerla lo más segura que pudiéramos, siempre contando con nuestras limitaciones evidentes. La quilla de la barca era de simple corteza, la corteza de un árbol desconocido.

Las cuadernas estaban hechas con un mimbre resistente, bien adaptadas al objeto para el que se empleaban. De proa a popa teníamos un espacio bastante amplio, así como una profundidad suficiente como para tener cobertura. Estas barcas se diferencian mucho en su forma de las de los habitantes del Océano del Sur con quienes tienen trato las naciones civilizadas. No hubiéramos creído nunca que fuesen obra de aquellos ignorantes isleños que las poseían, y unos días después de esa época descubrimos, interrogando a nuestro prisionero, que en realidad habían sido construidas por los nativos de un grupo al Sureste de la comarca donde las encontramos, y que habían caído accidentalmente en manos de aquellos bárbaros.

Lo que podíamos hacer por la seguridad de nuestra barca era muy poco, pero tal vez suficiente. Descubrimos algunas grietas algo extensas expuestas junto a los dos extremos, y nos las ingeniamos para taparlas con trozos de nuestras camisas de lana. Con ayuda de otros remos complementarios que había allí en gran cantidad, levantamos una especie de armazón alrededor de la proa para amortiguar la fuerza de las olas, que podían amenazar con penetrar por aquel lado. Erigimos también dos remos a modo de mástiles, colocándolos uno frente a otro, uno en cada borda, evitando así la necesidad de una verga.

Fijamos en estos mástiles una vela hecha con nuestras camisas, lo cual nos costó bastante trabajo y sin el auxilio del prisionero, y no porque no se ofreciera para tal empeño, sino porque no sabía cómo hacerlo. La visión de la tela blanca extendida, causaba una gran impresión al nativo, era evidente que jamás había visto nada parecido. Intentamos que la tocara para que no le causara alarma, pero temeroso de hacerlo y temblando como un niño, decidimos no obligarle para no forzar más las circunstancias.

Cuando habíamos terminado nuestros arreglos acordes con la seguridad de la canoa, maniobramos para dirigirnos hacia el Sur-Sureste por el momento, con intención de dejar a un lado la isla más al Sur del grupo a la vista. Después, pusimos proa sin vacilar hacia el Sur.

El tiempo no podía considerarse en aquellos momentos un contingente, era por el contrario bastante agradable. Teníamos una suave brisa del Norte, un mar en calma y una luz y una transparencia permanente. No veíamos hielo alguno, *e incluso no habíamos visto ni un témpano después de franqueado el paralelo del islote Bennet;* al temperatura del agua era allí demasiado templada como para creerlo. Matamos la mayor de nuestras tortugas, y obtuvimos de ella alimento, una copiosa provisión de agua; proseguimos nuestra ruta, sin ningún incidente por el momento, durante siete u ocho días tal vez, en cuyo período avanzamos una gran distancia hacia el Sur, pues el viento sopló de continuo a nuestro favor, y una corriente muy fuerte nos llevó sin cesar en la dirección que seguíamos.

* * *

*1 de marzo**.

Varios fenómenos insólitos nos indicaron entonces que entrábamos en una región novedosa hasta entonces. Una alta barrera de un ligero vapor gris aparecía constantemente en el horizonte Sur, fulgurando por momentos con elevados rayos, precipitándose una veces del Este al Oeste y otras del Oeste al Este, y presentando luego de nuevo un montículo de un nivel uniforme, mostrando, en una palabra, todas las ardientes variaciones de la aurora boreal. La altura media de aquel vapor, tal como aparecía desde nuestro sitio, era de unos 25°. La temperatura del mar parecía aumentar por momentos, y se notaba una alteración muy perceptible en su color.

* * *

2 de marzo.

Hoy, gracias a un reiterado interrogatorio al que sometimos a nuestro prisionero, nos hemos enterado de muchos detalles relacionados con la isla en la que nuestros compañeros perecieron, de sus nativos autóctonos, y de sus costumbres pero ¿pueden ahora estas cosas entretener al lector? Debo decir, no obstante, que supimos por él que el grupo comprendía ocho islas, gobernadas por un rey común, llamado *Tsalemon* o *Psalemon*, el cual residía en una de las más pequeñas; que las pieles negras que componían la indumentaria de los guerreros provenían de un animal enorme que se encontraba únicamente en un valle cerca de la morada del rey; que los habitantes de la etnia no construían otras embarcaciones que unas balsas llanas y frágiles, y las otras canoas que vimos, eran cuanto poseían como un tesoro magnífico, pues las habían adquirido por un mero accidente, en una gran isla situada al Suroeste; que el nombre de él era Nu-

* Por razones obvias, no pretendo mostrar una estricta exactitud en estas fechas. Las doy principalmente con objeto de esclarecer el relato, y las transcribo tal como las encuentro en las notas a lápiz de mi memorándum. *(Nota del A.)*

Nu, que no tenía conocimientos del islote de Bennet y que el nombre de la isla que acabábamos de abandonar era *Tsalal*.

El comienzo de las palabras *Tsalemon* y *Tsalal* se pronunciaba con un prolongado sibilante sonido, que nos fue imposible imitar, pese a nuestros repetidos esfuerzos; sonido que era precisamente el mismo de la nota lanzada por el negro alcaraván que comimos en la cumbre de la colina.

* * *

3 de marzo.

La temperatura del agua era ahora verdaderamente cálida, y su color, al sufrir una rápida transformación, perdió pronto su transparencia y adquirió, en cambio, un tono opaco y lechoso. En nuestra inmediata proximidad todo estaba en calma, era prodigiosa la situación del mar, nunca lo suficientemente agitada como para hacer peligrar la canoa. Pero nos sorprendía con frecuencia percibir a nuestra derecha y a nuestra izquierda, a diferentes distancias, amplias agitaciones en la superficie, las cuales, como notamos por último, iban siempre precedidas de extrañas fluctuaciones en la región del vapor, al Sur.

* * *

4 de marzo.

Hoy, con objeto de agrandar nuestra vela, y como la brisa del Norte se calmaba sensiblemente, saqué del bolsillo de mi chaquetón un pañuelo blanco. Nu-Nu estaba sentado a mi lado, y al rozarle por casualidad su rostro, fue acometido de violentas convulsiones, a las que siguieron un estado medio enfermizo de estupor, así como de unos murmullos de alivio introducidos por las palabras *Tekeli-li! Tekeli-li!*

* * *

5 de marzo.

El viento había cesado por completo; pero era evidente que nos precipitábamos siempre hacia el Sur bajo la influencia de una poderosa corriente. Y ahora, en verdad, hubiera sido razonable que experimentásemos alguna alarma ante el giro que tomaban los acontecimientos; pero no sentimos ninguna. La fisonomía de Peters no indicaba nada por el estilo, aunque de cuando en cuando tuviese una expresión que no podía yo desentrañar. El invierno polar se acercaba, pero sin sus terrores. Sentía un entumecimiento de cuerpo y de espíritu, un estado de bochorno y también de sopor, pero nada más.

* * *

6 de marzo.

El vapor gris se había elevado ahora a muchos grados por encima del horizonte, e iba perdiendo gradualmente sus tintes grisáceos. El calor del agua era extremado, hasta desagradable al tacto, y su tono lechoso, más evidente que nunca. Hoy se produjo una violenta agitación de agua muy cerca de la canoa. Fue acompañada, como de costumbre, por una fulgurante fluctuación del vapor en su cima y una momentánea separación en su base.

Un polvo blanco, muy fino, muy parecido a la ceniza, pero que, ciertamente, no lo era, cayó sobre la canoa y sobre una amplia extensión del agua, mientras la palpitación llameante se disipaba entre el vapor y la conmoción se apaciguaba en el mar. Nu-Nu se arrojó entonces de bruces al fondo de la barca, y no pudimos convencerle de que se levantase.

* * *

7 de marzo.

Hoy hemos interrogado a Nu-Nu acerca de los motivos que impulsaron a sus compatriotas a matar a nuestros compañeros; pero él parecía dominado completamente por un enigmático terror, así que no hemos podido sonsacarle ninguna información. Permanecía perseverante en su actitud temerosa, escondido en el fondo de la embarcación. Conforme le interrogábamos, y repetíamos una y otra vez nuestras preguntas respecto al motivo de la matanza, lo único que respondió, mediante gesticulaciones y representaciones absurdas, era indescifrable para nosotros, como por ejemplo, levantar con un dedo el labio superior y mostrar los dientes de esta parte. Estaban ennegrecidos. No habíamos visto nunca hasta ahora los dientes de un habitante de Tsalal.

* * *

8 de marzo.

Hoy flotó cerca de nosotros uno de esos animales blancos cuya aparición en la playa de Tsalal había causado tanta perturbación a los habitantes de la isla. Me hubiera encantado cogerlo, pero estaba desganado y me sentía torpe, así que me contuve. El calor del agua seguía aumentando, tanto que cuando metimos la mano en el agua, tuvimos que sacarla enseguida, no se podía soportar. Peters habló poco, y yo no sabía qué pensar de su apatía. Nu-Nu suspiraba y nada más.

* * *

9 de marzo.

Toda la sustancia que parecía ceniza caía ahora continuamente a nuestro alrededor. La barrera de vapor al Sur se había elevado de un modo prodigioso en el horizonte y empezaba a tomar una forma más concreta. No puedo compararla sino con el ímpetu de una catarata precipitándose silenciosa en el mar desde alguna inmensa y muy lejana muralla que se alzase en el cielo. No emitía sonido alguno.

* * *

21 de marzo.

Tétricas tinieblas se cernían ahora sobre nosotros; pero de las profundidades lechosas del océano surgió un resplandor luminoso que se deslizó sobre los costados de la embarcación. Estábamos casi abrumados por aquella lluvia de ceniza que se amontonaba sobre nosotros y sobre la canoa, pero que se deshacía al caer en el agua. La cima de la catarata se perdía por completo en la oscuridad y en la lejanía.

Sin embargo, era evidente que nos acercábamos a ella a una gran velocidad. A intervalos se hacían visibles en aquella extensión unas grietas abiertas, aunque momentáneamente, y desde esas grietas, detrás de las cuales había unas caóticas, difusas y confusas imágenes, soplaban vientos pesados, aunque silenciosos, rasgando el inflamado océano en su carrera.

* * *

22 de marzo.

La oscuridad era más tenebrosa, y únicamente se atenuaba gracias a los reflejos cristalinos del mar, que caían reflectantes sobre la blanca cortina que teníamos delante. Múltiples aves gigantescas, de un color blanco lívido, volaron sin cesar entonces detrás del velo, y su grito ya familiar *Tekeli-li!*, nos invadía por todos los lados mientras se alejaban de nuestra visión.

En ese momento, Nu-Nu se agitó en el fondo de la canoa; pero, al tocarle, vimos que su espíritu se había extinguido. Y entonces nos precipitamos en los brazos de la catarata, donde se abrió un abismo para recibirnos. Y aquí surgió en nuestra ruta, una figura humana amortajada, de proporciones suprahumanas, mucho más gigantesca que las de ningún habitante de la tierra. Y el tono de la piel de la figura tenía la blancura perfecta de la nieve...

Apéndice

Las circunstancias relacionadas con la muerte reciente, ciertamente dolorosa, y repentina del señor Pym son ya bien conocidas del público por mediación de la prensa diaria. Es de temer que los escasos capítulos restantes que hubieran completado su relato, y que él conservó para su revisión mientras los anteriores estaban en el proceso de imprenta, se hayan hoy por hoy desaparecidos ineludiblemente a consecuencia del accidente en el cual pereció él mismo. Éste, sin embargo, puede no ser el caso, y los papeles, si al cabo de un tiempo se encuentran, serán entregados al público.

Se han ensayado todos los medios para remediar esa falta. El *caballero* cuyo nombre se menciona en el prefacio, cuya personalidad, por lo que de él queda dicho, pudiera aportar algo para satisfacer ese vacío, ha renunciado a la tarea, primero por motivos de ética personal relacionados con la inexactitud de los detalles que le han proporcionado, y segundo por su incredulidad en la veracidad absoluta de las últimas partes del relato.

Peters, de quien podía esperarse alguna información, vive todavía y reside en Illinois; sin embargo, no se le ha podido encontrar hasta ahora. Puede que sea encontrado más adelante, y tal vez entonces, pueda acceder a suministrar el suficiente material para completar el relato del señor Pym.

La pérdida de los dos o tres capítulos finales (pues no había más que dos o tres) es tanto más deplorable cuanto que contenían, sin duda, el tema referente al testimonio del polo explorado, o, cuando menos, a las regiones situadas en su inmediata proximidad; por otro lado, las afirmaciones del autor en relación a esas regiones, podrán pronto ser comprobadas o refutadas, gracias a la expedición gubernamental que se prepara ahora en el océano del Sur.

En cuanto a un punto concreto del relato pueden hacerse algunas observaciones. Se congratulará mucho el autor de este apéndice si esas observaciones tienen por resultado otorgar cierto crédito a las páginas muy singulares que ahora se publican: Queremos aludir a las simas encontradas en la isla de Tsalal y al conjunto de las figuras insertadas en las páginas 179 a 181.

El señor Pym ha dado las últimas figuras de las simas sin comentarios, y habla terminantemente de los *dentellones* encontrados en el extremo del abismo más al Este, como mostrando una imaginaria semejanza con los caracteres alfabéticos y, en resumen, como si de veras *no fuesen tales* caracteres.

Esta afirmación está hecha de una manera tan simple y sostenida por una especie de demostración tan concluyente (a saber, la adaptación de los fragmentos desprendidos, encontrados entre el polvo, a los dentellones o salientes de la muralla), que nos vemos obligados a creer en serio al escritor, y ningún lector razonable podrá suponer otra cosa.

Pero como los hechos que se relacionan con *todas* las figuras son de lo más singulares (en particular cuando se cotejan con las afirmaciones hechas en el cuerpo del relato), haremos quizá bien en decir una palabra o dos concernientes a todos ellos, y ello, además, especialmente cuando los hechos en cuestión han escapado, sin duda, a la atención del señor Pym.

Así, las figuras 1, 2, 3 y 5, cuando se juntan una con otra en el orden preciso con que los propios abismos se presentan, y cuando se los despoja de las pequeñas ramas laterales o bóvedas (que, como se recordará, servían únicamente de medios de comunicación entre las galerías principales y eran de un carácter totalmente diferente), constituyen una raíz verbal etiópica, la raíz «Ser sombrío», de donde provienen todos los derivados relativos a la sombra o tinieblas.

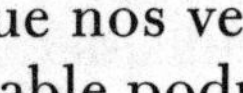

Respecto al dentellón «izquierdo y más al Norte» de la figura 4, es más que probable que la opinión de Peters fuese acertada, y que su apariencia jeroglífica sea realmente obra del arte, entendida como la representación de una forma humana.

El lector tiene el dibujo ante sí y puede o no puede percibir la semejanza sugerida; pero los restantes dentellones proporcionaban una rotunda confirmación de la idea de Peters. La hilera superior es, evidentemente, la raíz verbal arábiga.

o «Ser blanco», de donde provienen todos los derivados de brillantes y blancura. La hilera inferior no es tan clara. Los caracteres están algo quebrados

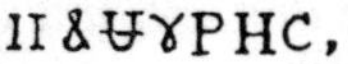

y desunidos; no obstante, es indudable que, en su estado perfecto, formaban la palabra egipcia completa o «La región del Sur». Se observará que estas interpretaciones confirman la opinión de Peters con respecto a la figura situada «más al Norte». El brazo está extendido hacia el Sur.

Tales conclusiones abren un amplio campo a la investigación y a conjeturas interesantes. Deben ser consideradas, quizá, en relación con algunos de los incidentes del relato, más escasamente detallados; aunque no de una manera visible, esta cadena nos proporciona la conexión completa. *Tekeli-li!* era el grito de los espantados nativos de Tsalal al descubrir los restos del animal *blanco* recogido en el mar.

Esta era también la sobrecogedora exclamación del prisionero tsaliano al tropezar con los objetos *blancos* pertenecientes al señor Pym. Este era asimismo el grito de las veloces y gigantescas aves *blancas* que salían de la cortina de vapor *blanco* al Sur. No se encontró nada *blanco* en Tsalal, y nada diferente en el subsiguiente viaje a la región ulterior. No sería imposible que en «Tsalal», el nombre de la isla de los abismos, pueda encontrarse, después de un minucioso examen filológico, la revelación de alguna conexión con los abismos mismos o alguna referencia a los caracteres etiópicos tan misteriosamente inscritos en sus tortuosidades.

He grabado esto en las colinas, y mi venganza sobre el polvo de la roca.

ÍNDICE

Relato de A. Gordon Pym: